소백산맥 ❼

구름을 타고 간 계절

소백산맥 ❼ 구름을 타고 간 계절

발행일	2025년 8월 5일
지은이	이서빈
펴낸이	손형국
펴낸곳	(주)북랩
편집인	선일영	편집	김현아, 배진용, 김다빈, 김부경
디자인	이현수, 김민하, 임진형, 안유경	제작	박기성, 구성우, 이창영, 배상진
마케팅	김회란, 박진관
출판등록	2004. 12. 1(제2012-000051호)
주소	서울특별시 금천구 가산디지털 1로 168, 우림라이온스밸리 B동 B111호, B113~115호
홈페이지	www.book.co.kr
전화번호	(02)2026-5777	팩스	(02)3159-9737
ISBN	979-11-7224-765-2 03810 (종이책)	979-11-7224-766-9 05810 (전자책)

잘못된 책은 구입한 곳에서 교환해드립니다.
이 책은 저작권법에 따라 보호받는 저작물이므로 무단 전재와 복제를 금합니다.
이 책은 (주)북랩이 보유한 리코 장비로 인쇄되었습니다.

(주)북랩 성공출판의 파트너

북랩 홈페이지와 패밀리 사이트에서 다양한 출판 솔루션을 만나 보세요!

홈페이지 book.co.kr • 블로그 blog.naver.com/essaybook • 출판문의 book@book.co.kr

작가 연락처 문의 ▶ ask.book.co.kr

작가 연락처는 개인정보이므로 북랩에서 알려드릴 수 없습니다.

이서빈 대하소설

소백산맥

7

구름을 타고 간 계절

북랩

머리말

왜 사람은 살아야만 할까?

이 시소설은 외지고 황량한 시대를 외나무다리 건너듯 건너온 선조들과 우리의 이야기다. 선조들은 조선 5백 년이 일본에 어이없이 무너지고 대혼란을 겪으면서 그 참담하고 암울한 상실의 시대를 살아내기 위해 시시각각 밀려오는 죽음의 공포와 싸웠다. 천신만고 끝에 나라의 주권을 되찾기까지 반쪽짜리 나라에서 당해야 했던 그 많은 수모는 형언하기 어려울 정도다.

숨을 쉬는 것이 신기할 만큼 내일을 보장할 수 없던 참혹한 시대. 숨 속에도 죽음과 불안이 섞여 드나들던 시대의 이야기를 시작(詩作)의 키보다 더 높은 자료들을 모아 적어 내려갔다. 아직 세상에 태어나지 못해 역사에 묻혀 있는 말들을 시말서를 쓰듯 내 청춘의 기나긴 시간을 하얗게 지우면서 머릿속을 탈탈 털어 시적인 언어로 썼기에 시소설이라 이름 붙였다.

〈소백산맥〉은 4·3 사건을 비롯해 건국이 되기까지, 그리고 오늘날 경제 강국이 되기까지 살아온, 그럼에도 불구하고 살아내야만 했던 격변기(激變期)로부터 세계 모든 사람이 우리나라에 살고 싶어 하는 순간까지를 그려낸 소설 같은 이야기이다.

　35년 전통 '영주신문'에 연재 중 독자의 요청이 많아 총 17권 중 연재가 끝난 5권을 출간했고, 그 후속으로 6~11권을 미리 출판한다. 이 지면을 통해 영주신문에 깊은 감사를 드린다. 나머지도 연재가 끝나는 대로 출간 예정이다.

　입으로 다 말할 수 없는 일들을 유교 사상이 에워싸고 있는 영남의 명산 소백산 자락 영주 지방을 무대로 삼아 펼쳐내었다. 소설 속 사라져가는 우리나라의 미풍양속과 문화, 구전 이야기에 많은 관심을 가져주신 독자분들께 깊은 감사 말씀을 전한다.

2025년 8월
이서빈

목차

머리말 • 4

구름을 타고 간 계절 1 ……… 9
구름을 타고 간 계절 2 ……… 28
구름을 타고 간 계절 3 ……… 46
구름을 타고 간 계절 4 ……… 64
구름을 타고 간 계절 5 ……… 82
구름을 타고 간 계절 6 ……… 100
구름을 타고 간 계절 7 ……… 118
구름을 타고 간 계절 8 ……… 136
구름을 타고 간 계절 9 ……… 154
구름을 타고 간 계절 10 ……… 172
구름을 타고 간 계절 11 ……… 190
구름을 타고 간 계절 12 ……… 209
구름을 타고 간 계절 13 ……… 228
구름을 타고 간 계절 14 ……… 246

구름을 타고 간 계절

1

그리움 벌레

프롤로그(prologue)

　비가 오려는지 죽어서 바싹 마른 지렁이 한 마리가 개미 떼를 끌고 꿈틀꿈틀 가고 있다. 강물에 섞여 달빛에 섞여 흘러흘러 가버린 과거가 지금의 나를 끌고 가듯이. 세월 수레에도 강물 수레에도 달빛 수레에도 인간은 볼 수 없는 아주 정교한 바퀴들이 달려 한 치의 오차도 없이 속도를 굴리고 있다. 인연의 끈은 너무 짧고 이별의 끈은 너무 길어 그 짧았던 만남의 추억을 엿가락처럼 늘리고 늘려 거미줄처럼 가늘어져 희미해질 때가 되면 잊히려나. 그리움이 자라 싱싱해지는 만큼 허전함의 여백은 자꾸 늘어나는 나날이다. 그리움이란 벌레 한 마리가 마음속 어딘가에 집을 짓고 살고 있다. 내 마음을 파먹고 살고 있다. 그 집은 보이지도 잡히지도 않아 부숴버릴 수도 태워버릴 수도 없다. 달빛을 쓸어내고 별빛을 쓸어내면 그리움도 쓸어낼 수 있을까? 고질적인 이 그리움이란 벌레를 무엇으로 유도해 마음 바깥으로 꺼낼 수 있을까? 얼마나 많은 마음을 파먹었는지 납덩이보다 무거워 쉽게 옮길 수도 없다. 옮기려고 하면 점점 더 물먹은 솜처럼 무게에 짓눌리고 만다. 그리움이란 벌레는 끈질기게 나를 공허하게 만들고 모른 체하면 할수록 더욱 생각나게 하는 마술을 지니고 있다. 그리움이란 벌레가 꿈틀거릴 때마다 나의 의지와 상관없이 애초에 없던 것들이 생겨나고 있던 것들이 사라진다. 엄마와 아버지 그리고 할머니 동생들도 나의 의사와 아무 상관 없이 생겨났다가 세월이란 수레바퀴에 쓸려 깜깜한 암흑 속 어디론가 깜깜한 냄새를 풍기며 사라졌다. 막장 같은 시간을 내게 남겨놓고서. 기왕 가려거든 삶의 그림자까지 멍석에 둘둘 말아 흔적도 남기지 말고 가져가지. 햇빛 강한 날 그림자가 더 선명하듯 갈수록 그림자가 짙어져 온몸에 찰싹 달라붙는 그리움 벌레. 한번 흘러간 강물이나 달빛은 아무리 그리워도 다시 그 강물에 손을 씻지도 발을 담그지도 못한다. 세상에 걸려 출렁이며 온 누리에 흥건하게 엎질러졌던 달빛과 그림자는 다 어디로 스며

들었는지. 어제의 강물이 아니고 어제의 달빛이 아닌 낯선 것들이 더 맑고 고운 소리로 흐르고 처연한 빛으로 세상을 덮을수록 마음에 그림자를 더 짙어지게 하는 그리움 벌레. 나도 언젠가 저렇게 흔적 없이 정처 없이 어처구니없이 티끌이 되고 물방울이 되어 구름처럼 바람처럼 물처럼 빛처럼 어디론가 구불구불 낯선 길로 사라져가고 말 것이다, 아니, 지금도 어쩌면 저렇게 정처 없이 흘러가는 중일 것이다. 시간이란 잠시도 고이지 않고 인정사정 다 필요 없이 가버리는 존재니까. 본래 내가 있던 곳은 어디였으며 내가 지금 가고 있는 곳은 어디인지 이 땅에서 이름을 가지고 살던 사람들은 그 이름에조차 붉은 줄을 그어버리고 어디로 가버렸는지? 그들이 쓰던 물건들 입던 옷들 미처 마무리하지 못한 미완의 작품들 사랑하는 사람들 모든 것을 고스란히 남겨두고 어디론가 가버렸다. 희망과 즐거움과 기쁨을 그렇게 가지고 싶어 발버둥 치다가 그 희망과 즐거움과 기쁨을 두고 어찌 하루아침에 어디로 간다는 주소도 남기지 않고 모두 떠나버린단 말인가? 마음에 금이 쩍쩍 가서 금방이라도 쨍그랑쨍그랑 산산조각이 나버릴 것 같은 생각이 든다. 나는 누구란 말인가? 누구이며 무엇이란 말인가? 시간이란 무엇이며 삶이란 무엇이란 말인가? 어디로 가야 하나? 무엇을 해야 하나? 손자를 찾아오라 성화를 부리던 아버지도 먼 세상으로 떠나고 허전한 마음에 그리움이란 벌레가 송충이보다 징그럽게 자꾸 파고든다. 그리움 벌레에 이끌려 어머니 묘가 있는 야산으로 오른다. 아니 어머니 묘가 나를 향해 걸어오고 있다. 무의식 속으로 파고들어 움직이는 벌레. 내가 혹시 프란츠 카프카의 '변신'처럼 벌레로 변한 건 아닌가? 하고 강물에 비춰보니 몸이 벌레로 변한 건 아니고 마음에 벌레처럼 털이 숭숭 나서 징그럽다는 생각이 든다. 차라리 고레고르처럼 변신할 수 있다면, 균으로 변신을 해서 나라를 짓밟고 자유민주주의를 공산화하려는 온갖 패악질을 일삼는 사람들을 발본색원해 그들의 몸속을 드나들며 모두 죽지 않을 만큼 힘을 빼서 이 나라를 자유민주주의로 만들 텐데. 나에겐 그렇게 변하는 재주조차 하늘에서는 주지 않았다. 그러니까 균으로 변신을 했다면 나라를 되찾고 또 동족끼리 피비린내가 진동하는 일을 깨끗이 해결해 무고한 인명 피해 없이 이 나라를 행복의 나라로 만들었을지도 모르는 일인데. 아니 차라리 어느 마을 어귀에 서 있는 장승처럼 보고도 못 본 척 나무토막으로 살아가는 것도 괜찮을 거란 생각이 들기도 하고 도무지 안갯속에 묻힌 산처럼 생각이 가물거린다. 몸뚱어리는 그냥 하염없이 벌레가 끄는 대로 끌려가는데 바람이 분다. 색도 냄새도 꼬리도 날개도 눈도 손도 없는 바람이 온몸을 간지럽힌다. 색도 냄새도 꼬리도 발가락도 입도 없는 강물이 가갸거겨 나냐너녀 한글을 외며 재잘재잘 달려간다. 바람은 색과 냄새 꼬리 날개 눈과 손을, 물은 색과 냄새 꼬리 발가락 입을 어디에 은밀히 숨기고 은유법으로 모든 생명의 몸속을 제집 드나들듯 드나들며 목숨을 관장하는 걸까? 숨을 휴~ 내뱉어도 몸속엔 숨이 남아있어 숨이 막힐 듯 답답하다. 꽃이 너무 아름다워 숨이 막힌다면 가족의 손을 잡고 그 꽃밭에 뒹굴어 보기라도 하지. 허파가 부레옥잠처럼 물 위에 떠 있는 느낌인데 벌레는 내 발을 고삐 끌듯 끌고 엄마 산소로 간다. 아니 산소가 벌레 고삐에 끌려온다. 정신 착란이 오는 걸까? 저 푸른 하늘 위 뭉게구름을 타고 하늘을 날아오르면 거기에 엄마가 살고 아버지가 살고 형제들이 모여서 살고 있을까? 생각의 수레가 덜커덩거리는 사이 벌레가 데려다준 곳은 산소 앞이다. 산소가 있는지도 모를 만큼 풀이 마치 키재기라도 하듯 자랐다. 쓸데없는 풀로 수북하게 웃자란 자신의 생각 같은 산소. 다시 집으로 내려가 낫을 들고 산소로 간다. 순간 그리움 벌레가 몸을 이탈했는지 혼은 다 빠져나간 몸뚱이만 물 위를 둥둥 뜨는 느낌이다. 낫이 풀을 말끔하게 베고 나자 4.3사건 때 오랫동안 감지 못한 머리를 감았을 때와 같은 개운함이 밀려온다. 이발을 하고 나니 엄마 뱃속에 있을 때 같다는 생각도 들고 반달 같다는 생각도 든다. 둥그런 모습에 다시 풀이 돋아날 것을 생각하니 깎으면 곧바로 푸르스름 돋아나는 스님 머리카락 같다는 생각이 든다. 스님이 금방이라도 목탁을 두드리며 나올 것 같아 피식 웃으며 낫을 던지자 그제야 안심이 되는지 참새떼가 나뭇가지에 포르르 폴폴 날아오더니 꽃을 쪼아 먹는다. 아무 생각 없이 곱게 피어 하늘의 구름을 구경하는 꽃잎들을 부리로 쪼아 뱃속에 감금시켜 버린다. 흔적도 없이 사라진 꽃이 그리워 꽃대궁이 온몸으로 운다. 그리움 벌레가 잠시 꽃나무로 옮겨간 사이 풀냄새를 깔고 산까치 울음을 덮고 바람을 당겨 베고 눕는다. 풀 냄새를 깔고 눕자 하늘에 구름이 어디론가 유유히 흐르고 있다. 구름을 타고 정신없이 어디론가 가는데 엄마가 보인다. 엄마 저 구름의 말을 번역해 줘 보소. 아내도 아들도 소식을 모르고 아부지마저 가셨니더. 엄마도 이해하제요? 아부지가 엄마한테 너무 냉정해서 따로 모싰니더. 그 시상에서라도 엄마 자유롭게 사시라고. 잘했제요? 묻는 말에는 대답도 없이 엄마는 옆에 있는 건장하고 얼굴에 윤기가 번쩍여 파리가 낙상할 것 같고 머루포도처럼 검은 눈동자에 썰매를 타면 좋을 것 같은 얼음 빙판처럼 투명한 콧등에 허연 수염이 휘날리는 신선처럼 생긴 할아버지를 가리키며 인사드려, 한다. 엄마가 할배를 우째 아니껴? 엄마 시집오기 전에 할배가 돌아가시다든데요. 니 할배가 나라를 위해 살다 오시서 이 시상에 오이 높은 자리에 앉아서 대우를 받고 기시는구나. 그래 니 할배가 먼저 날 알아보시드라. 이 시상에 오믄 다 만낸단다. 아 그릏니껴? 그 시상은 참 좋니더. 니가 계절이라? 야, 할배요 지 계절이씨더. 그래 내 손주 마이 컸구나. 내가 니 애비 어렸을 때 말했는데 잊어뿌래지 않고 계절이라고 이름을 지었구나. 할배가요? 지가 태어났을 때 할배가 안 기싰는데요. 그래, 니 애비가 니 나이도 안 됐을 적에 천상으로 이사 왔제. 내가 하도 답답해 니 애비 장개도 안 갔는데 미리 장개 가서 손주 노믄 쓸 니 이름하고 니 동상들 이름도 다 지어

주고 왔제. 야, 그르싰니껴? 그른데 나라가 이 꼴인데 우째 풍등맨치 맴이 떠 있노. 얼릉 이 나라를 위해 니 할 일을 찾그라. 천상에서는 그 시상에 있을 때 나라를 위해 자신을 헌신하며 사대부들한테 죽임을 당할 뿐 하민서도 굴하지 않고 일반 백성들이 쉽게 익히도록 한글을 맹글어 놓은 업적으로 세종대왕을 다시 인간 시상으로 내보내서 나라를 바로 세워야 한다는 회의 결과가 나와서 세종대왕을 다시 파견했다. 천상에서 세종대왕한테 나라를 우째 경영해야 하는지 국민을 행복하게 하고 다른 나라에 속박당하지 않게 방어하는 법 나라를 잘 다스릴라믄 우뜬 때에 지름길을 선택하고 우뜬 때에 에움길을 택하고 우뜬 때엔 두름길을 우뜬 때에 오솔길을 택해야 나라가 안정되고 풍요롭고 살기 좋은 나라가 되는지를 공부시키서 그 시상으로 보내기로 하고 나라가 늘 위협을 받을 때마둥 겪었던 경험, 융성했을 때의 경험을 전부 집대성해서 수천 년 역사의 경전 같은 글을 잠도 재우지 않고 다군 때부터 문·무를 겸비한 군사(君師)들로 하여금 100년간 과외를 시키서 내 보냈단다. 이 책을 한 분 읽어 보그라. 거게는 아라비아 숫자에 들어있는 비밀을 알려주민서 왜 이 아라비아 숫자가 기중 널리 사용되고 국제단위로 사용되는 동, 왜 0은 고대인도 수학에서 창안되었고 아라비아 숫자는 왜 인도 수학의 수 체계로 정립되었고 페르시아와 아랍의 중세 이슬람 수학에 도입된 뒤 유럽으로 전파되었으며 유럽 전역으로 전파되었는지의 비밀이 담긴 책이다. 계절은 할아버지가 준 책을 펼쳐 읽기 시작한다. 인도는 인류의 생로병사를 구하고자 궁을 뛰쳐나온 싯다르타의 모든 부귀영화를 버릴 수 있는 용기를 가상하게 여겨 숫자라는 선물을 그 민족에게 줄 수 있게 천상에서 합의를 보았다. 아라비아인이 전파했다고 아라비아 숫자라고는 하지만 본디 부처의 나라에 먼저 쓰게 한 숫자다. 숫자 안에 천상계의 무수한 비밀을 숨겨 놓은 숫자인 걸 인간 세상에서는 알 수 없지만, 인간이 살아가는 동안 모두 눈만 뜨면 숫자를 써야 하므로 은연중에 몸속에 기운의 숫자가 사람의 운명을 좌우할 것이다. 아침에 눈을 뜨면서부터 숫자는 필요하다. 일단 눈꺼풀이 분리되는 순간 인간은 시계의 숫자를 보며 시작한다. 그리고 몇 시에 밥을 먹고 몇 시에 출근하고 몇 번 버스를 타고 몇 시에 점심을 먹고 몇 시에 퇴근하고 몇 시에 저녁을 먹고 몇 시에 잠자고 몇 걸음을 걷고 밥을 몇 끼를 먹고 몇 시에 만나고 몇 시에 헤어지고 몇 시에 자고 눕고 걷는 모든 행위는 숫자를 떠나서는 단 한순간도 살 수 없도록 설계해 두었다. 계절은 책을 읽으면서 그래 맞아 책장에도 몇 페이지인지 숫자가 먹여져 있구나. 아무 생각 없이 쓰고 읽던 숫자가 이런 뜻이 담김에 놀란다. 자신이 지금 꿈을 꾸고 있는지도 까맣게 잊어버리고 정신없이 읽어나간다. 세종대왕이 교육받으면서 그가 한글을 만들 때와 마찬가지로 잠도 자지 않고 깨알처럼 빼곡하게 기록을 해 둔 것을 읽으며 참으로 대단하다는 감탄이 눈송이처럼 펄펄 쏟아진다. 다음 장을 넘기자 인류에 관한 이야기가 나와 있다. 원래 20만 년 전 인류는 하나였다. 그러나 지리적 여건이나 지각 변동으로 살아남기 위해 각자 생존에 알맞은 주거지를 찾고 햇볕과 물과 공기가 좋은 곳에 거주하며 각자가 살아남으려다 보니 오늘날 인종 차별까지 생기는 기이한 현상이 일어나는 것이다. 이제 이 미련한 인류를 그냥 두었다가는 서로가 한 핏줄임에도 혈투를 해 세상이 진멸할 위기에 처했기 때문에 그전에 어서 씨앗 중에 가장 튼튼하고 머리가 좋은 디엔에이(DNA)를 가진 민족을 추려서 후천 씨앗으로 삼아야 한다. 그래서 천상에서 회의 결과 머리가 가장 우수하고 글도 가장 우수한 나라 사람을 씨앗으로 넘기기로 결정이 되어 있다. 세상 사람들도 어느 정도 자연의 섭리로 다시 한번 지구에 대변동이 일어나리라 생각하고 있을 것이다. 그러니 그 씨앗을 후천 세상으로 넘기기 위해 그 나라 혈통이 잡종이 되기 전에 어서 책임자를 내려보내야 하기에 그 혈통 중에서 골라 지상에 파견해서 미륵 세상이 올 때까지 나라를 온전하게 보존할 기초를 세울 사람을 추천하게 하고 심사위원 8명과 위원장까지 총 9명이 심사를 보게 한다. 9명인 이유는 9 다음에는 다시 원시 반본으로 1과 0이 되기 때문에 이제 지구도 9수만 잘 넘기면 지상 낙원이 될 것이어서 순수 머리 좋은 혈통을 갈무리하기 위해 심사를 하는 것이다. 인간 세상에도 머리는 있어 아홉 수를 잘 넘겨야 한다고 말하며 사는 건 하늘의 기운을 받고 살기 때문에 누가 시키지 않아도 자연적인 것이다. 계절은 눈이 번쩍

뜨인다. 다음 페이지를 넘기니 심사과정 결과표가 적혀 있다. 숨도 쉬지 않고 단숨에 심사과정과 결과표를 읽는다.

심사과정과 결과표

광개토대왕(391~412)
　지략과 통솔력으로 서양 역사에서 대제국을 거머쥔 알렉산더 대왕보다 더 위대한 고구려 광개토대왕을 파견하는 것은 어떻습니까? 한국 5천 년 역사에서 가장 왕성했던 고구려를 대표하고 18세에 왕에 올라 사망하기 전까지 21년간 동북아시아 최강국의 고구려를 만들었고 왕이 어질어 하늘도 도와주어 나라가 평화로웠고 백성들도 살기 좋았으며 농사도 잘되어 가을이면 황금빛이 고개를 숙이며 광개토대왕에게 감사함을 표했습니다. 10만 명이 넘는 수군을 직접 이끌고 나라를 지키며 바다의 중요성을 미리 예견하고 지략의 다리로 대륙과 해양을 연결해 지리적 장점을 지렛대로 삼아 고구려를 군사, 외교, 무역, 문화 등 전 영역에서 우뚝 서게 했고 하늘의 아들이라고 칭했을 정도이니 마땅히 다시 지상에 파견된다면 임무를 훌륭하게 수행할 수 있을 줄 아룁니다. 심사위원장은 팔을 모기 날개처럼 흔들더니 '다 좋은데 가장 중요한 창의성이 빠졌어.'

라며 다음 사람을 더 심사해 보자고 한다. 심사위원 전원이 9점을 주는데 위원장이 7점을 주고 다음 사람을 심사하기로 한다.

근초고왕(346~375)

중국과 일본에 큰 영향을 준 백제의 제13대 왕 근초고왕을 추천합니다. 근초고왕은 바다를 국가 경영 무대로 삼고 백제 문화를 대국으로 성장시켰습니다. 근초고왕은 백제를 다스림에 있어 해군력을 강화하고 무장시켜 기발한 항해술과 기술이 하나로 잘 조합시켜 그 위력은 한반도를 넘어 중국과 일본에까지 큰 영향력을 끼쳐 중국과 일본이 위협을 느낄 정도였습니다. 열 받아 열로 세상을 다 녹이고 화로 딱지를 접어 화딱지로 세상을 다 뒤집어 버리고 싶은 이야기지만 일본 국보로 지정된 '칠지도'도 백제 근초고왕 때 관료들이 근초고왕 몰래 일본에 선물한 것입니다. 일본 왕이 감탄사를 연발 뱉어내며 '지상 어디서도 본 적이 없던 진귀한 물건'이라며 칭송을 했을 정도로 칠지도는 75cm 길이의 철제 칼로 좌우에 7개의 날이 마치 가지 모양으로 생겼으며 백제의 찬란한 문화 역량의 정교한 금속기술이 집약된 물건도 많이 만들었습니다. 백제를 중심으로 중국의 요서, 산둥반도와 일본까지 해양 바닷길을 낼 정도로 바다를 잘 활용해 동북아시아 국제관계를 지혜롭게 하고 백제 역사상 가장 찬란한 역사를 만들어나간 왕입니다. 지금도 중국과 일본 곳곳에 백제의 위대한 문화유산들이 남아있습니다.

근초고왕을 보내면 다시 한번 그 기상을 펼치며 나라를 잘 지킬 수 있으리라 생각됩니다. 심사위원장은 한쪽 눈을 찡긋 찡그리며 '훌륭한 건 나도 인정하지만 정말 소중한 것이 빠졌어'라고 말하고 심사위원장은 위원들의 점수보다 낮은 7점을 주고 다음 사람을 심사하기로 한다.

왕건 대왕(918~943)

고려를 건국한 왕건 대왕을 추천합니다. 왕건 대왕은 덕진포 대전에서 적의 군대와 전투를 할 때 적의 숫자가 벌떼처럼 몰려들자 장수들이 세상에 겁을 다 집어먹고 싸우지도 않고 기가 질려 있자 왕건은 '싸움을 하지도 않고 기부터 죽으면 지는 것이다. 이기고 지는 것은 숫자에 달린 게 아니라 마음에 달린 것이다. 마음에 이긴다는 결의를 가득 채우고 싸우면 숫자는 숫자에 불과할 뿐이다. 걱정하지 말고 마음을 모아 싸우자!' 하고 추상같은 명령을 내렸습니다. 그리고 불길 같은 용맹함으로 왕건은 바닷바람의 방향을 이용해 적 군함에 불을 지르며 세상 어떤 지혜도 자연을 이용한 지혜는 이길 수 없다고 의기양양하게 해양 작전을 추진해 한 치도 물러서지 않고 아주 적은 군사로 잘 정돈된 군사 수만 명을 모두 격파시키고 탁월한 승리를 했습니다. 그의 명성은 불길보다 빠르게 확산되어 수많은 사람이 그를 사람이 아니라 전쟁의 신이라며 존경하고 따르게 되었습니다. 진심으로 존경해 따르는 사람들은 목숨을 내놓는 법, 그를 따르는 사람들을 고려 건국의 인적 자산이 되어 한민족을 통합하며 천재적인 국가 지도자가 되었습니다. 그는 바다만 경영할 줄 아는 것이 아니라 자연의 이치를 경영할 줄 아는 사람이었고 고려를 건국한 위대한 왕입니다. 왕건을 파견하면 다시 한번 그 지혜로 나라를 잘 다스릴 수 있을 것 같습니다. 심사위원장은 턱 밑에 수염을 배배 꼬면서 '훌륭한데 아주 중요한 나사(螺絲) 하나가 빠졌어.' 하고 다른 사람 심사로 넘어간다.

이순신 장군(1545~1598)

일본과의 전쟁에서 패하고 불리해지자 이순신 장군은 임금에게 '신에겐 아직 12척의 배가 있습니다!'라며 용기 있게 나서서 온몸을 던져 나라를 구한 분입니다. 이순신 장군은 적에게 바다를 빼앗기면 나라 전체를 빼앗길 수 있다며, 한 치의 망설임도 없이 나섰습니다. 자신을 향한 정권과 최고 통치자들의 끝없는 모함과 배신에도 불구하고 자신의 목숨은 오직 나라를 위해 바치겠다고 한 위인입니다. 그는 단 12척의 배로 330척에 달하는 적 함대에 맞서 승리를 한 믿을 수 없는 장군입니다. 명량 대첩(1597)에서 기적 같은 승리로 조선을 구했고 전 세계 해전 역사에서도 볼 수 없었던 위대한 승리를 거둔 것입니다. 이런 나라를 위한 충성심이라면 지상에 보내면 훌륭하게 나라를 잘 보존할 수 있을 것 같습니다. 심사위원장은 '대단하긴 한데 나라를 경영해 보지 않았으니 경험이 부족해' 하며 다음 심사로 넘어간다.

세종대왕(1418~1450)

아버지가 건강을 해칠까 봐 책을 불에 태울 정도로 독서광이었습니다. 단군 이래 최고의 독서광이어서 책을 들면 다 닳아서 너덜거릴 정도로 읽었고 여러 학문을 두루 섭렵하고 미술 음악 수석까지 다양하게 섭렵해서 다재다능한 왕이었습니다. 그때 심사위원장이 '모든 것 다 제쳐두고 자손들이 대대로 삶의 기반이 될 한글 창제 하나만 해도 누구도 따라올 수 없어. 사대부들에게 목숨까지 잃을 뻔하고 눈까지 멀어가며 만든 건 자신의 생명을 깎아서 만든 글이지 더 이상 심사는 없다. 세종대왕으로 합격!' 그렇게 심사는 끝났다.

세종대왕은 자신이 지상에 파견된다는 소식을 듣고 심사위원장에게 달려간다. '제가 한글을 만들고 나라를 잘 이끌 수 있고 글을 몰라 사대부의 횡포에 맞서지 못하고 가난과 천대 속에 수탈과 온갖 수모를 당하는 백성을 살필 수 있고 또 한글을 만들 수 있었던 것은 저의 덕이 아닙니다. 저의 아버지께서 모든 악역을 담당하시고 외척까지 모두 제거해 주시며 바람막이가 되어 주셨기에 제가 일에만 전념할 수 있게 해 주신 것이니 아버지께서 그 공을 받으시는 게 옳을 줄 아룁니다.' 하자 심사위원장은 아무리 그렇다고 해도 그렇게 사람을 파리목숨처럼 죽인 것에 대한 죄의 대가는 치러야 하니 너는 뱉어놓은 말을 모두 수거해서 저 요단강에 가져다 뿌리도록 해라. 하고는 손바닥을 툭툭 두어 번 치고는 나가버린다. 어쩔 수 없이 세종대왕은 다시 책을 보고 기록을 할 수밖에 없다. 그러면서 내가 한글을 만들었기에 다행이지 이 많은 기록을 한문으로 기록해 놓으면 누가 읽고 해석하겠는가? 한글을 만든 건 참으로 잘한 일이야. 아 어서 다음 숫자에 관한 걸 필사해 둬야지.

숫자 1은 하늘과 땅을 잇는 숫자이다. 그리고 1은 양을 뜻하고 남자를 뜻해 남성의 성기를 닮았다. 1은 생명의 숫자이다. 그래서 마음을 모두 1심으로 모아야만 하늘과 땅을 이을 힘을 준다. 모든 초목도 숫자 1을 닮아 땅에서 태어나 하늘을 잇겠다는 일념으로 하늘로 하늘로 일심으로 하늘을 향하도록 만들었다. 동물들이 나무들처럼 오래 살지 못하는 것은 게걸음처럼 옆으로도 가고 앞으로도 가고 엎드리고 눕고 걷고 일심으로 사는 것이 아니라 제멋대로 움직인다. 초목처럼 한 곳에 뿌리를 내리고 사는 것이 아니라 욕심에 눈이 어두워 남의 땅에 드나들고 그러다가 땅이 맘에 들어 욕심이 생기면 남의 땅을 빼앗고, 짐승들은 약육강식의 세계로 잠시도 맘 놓고 살 수 없어 그 생명이 나무에 비하면 어림도 없다. 그러나 식물은 1을 닮아 곧게 하늘과 땅을 이으면서 한곳에 뿌리를 내리고 남의 살을 먹지도 않고 오로지 자연이 준 바람과 물과 햇빛만 먹고 산다. 그러나 인간은 탐욕으로 도시의 요새를 강화하고 남을 해치기 위해 무기를 만들고 세상에 어려운 사람을 잘 살피라고 달아준 눈 두 개, 더럽고 오염되거나 고인 물에서 썩는 냄새를 맡고 고인 물의 물꼬를 터주고, 어려운 사람 숨통을 틔워주라고 달아준 콧구멍 두 개, 남의 말을 잘 경청해서 곤란한 처지에 처한 사람의 소식을 들으면 바로 도와주고 나쁜 말을 전해 들으면 한 귀로 듣고 한 귀로 흘려보내라고 귀를 두 개나 달아주고, 목숨을 연명하려면 먹어야 하니 입을 달아주고 말을 아끼고 조심하지 않으면 안 되어 모든 재앙이 입에서 나오고 모든 부귀도 입에서 나오기에 혀를 입안에 가두어 두고 잘 벼려서 각자의 생을 잘살아 보라고 입속에 혀를 넣어주었다. 혀를 어디로 운전하느냐에 따라 그 사람의 인생이 돌부리에 걸려 펑크가 나기도 하고 고속도로로 앞만 보고 달리기도 하고 오솔길을 거닐며 유유자적 한가로이 자연과 함께 살 수도 있도록 설정해 두었다. 그러기에 그 사람이 어떤 길을 가느냐는 그 사람의 혀의 운전에 따라 운명이 결정되는 비밀을 혀 뿌리에 숨겨 놓고 독을 뿜어내면 자신이 독사처럼 독이 가득한 인생이 될 것이고, 달콤하고 고운 말을 뿜어내면 꿀처럼 달콤한 인생이 될 것이다. 말의 씨앗은 헛씨가 없어 독한 말씨 한 홉을 뿌리면 독한 말씨 한 섬을 추수하고 고운 말씨 한 홉을 뿌리면 고운 말씨 한 섬을 반드시 추수하게 된다. 그렇지만 이 말씨는 각자가 뿌리는 사람 마음이니 그 말씨에 따라 그 사람의 인생이 따라가도록 설계해 두었다. 영이 맑은 사람은 깨달아 고운 말로 주위를 환하게 꽃 피울 것이고, 영이 혼탁하거나 짐승으로 살다 어찌어찌 선업을 쌓아 처음으로 인간이 된 사람은 자기 자신도 모르게 그 짐승 같은 행동과 말이 나와 주위 사람들로 하여금 짐승 같은 사람이란 소리를 들으면서도 깨닫지 못하고 오히려 바르게 일러주는 사람을 흘겨보니 그는 그 업으로 다시 또 삶이 힘들고 고통스러워질 것이다. '물은 물대로 흐르고 죄는 죄대로 흐른다.'라는 말을 헛바닥으로 날름대면서도 행동을 고치지 못하는 것은 전생에 짐승이었기에 그것이 쉽지 않아서이다. 그러나 글을 읽고 공부를 부단히 해서 고친다면 그는 다음 생에선 원하는 부모를 만나서 왕의 자손이 되든 최고의 부자의 자손이 되든 마음대로 될 것이다. 5장 6부는 오대양 육대주를 관장하려면 마음을 잘 갈무리해야 하니 보이지 않게 뱃속에 넣어주었고 씨앗을 잉태할 때 음양의 합덕이 잘 돼야 조화(造化)가 일어나 대를 이을 자식이 태어날 것이고 생명이 이 세상에서 지상으로 통과하는 통로는 가장 음습한 곳에 두고 체모로 잘 덮어 갈무리해 두었고, 여자의 젖가슴은 생명의 젖줄이므로 자랑스럽게 생각되어 봉긋하고 우아하게 정면 가슴 위에 달아 두었고 남자는 덜 성숙해 아기처럼 엄마의 젖가슴 추억을 잊지 못하므로 젖가슴을 두 개를 만들어 하나는 태어난 아기 또 하나는 철들지 않은 남자에게 주게 해두었다. 그렇지 않으면 철없는 남자의 질투 때문에 아기가 충분히 젖을 먹고 살아나기가 어렵기 때문이다. 남자의 씨주머니는 잘 영근 씨앗을 저장해 둔 것이라 여자들이 그 씨앗을 받고 싶어 고추처럼 생긴 그 주장자 때문에 죽고 살 만큼의 무게를 둘 것이 뻔하지만 씨앗이란 본성은 밭만 보면 씨를 뿌리고 싶어 하는 본능이 있어 아무 곳이나 임자가 있는 밭이든 임자가 없는 밭이든 밭만 보면 씨앗을 뿌리다 패가망신도 하고 팔자를 고치기도 하고, 여자는 밭이므로 한 가지 곡식을 심고 나면 땅이란 한계가 있어 잉태된 생명이 있는 한 다른 씨앗을 받아들이지 못하게 되어 있다. 손을 두 개로 만든 것은 모든 사람을 도와주고 좋은 일을 위해 두 손 모으고 기도를 하라는 의미고 손가락 발가락, 손발에 가락을 붙여 놓은 이유는 인간은 영장이므로 감정이란 특수함을 가지고 있어 노래가 나오면 손발 가락이 자동으로 춤을 추고 글가락 노랫가락 국숫가락 엿가락 숟가락 젓가락 그 어떤 가락이라도 만들 수 있게 가락가락 만들었다. 손바닥과 발바닥은 바닥이란 가장 낮은 자세에서 모든 위대하고 훌륭한 것이 태어나며 땅의 정기를 받아야 싹이 트고 땅바닥을 딛지 않고는 살지 못하기 때문에 바닥에서 조금 떨어져 부귀영화를 조금 누린다고 거만하고 자만하지 말고 바닥과 잘 어울려 살아가라고 만들어 놓았고, 늘 바닥에 있는 사람처럼 겸손하라는 뜻으로 손에도 바닥을 만들고 발에도 바닥을 만들었는데 만약 이 바닥을 모르고 경거망동하다가는 두 손바닥 두 발바닥이 닳도록 싹싹 빌어야만 일이 해결된다. 비는 방법을 모르면 구더기가 시골 화장실에서 수천 번 떨어지고 기어오르며 냄새나는 가장 더러운 밑바닥에서 벽을 타고 올라 성공하면 환골탈태를 해서 임금의 수라상까지 오르고, 무엇인지 모르고 앉기만 하면 두 손을 모아 싹싹 비는 모습을 보며 인간도 저렇게 빌어먹고 살아야 겸손해짐을 깨닫게 하려고 만들었다. 손톱 밑에 초승달이 뜨게 한 것은 인간은 욕심이 많은 동물이라 늘 정신없이 살다 죽지 말고 가끔 하늘에 달도 한 번씩 보라고 뜨게 했다. 앞만 보고 사는 인간에게 손발톱을 자라게 하여 손발톱 자를 때라도 손발톱에 뜬 초승달을 보라고, 그리고 하늘을 한 번 쳐다보며 태어날 때 실오라기 하나 걸치지 않은 맨몸으로 태어났음을 한 번쯤 되돌아보라고 초승달을 손톱 밑에 숨겨 두었으니 이 손과 발에 있는 톱을 잘못 이용하면 왕의 얼굴에 톱 자국을 내서 인생을 망치는 경우도 있으니 톱날을 아무렇게나 쓰지 말고 신중하게 써야 한다. 여자의 몸에는 달의 유전자를 만들어 놓았다. 그리하여 달거리를 하도록 하였고 달거리를 폐하게 되면 아기도 낳을 수 없게 해 놓았고 그 모든 건 나무처럼 곧게 밤낮으로 서서 생각할 때 어기저기 옮겨 다니며 소란을 떨며 사는 인간들이 한 번쯤 생각하면서 살아가라고 숫자 중 제일 앞에 1을 두고 최고로 치도록 해 놓았다.

구름을 타고 간 계절

2

    2는 여성을 뜻해 겸손하고 자세히 보면 자식을 위해 고개를 숙이고 꿇어앉아 기도를 하고 있다. 2는 음을 뜻한다. 그래서 부드러운 곡선으로 되어 있다. 인간은 어려움이 닥치는 것을 매우 싫어하고 꺼려 한다. 그러니 매사에 늘 조심하고 기도하는 마음으로 살아가고 잘난 척하지 말고 공손하게 무릎을 꿇는 자세로 사람을 대하면 남에게 미움을 받지 않을 것이라는 것. 겸손하고 겸허하게 경배해야 함을 가르치는 숫자이다. 아무리 독립적으로 혼자 살려고 해도 인간은 사회적 동물로 함께 살아가야 하기에 사람이 많든 적든 하다못해 가족끼리라도 살아야 하니 서로가 서로에게 존중받고 신뢰받고 두려움 없이 살아가는 데 기도만한 것이 없다. 아무리 강력한 힘을 가진 자라도 늘 걷는 사람 위에는 뛰는 사람이 있고 뛰는 사람 위에는 나는 사람이 있음을 명심하라는 말이다. 아무리 훌륭한 인격과 지혜를 가지고 있어도 숙이지 않고 경거망동 하면 모든 것이 헛일이 되고 말 것이며 꿇어앉아 기도하는 것이 아니라 꿇어앉아 빌어야 하는 일이 생길 것이니 늘 기도하는 마음으로 살면 누구도 공격하지 않을 것이고 만약 공격하다가도 수치스러워 멈추게 될 것이다. 늘 변화무쌍한 것이 인생이라 인생에 늘 방어막을 치고 사는 것은 불가능하기에 힘과 인성과 권력과 그 무엇을 가지더라도 무릎을 꿇고 경건해지는 걸 잊어서는 안 되기에 2라는 숫자를 두 번째 주었다.

  3은 참으로 삼삼한 숫자이다. 하늘과 땅과 인간도 셋이고 가위바위보도 셋이고 각종 스포츠를 해도 3등까지는 상을 주는 것이다. 너그럽게 용서를 할 때도 세 번까지는 용서해준다. 3을 두 개 포개면 팔자가 된다. 8자는 뜯어고치기 어렵다. 3고 초려를 해서 명장을 얻고 밥도 세끼 먹고 삼각형에는 우주의 숨겨진 수수께끼를 푸는 열쇠를 숨겨 놓아 3의 비밀을 푸는 자는 세상을 구할 수 있을 것이다. 나는(세종대왕) 공부를 하다가 화들짝 놀란다. 우리 민족 신앙인 무교의 중심사상인 3사상이 가장 잘 나타난 경전이 민족 경전인 천부경이라고 했다. 천부경 첫머리에 일석삼극(一析三極)이란 구절이 있는데 일석삼극이 불교에서는 회삼귀일(會三歸一)로, 유교에서는 삼극지의(三極之義)로, 민족종교 무교에서는 생생지생(生生之生)이라 하는데 이 모든 것이 천지인 합일 사상에서 나왔다는 공부를 하고 우리 민족이 놀랍다는 생각을 한다. 1과 2를 통합한 숫자 3, 그런데 우리 민족의 선조인 단군도 풍백(風伯), 우사(雨師), 운사(雲師) 3명과 3천 명을 이끌고 이 땅에 내려왔다고 했다. 세 발 달린 까마귀 삼족오는 고구려의 상징물이었고 내가 만든 한글로 속담도 많이 만들었는데, '세 살 버릇 여든까지 간다.' '겉보리 서 말이면 처가살이 안 한다.' '서당 개 3년이면 풍월을 읊는다' '내 코가 석 자' '구슬이 서 말이라도 꿰어야 보배' '중매 잘하면 술이 석 잔이요 못하면 뺨이 석 대' '작심삼일' '삼심제도' '셋째 딸은 선도 안 보고 데려가' 등 많은 속담을 3자를 넣어서 쓴다. 또 삼신 할매가 아이를 점지해준다. 우리나라 백성들이 놀랍다. 불가에서도 아미타불(서방정토의 주불) 석가모니불(사바세계의 교주) 제불(염불하는 중생의 왕생을 보증하는 불)을 3불이라 한다. 기독교에서는 3을 '하나님의 수' '부활의 수'라 부르기도 하고 삼위일체(성부 성자 성신) 중요한 판결을 할 때도 의사봉을 3번 두드리는데 그 결정을 천신 지신 백성들에게 고해도 될 만큼 공정한 의식이란 걸 영적으로 알기 때문이다. 우리 조상들은 3을 길수나 신성수라 하고 천인지를 기본으로 음양 조화로 완벽하게 이뤄진 숫자란 걸 깨달았다. 3은 남자인 양의 숫자 1과 여자인 음의 숫자 2가 합해져 3인 아이가 탄생한다. 나는(세종대왕) 인간 세상에 살 때 조선 시대에도 삼정승으로 영의정 좌의정 우의정의 직책이 있었던 것이 생각난다. 야구에서 삼진 아웃제 우리나라 전통 가락인 삼박자, 아기를 놓으면 3칠을 금줄 처놓고 상갓집의 짚신 세 켤레, 누구를 보고 싶으면

'눈에 삼삼하다.'라고 하고 잘생긴 사람을 보고도 '삼삼하게 생겼다' 하고 나무도 삼나무는 중독성이 있는 아편이다. 시조의 초장 중장 종장, 논설문 서론 본론 결론, 군대 계급도 하사 중사 상사, 소위 중위 대위, 소령 중령 대령, 소장 중장 대장 크기도 소, 중, 대 얼굴의 기본 구조도 눈 코 입, 벌들의 체계도 일벌 수벌 여왕벌, 하늘에도 해 달 별, 계층의 기본도 귀족 평민 천민, 신호등도 빨강 파랑 황색, 입법부 사법부 행정부, 삼권 분립, 기체 액체 고체, 수증기 물 얼음, 초복 중복 말복, 삼겹살, 달걀도 흰자위 노른자위 껍질, 군대조직도 육군 해군 공군, 지방법원 고등법원 대법원, 물건의 질도 상 중 하, 사람이 죽으면 삼일장을 지내고 삼우제(三虞祭)가 있고 춥고 긴 겨울을 삼동(三冬)이라 했고 무더운 여름을 삼복(三伏) 무리를 일컬어 삼삼오오(三三五五)라 했고 색깔을 이야기할 때도 삼원색이 근원이다. 상고(上古)시대에 우리나라 땅을 마련해 준 삼신(三神)이 있나 하니 생명 신으로 섬긴다. 삼재(三災)가 있는가 하면 또 삼재(三才)가 있다. 시위문화에서 삼보일배(三步一拜) 가까운 이웃을 일컬어 삼 이웃, 만세를 불러도 삼창(三唱)까지 해야 속이 후련했다. 삼박자가 맞아떨어져야 목적한 것이 이루어진다.

  다음 4, 4는 죽을 死자와 발음이 같다는 이유로 천대를 받고 빌딩에서는 4층을 에프(F)로 표시하거나 아예 4층이 없는 경우가 많지만, 천상에서 4는 동서남북 방위나 봄 여름 가을 겨울 계절을 나눈다. 조선 시대에는 사대문이 있고 사대문을 둘러싼 낙산 인왕

산 남산 북악산을 내사산(內四山)이라 불렀다. 그리고 선비를 일컬을 때 매화 난초 국화 대나무를 4군자라 했고, 한문 권에서도 사자성어 사서삼경(四書三經)이 있다. 심리적 측면에서 보면 4자가 사람이 한 번 보면 가장 잘 기억할 수 있기에 전화번호도 끝자리는 4개 버스나 자동차 번호도 4자리 4주 그리고 동물도 두 다리로 걷는 것보다 네 다리로 걷는 동물이 허리 병에 잘 걸리지 않는 이유는 4라는 숫자가 방위를 표시할 때 4방 천지라고 하듯 안정적이란 원리가 들어있기 때문이다. 4는 정적인 상태를 상징한다. 병원 같은 경우 4층에서 사고라도 발생하면 분명 우연이겠지만 미신 같은 말을 끌어다 억지를 부릴 확률을 줄이기 위해 4층을 장례식장을 하고 장례식장 번호도 4444가 많을 정도로 4를 금기시한다. 그러나 인간이 미련해서 그런 것이다. 자연에는 4라는 숫자로 이루어진 것이 대부분이다. 늘 사각에 갇혀 살면서 4를 기피하는 바보 같은 인간들이다. 다시 말해 똥을 뱃속에 넣고 다니면서 똥을 보면 더럽다고 피하는 것 같은 미련곰탱이 같은 인간이다. 인간은 안정적인 4안에서 거의 생활한다. 빌딩도 사각 교실도 사각 방도 사각 침대도 사각 컴퓨터 스마트 폰 책 상자 달력 엽서 공책 필통 등 수많은 것이 모두 사각인 이유는 4는 땅의 세계를 뜻하기 때문이다. 조물주가 천지를 창조할 때 4를 염두에 두고 모든 만물을 창조했기 때문이다. 달도 초승달 상현달 보름달 하현달 4가지 모양으로 차고 기울고 만물을 구성하는 4원소도 물 불 공기 흙이고 공간을 측정하려면 길이 넓이 깊이 높이를 재야 하고 기독교는 4라는 숫자를 통해 종교의 기반을 갖추었고 여호와를 뜻하는 (YHWH)도 철자가 4개고 구약성서에 하느님 말씀을 전한 이사야 예레미야 에스켈 다니엘 등 4대 예언자와 신약성서의 앞부분도 마태 마가 누가 요한 4대 복음서고 신앙의 요소도 말씀 기도 전도 봉사 네 가지로 나누어 놓았다. 불교에서는 사람이 실천할 삶의 기준을 사무량심(四無量心), 네 가지 방을 말하고 사찰에도 동서남북으로 4천왕을 세워놓고 동물도 좌청룡 우백호 남주작 북현무 4령과 기린 봉황 거북 용을 4신이라고 부른다. 인간의 삶을 생로병사라고 하고 건강의 원리를 찾는 사상의학도 있다. 로마인들은 도시를 지을 때 초석을 정사각형으로 만들고 반드시 4개의 문을 달았다. 문명의 원천이 된 4대 문명도 이집트 문명 메소포타미아 문명 인도 문명 중국 문명이라고 세계 4대 성인으로 공자 석가모니 예수 소크라테스라고 하며 모두가 4라는 숫자 안에서 살고 있다. 4주를 보고 살고 팔다리를 4지라고 하고 야구에서 대표적인 강타자는 4번 타자고 수영이나 육상에서 기록이 제일 좋은 선수를 4번 레인에 배정받고 지구촌 축제인 월드컵과 올림픽도 4년마다 열린다. 국회의원이나 지방단체장 임기도 4년이다. 공자가 유교에서 말한 사람이 마땅히 갖추어야 할 네 가지 인, 의, 예, 지, 즉 남을 불쌍히 여기고 곤경에 처한 이를 측은하게 여기는 마음인 仁과 불의를 부끄러워하고 이득이 있는 일 앞에서 그것이 옳은지 그른지를 생각하는 마음 義, 남을 공경하고 사양하고 양보할 줄 아는 마음인 禮, 옳고 그름을 분별하는 마음, 학문 연구에서 진리를 밝히는 마음 知, 네잎 클로버는 행운의 상징인데 나쁜 누명을 쓰고도 꿋꿋하게 잘 버티며 사방팔방 사통팔달을 안내하며 질서를 잡아주는 불쌍한 숫자, 4는 인간들 주위를 둘러싸고 완벽한 안전성을 주며 질서까지 잘 정리해주는 것이다. 바보 같은 인간은 그걸 모른다.

숫자 5는 소우주인 인간을 의미한다. 음양도 오행설로 되어 있고 인간도 간장, 심장, 폐장, 비장, 신장과 같은 오장(五臟), 대양도 오대양 손과 팔다리 사지를 뻗으면 오각형 별 모양이다. 5는 선천 부처님 세상의 마지막이며 6부터는 후천 미륵 세상이다. 그래서 후천 숫자인 6으로 못 넘어가면 오! 하고 안타까움을 나타내고 좋은 일이 있어도 오! 한다. 그래서 5가 넘으면 반올림(사사오입)의 기준이 되는 수다. 5보다 모자라면 버리는 수가 되므로 후천 미륵 세상의 씨앗으로 넘어갈 수 없다는 뜻이다. 5를 거꾸로 놓으면 2가 된다. 두손 두발 모두 모으고 경건하게 기도하며 후천 세상에 넘어가도록 살아야 자손 하나라 후천 세상으로 넘어가 그 가문을 모두 구할 수 있는 것이다. 농구도 한 팀은 5명이고 센터 위치 번호이기도 하다. 5반칙을 하면 퇴장을 당하고 팀 반칙 5개를 하면 상대 팀에 자유를 허용한다. 별도 5각형이다. 그래서 별 하나인 오각형에 28별자리와 24절후가 다 들어가 있으니 5는 아주 중요한 숫자다. 오리 오소리 오이 오미자 오갈피 오징어 오솔길 등등 오만

가지 이름은 지수화풍공(地水火風空) 다섯 가지의 기운을 받은 것들이다. 음악도 오선지에 그리고 사람의 손가락과 발가락을 모두 다섯 개를 만들어 놓았다. 손가락은 무엇을 계산할 때 5까지 손가락은 접으면서 세고 6부터는 다시 하나씩 펼치게 된다. 후천엔 접혀서 보이지 않던 것들 사람의 마음속에 무엇이 들어있는지 초목과 짐승 속에 무엇이 들어있는지 접혀서 모르고 살지만, 후천 세상에는 접혔던 것들이 모두 펼쳐지며 손바닥에 무엇이 있는지 보이듯 사람의 마음속도 초목의 속도 짐승의 속도 모두 보이는 세상이라 생로병사가 없는 완전한 세계이기 때문에 펼치는 것이다. 시속 말에도 '팔자 폈다 두 다리 펴고 자라' 하는 말은 모두 후천으로 넘어가게 되었다는 소리다. 목(木), 화(火), 토(土), 금(金), 수(水)를 오행이라고 한다. 오기(五氣)는 추위 더위 가뭄 습함 바람, 오성은 목성 화성 금성 수성 토성이다. 5곡은 쌀 보리 콩 조 기장으로 오곡밥을 해 먹으면 기운이 되살아난다. 오미는 신맛 쓴맛 짠맛 매운맛 단맛 5독(五毒)은 독사 두꺼비 지네 전갈 도마뱀의 독이고 5진은 사람 마음을 더럽히는 다섯 가지 욕망으로 물질(色) 소리(聲) 냄새(香) 맛(味) 촉감(膃) 오덕은 온화 양순 공손 검소 겸양 오복은 장수 부유 무병 식재 도덕 천수 오륜은 부자유친(父子有親) 장유유서(長幼有序) 군신유의(君臣有義) 부부유별(夫婦有別) 붕우유신(朋友有信) 소설의 사건 전개도 발단 전개 위기 절정 결말 5단계로 되어 있고 승용차도 5인승. 올림픽 5륜 마크, 5성 장군, 5일장, 동 서 남 북 중

앙의 오방, 온화 양순 공손 검소 겸양과 같은 오덕(五德), 금강산 묘향산 백두산 한라산 삼각산을 일컬은 오악(五岳), 설악산 가는 길에 있는 오색약수, 오색 실 오색구름 5가 생활에 많이 사용되는 이유는 5는 완성을 의미해 5까지 잘 살아야 손가락을 펴는 6의 후천 세상으로 넘어갈 수 있기 때문에 선천 세상의 마지막 숫자가 오이니 오기 부리지 말고 마음을 잘 닦아야 한다.

숫자 6은 후천 시작 숫자라서 밑에서 고여 있던 모든 숫자가 싹이 트기 시작한다. 6은 평형과 조화를 상징하기 때문에 후천 세상은 조화 세상이라 한다. 선천 세상에서도 무엇이 잘 이해가 되지 않으면 희한한 조화라고 말하는 이유가 바로 인간들은 6이 되면 후천 기운이 올 것을 무의식으로 알기 때문이다. 그래서 사람들은 마구 욕을 퍼부으면 육두문자로 욕을 퍼붓는다고 한다. 오세요 하면 후천으로 넘어가는 것이고 가세요 하면 후천 미륵 세상으로 못 넘어가고 간다는 뜻이다. 다리도 오금을 펼 수 있다는 말은 후천으로 넘어가야 오금이 펴진다는 말이다.

6은 육지에 지상 천국이 세워질 것이기 때문에 땅을 육지라고 한다. 곤충의 다리 수도 6개이고 로또에서 45개의 공 중에서 6개를 뽑는데 후천 세상으로 넘어가기가 로또 맞기보다 어렵다는 뜻이 숨겨져 있다. 벌은 영물임으로 후천 세상 올 것을 알아 벌벌 떨면서 집을 지을 때 육각형으로 짓는다. 불교의 육도윤회는 지옥, 아귀, 수라, 축생, 인, 천계를 도는 것을 말하고 배구도 6명이 한 팀인데 네트 위로 공을 잘 넘겨야만 이긴다. 이는 후천 세상으로 넘어가기 연습을 하는 것이다. 인간의 육부도 대장 소장 위 쓸개 방광 삼초이고 육조에는 이조 형조 예조 병조 공조 호조가 있다. 육하원칙도 언제, 어디서, 누가, 무엇을, 어떻게, 왜로 이루어져 있다. 성경에는 신이 세계를 6일 만에 창조하였다고 기록되어 있다. 6은 땅에서 후천 세상으로 넘어가 새로운 싹이 트는 모양이다.

숫자 7은 대우주와 완전한 전체성을 뜻하고 기독교에서는 예수님과 관련된 온전함을 일컫는다. 무지개도 일곱 색이고 칠뜨기 칠삭둥이 등은 7달 동안만 뱃속에 살다가 나와도 사람은 산다는 뜻이고 일주일을 7일로 정하고 북두칠성은 7개의 별로 구성된 유명한 별자리이며 계명도 도, 레, 미, 파, 솔, 라, 시 7개며 사람도 죽으면 칠성판에 누워 다시 하늘을 상징하는 북두칠성 곁으로 가는 것이다. 7월 7석은 하늘에서 최고의 행사여서 견우와 직녀도 만날 수 있는 길일이고 칠성신앙(七星信仰)도 있으며 일곱 천체의 이름과 음양오행으로 구성해 해(日)와 달(月)이라는 음양과 불, 물, 나무, 금속, 흙이라는 오행의 각 요소를 요일에 적용시킨 것이다. 이처럼 숫자 7은 인간 세상과 천상을 넘나들며 하늘을 이루는 근원적인 수로 나아가 우주의 의미를 해명해 주는 신성한 수이자 음양오행의 동양사상을 담고 있는 수다. 석가모니가 태어날 때 일곱 송이 연꽃이 아기를 받아냈고 태어나자마자 사방으로 일곱 걸음을 옮긴 뒤 '천상천하 유아독존'의 열변을 남겼다는 불전(佛傳) 역시 고대

인도에서 신성시한 숫자가 7임을 말해주는 것이다. 베다 신화에는 하늘을 상징하는 황소의 고삐 수나 태양신의 마차를 끄는 암말 수도 모두 일곱 마리이며, 인드라는 7개의 강을 흘러내리게 했다. 또한, 제사를 집행하는 제사관의 입도 일곱이며, 제물을 묶는 일곱 기둥과 나뭇단도 일곱단을 썼으며 7은 우주의 생성주기를 상징하면서 종교의식에 신비한 주문처럼 스미고 7은 여성과 관련이 많다. 7이 2개가 모이면 14살로 여성의 초경이 시작되며 7이 세 개 모이면 21일로 아이를 낳고 금줄을 칠 때 21일간 치고 7이 7개인 49살에 여성이 폐경이 될 것이며 이것은 초승달이 자라나서 둥그런 보름달이 되었다가 다시 그믐달로 기우는 달의 주기에 따라 여성의 생리 주기가 정해지기 때문이다. 사람이 죽어서 다음 생을 받기 전까지 중유(中有)에 머무는 기간도 7이 7개 모이는 숫자인 49일이라 사람들은 49재를 지낸다. 7이란 숫자 안에는 아주 많은 비밀이 숨겨져 있다.

8자 바로 봐도 8자요 거꾸로 봐도 8자라 사람의 8자는 인간이 바꿀 수 없다는 말이라서 불교에서는 8을 완성 수로 본다. 8괘는 동양의 음양 세계관으로 우주와 삼라만상의 기운으로 살아가는 게 사람 팔자라는 것이다. 사람의 팔자는 자연이 다스리지 개인이 다스릴 수 없다. 사람들은 자신이 잘 나서 잘되고 못 되고 하지만 그건 어리석은 생각이다. 이 모든 팔자는 자연이 조절하도록 해 놓았다. 자신이 아무리 노력해도 자연이 바람과 물과 햇빛을 주지 않는다면 인간은 단 몇 분도 살지 못하고 또한 인간의 입으로 들어가는 모든 것들도 자연이 바람과 물과 햇빛을 잘 조절해 키워 주는 것이지 인간은 단 한 가지의 기여도 하지 못하면서 자신이 잘나서 잘 사는 줄 알고 날뛴다. 그걸 개뿔도 모르고 날뛴다고 하는 것이다. 8자만큼 자신이 마음대로 할 수 없는 것은 없다. 아무리 잘 살려고 발버둥 쳐도 자연의 도움 없이는 아무것도 움직일 수 없는 것이 8자이다. 8자를 분리하면 0이 두 개다. 이는 모든 사물은 처음과 끝이 이어져 있어 원인 없는 결과는 없다는 뜻이며 동그라미 두 개를 붙여 놓은 이유는 모든 식물이나 동물이나 암수가 붙어야만 조화가 일어나기 때문이다. 즉, 음과 양 햇볕과 그늘 이승과 저승 선천과 후천이 하나로 합하면 8자가 되므로 8은 행운의 숫자이며 함부로 넘볼 수 없는 빈틈없는 자다.

9는 거꾸로 뒤집으면 6이다. 이치적으로 6처럼 밑에 고이는 것은 쉬우나 어떤 무기운 물체가 위에 고여 있다는 말은 더 이상 어떤 것도 9를 넘어설 수 없다는 뜻이다. 8도 9처럼 떠받들 수 있다고 생각했지만 결국 동그라미가 되고 말았기에 9가 가장 위대한 수인 걸 무의식적으로 알기에 사람들은 황제를 구천 황제라고도 하고 구중궁궐이라고도 한다. 구미호 그리스 신화에 학예의 여신들 뮤즈도 9명으로 정하기도 하고 공무원 등급도 9급 곱셈의 기본도 구구단이라고 한다. 바둑에서 최고의 프로기사들 단수도 9단이고 때를 알리는 닭을 부를 때 구구구구라고 하고 곱셈에서도 모든 숫자를 다 외우면서도 구구단 외운다고 한다. 우리가 울 때 닭똥 같은 눈물이 뚝뚝 떨어진다고 하는 것은 후천의 때가 오는데 8자처럼 동글동글 살지 못하고 모나게 살아서 후천으로 넘어가지 못한다는 뜻이며 인간이 다다를 수 있는 최고의 경지의 수다. 불교에서는 아홉 개의 천제, 구척장신(九尺長身), 구우일모(九牛一毛), 9가 높은 건 무의식적으로 알아 신령한 동물인 용 앞에 '구'를 넣어 구룡폭포, 구룡포, 구룡연 등 지명에서도 많이 찾아볼 수 있다. 9는 완성을 의미하는 수이다. 사람이 죽어서 가는 가장 깊은 지하를 구천(九泉)이라고 하고 하늘에서도 최고 최상의 숫자로 구천궁이 있다. 고구려 시조 주몽은 평양에 도읍을 정해 궁궐을 지으면서 구제궁(九梯宮)을 세웠다. 구제궁은 하늘에 제사를 지내는 천제단으로 하늘의 9층 구조를 닮았다. 가장 높은 구천(九天)에서 구천 상제님께서는 후천 미륵 세상을 위해 천지를 뜯어고치는 공사를 시작해서 9년 동안 공사를 마쳤으며 후천 미륵 선경을 맞이하기 위해서 낡은 하늘도 뜯어고치고 오염된 땅도 뜯어고치고 망가진 인간도 뜯어고치는 공사를 마무리 지었다. 그래서 구구단을 외울 때도 구구 닭구똥이라고 외운다. 다시 말해 닭은 때를 알리는 동물이라 자손 하나 후천 미륵 인간 씨앗으로 넘기기 위해 조상이 무릎에 피가 나도록 빌고 빌었지만 때가 되어 후천 씨앗으로 못 넘어가면 조상들이 닭똥 같은 눈물을 흘린다는 말이다. 인간을 저세상으로 내보낼 때는 각자의 심장에 시간 주머니를 꽂아서 내보낸다. 그 시간 주머니에는 그 사람이 인간 세상에 가서 살 수 있는 시간 주머니, 즉 그 사람의 수명 주머니다. 사람이 갑자기 죽으면 심장마비라고 말을 하지만 어떤 죽음인들 심장이 마비되지 않는 죽음이 있겠는가? 자다가 죽는 경우, 그러니까 잠자다가 영원히 못 일어나는 이유는 인간한테 3혼을 넣어 보냈는데 밤이면 혼이 몸 밖으로 나가 교대로 돌아다닌다. 혼 하나가 집인 몸을 지켜야 하지만 밖으로 나간 혼들이 오래 안 돌아와 화가 난 지킴이 혼도 몸을 두고 밖으로 빠져나갔다가 집을 못 찾아 들어오고 날이 밝으면 그 혼은 다시 집을 못 찾고 중천에 떠돌아다닐 것이며 몸뚱이는 그대로 굳어버리는 것이다. 그래서 사람들은 멍하니 있거나 이상한 짓을 하면 저 사람 한 혼이 나갔다고 말하는 것이다. 세 개의 혼 중에 하나가 나갔다는 말을 하는 것이다. 심장이란 마음 주머니이니 자기가 받은 만큼의 시간에 자기의 마음을 어떻게 쓰고 사느냐에 따라 그 인생의 질이 결정되고 다음 생이 결정된다. 그리고 영원히 살 수 있는 불교에서 말하는 후천 미륵 세상, 기독교에서 말하는 지상 천국, 유교에서 말하는 대동 유리알 세상 씨앗으로 넘어갈 알곡과 껍질을 고를 때 심보를 어떻게 쓰고 살았느냐에 따라 껍질로 분류되면 불더미에 들어갈 것이고 알곡으로 분류되면 영원히 사는 씨앗으로 넘어갈 것이다. 인간 세상인 지상에서는 한 번 지나가면 다시는 되돌릴 수 없는 것이 있는데 혓바닥이 한 번 뱉은 말과 활을 떠난 화살과 흘러간 시간과 흘러간 강물과 흘러간 기회다. 그러니 얼마 되지 않는 각자의 심장 태엽 속에 감겨 있는 시간의 길이는 누구도 알 수 없고 하늘에서만 알 수 있으니 무의미하게 흘려버린 시간이 아쉬워 아무리 발버둥 쳐도 단 0.1초도 다시 돌릴 수 없으니 지나간 시간을 붙들고 후회하지 말고 매 시시각각을 알차게 보내야 할 것이다. 또 기회가 왔을 때는 반드시 잡아야 한다. 그 이유는 심장 속 시간 주머니엔 몇 시간이 남았는지 아무도 모르기 때문에 그것이 마지막 기회인지 처음 기회여서 다음에 또 기회가 오는지는 누구도 알지 못하기 때문이다. 인간이 만약 이 시간 주머니를 심장 태엽 속에 감아 놓을 걸 알면 자신의 목숨을 늘리기 위해 남의 심장을 빼앗는 일이 생길지 모르기에 이건 하늘에서만 아는 극비다. 아득한 현기증이 나 책에서 고개를 들어보니 나비가 팔랑이고 선녀가 옆에서 맑은 시간 태엽을 물레질해서 실패에 실을 감듯 감고 있다. 선녀의 체모마다 복숭아꽃이 흐드러지게 피어 웃고 있다. 웃음에서 목화송이 같은 구름이 몽실몽실 피어난다. 이렇게 아름다운 세상을 생전 처음 보는지라 한 바퀴 빙 도니 꽃비와 구름 비가 쏟아진다. 옥경대 책장의 책들을 보니 책이 나란히 꽂혀 있다. 계절이 손으로 책을 빼려고 하자 상제가 손을 까딱하니 책이 휘리릭 날아와 손에 잡힌다. 입김으로 후~ 불자 책장이 향기를 팔랑팔랑 흔들며 한 장씩 넘어가는데 글씨가 아니라 책장에는 눈물이 흐르고 나무가 빼곡하고 새가 새새새 아침 바람 찬바람을 타고 다니고 나비가 나랑저랑 손잡고 노래하고 벌들이 검은 줄과 하얀 줄무늬 옷을 알

록달록 입고 엉덩이를 까딱까딱 씰룩씰룩 춤추며 날아다니고 초원에 소 떼가 풀을 뜯고 있다. 계절은 놀라서 눈만 깜빡인다. 깜빡이는 눈 사이로 솔바람이 솔향을 날리며 날아든다. 갑자기 차를 마시고 싶다는 생각을 하는데 고운 자태의 여인이 김이 모락모락 춤추는 찻잔을 들고 와 건넨다. 찻잔에서 솔바람이 휘리릭 지나간다. 솔바람을 손바닥으로 파리 쫓듯 쫓으며 다음 책을 꺼내 읽으며 기록을 이어간다. 조선(朝鮮)이란 나라는 한반도의 고대 국가인 고조선이 일진보한 것이다. 조선이라고 지은 이름의 의미는 신성하고 지혜로운 아침의 나라라고 하지만 그 이름에는 시가 이미지이듯 이미 지화된 비밀이 숨겨져 있다. 이 이름의 본래 뜻은 '이 나라 사람들을 후천 미륵 세상으로 넘기기 위한 씨앗을 실어 갈무리해 두는 배'라는 뜻이다. 조선은 음양오행 기운에서 음(陰)의 성격이 강하게 흐르는 곳이다. 양은 불이고 음은 물이라 물의 기운이 강하게 흐르는 땅이기에 지혜와 자주성 심층적 사고가 땅을 지배하고 있어 종족과 인간 본연의 정체성에 관한 집착을 강하게 타고난다. 세종대왕이 다시 이 조선으로 파견 가면 대한민국(大韓民國)이란 국호를 지을 텐데 이는 크고 위대함을 의미하고 음양오행에서 양의 기운이 아주 강해서 세계로 뻗어 나가는 역동적인 성질이 있고 목(木)의 성향도 강하게 뿌리를 내리고 있어 눈부신 성장과 발전을 할 기운이 왕성한 땅을 소유한 나라다. 한국을 의미하는 이 이름은 고대에서 유래한 '한'이라는 민족적 정체성에서 나온 것이다. 고종 때는 '대한 제국'이었지만 세종대왕이 내려가면 대한민국으로 바뀔 것이다. 그 뜻은 대(大)는 사람이 서서 팔을 벌리면 큰대자와 같으니 더 이상의 큰 의미는 없을 것이고 한은 넘지 못하게 정하는 한계의 뜻도 있고 이미 정해진 정도의 범위인 한도를 말하기도 하고 후천 씨앗으로 넘어가는 데는 제한이 있으니 반드시 대한민국 사람이어야 하기에 한 자를 나라 이름에 넣었고, 힘이 닿는 한 전 세계를 아울러 잘 통치하겠다는 상황이나 경우의 뜻이 되기도 하고, 아무리 힘든 일이 있더라도 다른 나라들이 우리에게 못 할 짓을 하지 않는 한이란 뜻도 있고, 언제부터 언제까지라는 기한 예를 들면 유통기한 같은 뜻도 있고, 억울하고 원통한 일을 많이 당해 응어리가 많이 맺혀 한 맺힌 원한을 푼다는 뜻도 있어 천추의 한을 풀어 억울하게 나라를 위해 죽은 한 맺힌 원혼들의 한을 달랜다는 뜻도 있다. 한탄만 하며 한가한 소리 하고 있을 때가 아니라 온 세상에 괴질병이 돌 때 모두를 구해야 한다는 뜻의 한도 있고 미륵 시대에 제 1등 국이 되어 세계를 한 나라로 통일한다는 한의 뜻도 있으며 한그릇 한 바가지 한 수 등의 뜻도 있고 '한 입으로 두말하지마' '한 귀로 듣고 한 귀로 흘려' 등의 속담도 있으며, 크고 많다는 뜻도 있어 한가득 한 시름, 또 한창이란 뜻의 한여름 한복판 한낮 한여름 뜻도 있고, 가득하다는 뜻의 한 아름 한 사발이란 뜻도 있고, 같다는 뜻으로 한마음 한집안이란 뜻도 있다. 그래서 대한민국이란 나라 이름에도 한, 옷도 한복, 음식도 한식, 글도 한글, 등 자부심이 곳곳에서 꽃다발처럼 다발다발 피어나는 '한'자를 넣었다. 그리고 해원 상생(解冤相生), 즉 이 많은 한을 다 풀어야만 후천 미륵 세상에는 상생 서로 살아가는 기운을 주고받으며 살 수 있다는 뜻이다. 민국(民國)이라는 글자에는 음양오행에서 수의 기운은 가지고 있어 유연하고 부드러우며 수는 쓰임도 근원적이다. 생물에서 알을 배지 못하는 수은행나무, 새끼를 배지 못하는 수놈도 생물의 가장 근본을 분별하는 일에도 수가 쓰이고 일을 처리하는 수단이나 방법에서도 좋은 수와 뾰족한 수가 생각나고 낮은 수에는 안 넘어가고, 무엇이 별안간에 생기면 수가 났다고 운수를 말하기도 하며, 어떤 일을 할 가능성에 대해 기다리는 수밖에, 저럴 수는 없어, 있을 수 있는 일, 일이나 어떤 것에 익숙해진 것을 말하는 조언, 한 수 하지, 수가 얕다, 의존 명사로도 쓰여 바둑을 두다가도 한 수 물러달라고 하고 몇 수 앞을 내다본다고도 한다. 오행의 하나인 북쪽도 수이고 계절에서는 겨울도 수이고 색으로는 검정도 수이다. 성적의 최고 점수도 수로 표시한다. 하늘로 구름이 올라가는 것도 수(需)라고 하고 오래 사는 것도 천수를 누린다고 말해 수명의 준말로 쓰이기도 한다. 많은 것을 수많은 사람이라고 하고, 자연수 정수 유리수 분수 무리수 실수 허수 가분수 진분수 등등의 총칭을 수라고 하기도 한다. 단위를 나타낼 때도 거리가 수 킬로 된다고 쓰고, 헝겊이나 천에 색실로 봉황을 수놓기도 하고 손수건에 한글을 수놓아 쓰기도 한다.

구름을 타고 간 계절

3

　머리가 어지럽지만 정신을 차리고 다음 장을 읽어 나간다. 민국 (民國)이라는 글자에는 음양오행에서 수의 기운이 있어 시 한 수 시조 한 수처럼 쓰이기도 하고 비유적으로 쓰이는 말로 수키 수톨쩌귀 수나사도 있고, 여럿의 뜻으로 수만 수차례도 있고, 명사 뒤에서 사람을 나타내는 운전수 공격수도 있고 죄수의 뜻으로 미결수 사형수도 있다. 또 목의 기운도 있어 목이란 단어를 한글로 해석해 보면 목으로 쓰이는 말이 엄청나다. 일단 사람의 신체와 짐승에도 손목 발목 목을 달아두어 사슴이 목을 길게 빼기도 하고, 사람 목에는 걸개가 달려 있어 금메달을 목에 걸기도 한다. 목에는 소리도 살고 있어 목이 쉬거나 목이 가라앉거나 헛기침을 해 목을 가다듬기도 한다. 목에는 피도 살고 있어 화가 나거나 흥분하면 목에 핏대를 세우고 겁 한 알갱 없는 목은 작두에 목을 들이밀고 직언을 하고, 울음소리도 살아 목 놓아 울기도 하고 고무줄처럼 늘어나고 줄어들기도 해 누구를 기다릴 때는 한없이 목을 늘이기도 하고 추우면 움츠러들기도 한다. 목이 중요함을 알아 사람을 심하게 괴롭혀 목을 죄기도 하고 일이 너무 많아 목이 조이기도 하고, 직장에서 인사이동이 있을 때는 목이 간들거리기도 한다. 목에는 구멍도 있어 목구멍이 터지도록 응원도 한다. 목에는 젖도 있어 목젖이 보이도록 웃기도 한다. 물건에도 목을 달아두었다. 목이 짧은 양말, 목이 긴 양말도 있다. 양말의 목은 늘어나기도 하고 조이기도 한다. 목이 긴 장화도 있다. 가을엔 벼가 목을 푹 숙이고, 길을 건널 때는 건널목으로 안전하게 잘 건너가야 한다. 그 가게는 목이 좋아 장사가 잘된다. 눈을 목(目)이라고 부르기도 한다, 예산을 편성할 때도 항목을 정하고 바둑에서 오목이라고 목수 목사라는 직업도 있다. 오행의 하나로 방위는 동쪽 계절은 봄, 색은 청색이다. 또 국화가 무궁화인 건 무궁무궁 끝없이 무궁하게 이어져 후천 미륵 세상까지 넘어가란 뜻이지만 무궁화엔 진딧물이 많이 달라붙기에 외세의 침입이 끊임없이 진딧물처럼 달라붙을 것이다. 그건 하늘에서 씨앗을 후천으로 넘길 때 그 기국을 실험해 잘 살아 남는 종(種)을 후천 미륵세상으로 넘길 것이니 꿋꿋하게 헤치고 잘 견디라는 뜻이다. 국기 이름이 태극기인 것은 태극은 우주의 근원이며 본체여서 하늘과 땅이 분리되지 않았을 때부터 존재한 것이기에 인류의 근원이 될 씨앗이기에 씨앗을 대표하는 국기인 것이다. 그래서 애국가도 전생의 기억을 되살려 '동해 물과 백두산이 마르고 닳도록 하느님이 보우하사 우리나라 만세'로 썼다. 하늘의 구천 상제께서 보호한 나라이기에 만세만세 만만세세로 넘어간다는 뜻이 담기게 지은 것이다. 그러니 우리 민족을 넘어설 민족이 없다. 천상에 짜여진 도수(度數), 즉 천체 운행의 정도를 나타내는 단위로 천체는 우주의 중심을 향해 360도로 회전하고 있기에 이러한 천체 운행의 경로를 따라 인간계도 돌아갈 것이다. 머리카락이 선다. 다음 페이지를 읽는다. 천상에서는 특별한 사람이 아니면 책을 읽지 않는다는 것도 모르고 살았다. 이제 저세상으로 보낸다면서 왜 천상의 공부는 하라는 걸까? 속박과 시련이 없는 여기서 살면 좋을 텐데 또 나를 인간 세상으로 파견하려 하다니. 왜 시련 더미 속으로 나를 보내려 하는 걸까? 여기서 몇백 년을 살았는데 이제 또 인간 세상으로 가라니 나는 답답하다. 그렇다고 안 갈 수는 없다. 이렇게 깨끗한 흰색만 입고 살다가 인간 세상에 가서는 어떻게 살지 암담하다. 여기서는 책만 읽고 공부만 하고 살 수 있다. 저세상에 있을 때 불쌍한 백성들이 차별을 받지 않게 글을 만들어 놓고 왔는데 또 왜 인간 세상으로 보내려 하는지 알 수가 없다. 천상에서는 책을 3일만 읽지 않으면 책 속에 있는 강물이 범람하고 새들이 날아 나오고 곤충들이 날아 나오고 뱀과 소와 돼지 까마귀 고라니 예쁜 눈망울의 사슴까지 다 뛰쳐나와 온 서재가 아수라장이 되어 반드시 3일에 한 번씩 눈빛으로 읽어줘야만 그들은 그 책 안에서 즐겁게 노래하며 산다. 책을 좋아하는 나로서는 너무나 맞춤이고 이보다 더 좋은 천상의 낙원은 없을 것 같다. 배가 고파 복숭아 먹고 싶다고 생각하면 책장에서 복숭아가 나오고 딸기가 먹고 싶다고 생각하면 딸기가 나오고 온갖 음식이 먹고 싶다는 생각만 하면 눈앞에 나타나고 목이 말라 입을 벌리면 물이 입으로 들어오고, 잠을 자고 싶으면 침대가 자동으로 펼쳐지고 이불과 베개가 자동으로 깔리고 입고 싶은 옷도 생각만 하면 자동으로 몸틀에 옷을 입히듯 입혀지고 보고 싶은 사람을 생각하면 바로 나타나고 생각도 골라 할 수 있다. 칼을 휘두르지 못하게 하고 뱀들이 바닥으로 기어 나와 득실거리지 못하게 하고 짐승들과 모든 사물을 제자리에 있게 하려면 3일에 한 번씩 책 속에 갇혀 있는 것들에게 눈빛만 쬐어주면 된다. 그렇지 않으면 무도 배추도 벌레들이 다 갉아먹어 줄기만 앙상하게 남고 사슴이 뿔을 뽑아 들고 뛰어다니고 개미가 장화를 신고 다니고 새가 고무신을 신고 다니고 기이한 일이 일어난다. 처음에 천상에 와서는 그 모습이 보고 싶어 일부러 3일간 책을 보지 않기도 했다. 그러나 이제 몇백 년이 지나니 볼 것 다 보아서 싫증 나던 차이긴 했지만 그래도 또 저세상으로 이주하기는 두렵다. 남보다 너무 많이 앞서기에 말썽이라고 구박하던 선조들은 백성을 불쌍히 여겨 목숨을 걸고 한글을 창제할 정도로 상상력이 풍부하고 백성을 위하는 마음이 더없이 자애로우니 저세상으로 가서 다시 나라를 세워놓고 오란다. 이 엄청난 비밀을 공부하며 나는 다시 한번 단군의 자손인 게 자랑스러워 고개를 끄덕인다. 어서 저세상으로 가서 조선을 탄탄대로로 만들지 않으면 나라가 없어질 수도 있으니 어서 가란다. 젠장! 내 몸 가지고 내 맘대로 할 수 있는 게 전부인데 또 내 맘대로 못하는 것이 이렇게 나타나다니 나는 이 글을 적어서 잘 두고 지상에 갔다 와서 여기 일이 기억나지 않고 내가 누군지 모를 때 이 공책을 펴서 보리라. 한글을 만들길 참 잘했다. 이렇게 비밀을 다 기록할 수 있으니 말이다. 우리나라에는 콩 씨 팥 씨 고추씨를 밭에 심어서 콩을 추수하고 팥을 추수하고 고추를 추수했다고 하듯 아이가 태어나면 그 성씨를 이바보 김천재 박머저리 이렇게 그 씨의 성을 따른다. 그 이유는 후천 미륵 세상, 즉 지상 천국이 건설될 때 밭에서 자란 씨앗이 넘어가지, 밭은 늘 그 자리에 있기 때문에 씨앗 자체를 말하는 것이다. 그리고 외손에 집착하는 이유는 그 밭에 어떤 씨앗을 심든 상관없이 그 밭에서 추수했기 때문이며 어떤 밭이든 씨앗을 뿌려놓으면 가꾸는 건 밭이므로 밭은 늘 그 자리고 씨앗은 바람에 날아 어디든 못 가는 곳이 없기 때문에 밭보다 씨앗이 더 자유로운 것이다. 아무리 밭이 기름진 옥토라 할지라도 아무 씨앗도 심지 않으면 황무지가 되어버리니 좋은 씨앗을 심어 잘 기르는 사이에 황무지도 옥토가 되는 이치를 가르쳐 주지 않았는데도 인간은 깨닫고 그 자연의 순리대로 사는 것이 신기하기만 하다. 나보고 얼른 그 왕가의 씨앗으로 내려가서 정해진 밭에서 발아해 잘 자라서 나라의 기틀을 잘 다지란다. 어떤 엄마를 만날지 어떤 아버지를 만날지 또 아버지가 사람을 많이 죽였다고 손가락질 받으면 어쩌지. 사람들은 공은 쉽게 잊어버리고 과만 들춰내는 습관이 있어 아버지가 그렇게 나라를 튼튼하게 하는 과정에서 정적을 제거하고 내가 한글을 만들도록 해 주었는데 내가 만든 한글로 글을 몰라 억울함도 안 당하고 잘 살면서도 그것 보다는 아버지의 잘못만 떠들썩 들춰낸다. 그런데 내 의사와 상관없이 또 부모를 왕가로 정해준다니 두렵기도 하다. 그러고는 어떤 어려움이 오더라도 참고 견디면서 나라를 반석 위에 올려놓고 오라는 명령을 내린다. 답답하고 두렵고 가기 싫다. 천상에서는 다 좋은데 지상으로의 파견만은 누구도 맘대로 할 수 없이 정한 대로 해야 한다는 게 싫다. 그래도 천상에 온 이상 안 따를 수도 없다. 옥황상제께서 내게 100년의 세월을 심장 태엽에 감아놓았다고 한다. 나는 너무 길다고 말했다. *너무 길어요. 그래 그러면 몇 년 깎아 주지 어서 가거라. 예 잘 다녀오겠습니다.* 인사를 마쳤다. 내일 새벽 0시면 인간 세상으로 간다. 조선 시대 내가 왕일 때 각별하게 보살펴준 동생을 고맙게 생각하며 따르던 양녕대군 형님이 대가 끊어지지 않도록 자신의 가문으로 이사를 가서 한 번 더 도와 달라고 부탁을 한 걸 안 건 나중이었다. 하기야 형님이 직접 내게 부탁을 했다고 하더라도 나는 들어주었을 것이다. 그래서 나는 양녕대군 16대손 6대 독자라는 이름을 목에 탯줄로 걸고 1875년 3월 26일 그 세상으로 건너갈 것이다. 그런데 여비라며 9천 9백 9십 9원을 준다. 이 돈을 이 책갈피에 넣었다 잊어버리고 갈까 겁난다. 나는 아무리 천상의 일을 기억하려고 해도 저세상에 도착하는 순간 거의 다 잊어버리고 말을 할 때쯤 되면 이 세상에서의 기억은 깨끗이 지워질 거니 소용없다. 저세상으로 가는 길에 관문 몇 개를 통과해야만 한다. 저세상으로 가는 길목마다 각양각색의 사람들이 나를 실험할 것이다. 그때 나는 만나는 사람마다 어떻게 하라는 교육도 다 받았다. 내가 먼저 말을 하란다. 칭찬에는 꽃들도 방긋방긋 웃고 나무도 온몸으로 춤을 출 것이니 미리 칭찬하면 그 길목을 무사히 통과해 인간 세상에 별 무리 없이 도착할 것이라고 선조들은 일부러 나의 인내와 담력과 지혜를 기르기 위해 길목마다 마음이 울퉁불퉁 못생긴 사람들을 배치해 놓고 지혜롭게 돌다리 건너듯 건너가게 했다. 지금부터의 기록은 내게 감시관으로 따라온 감시자가 기록해서 이 공책에 써 놓을 것이다. 천상계의 세종대왕을 파견하기로 심사를 마친 심사위원들은 세종대왕의 강단도 실험하고 지혜와 그 세상에 가서 해야 할 일들을 얼마나 지혜롭게 잘 견디는지를 알아보기 위해 가는 도중에 슬기로워야 넘을 수 있는 건널목을 설치해 두었다. 그리고 감시관을 따라 보내기로 했다. 이 건널목을 슬기롭게 넘지 못하면 지상에 파견해 보아야 나라를 망칠 것 같다는 불안함에 일부러 그랬다는 걸 세종대왕은 전혀 알 턱이 없다. 그렇게 세종대왕과 감시관이 저승으로 내려간다. 한편 세종대왕은 속으로 어떤 건널목이든 내게는 상관없다. 건널목이란 말 그대로 건널 수 있는 다리라는 생각이 들 뿐이다. 건널목을 만나면 그 건널목에 어떤 장애들이 버티고 있어도 그 정도는 새 발의 피쯤으로 마음을 가다듬고 나선다. 그들이 나에게 어떤 험한 악담을 퍼부어도 나는 그들에게 칭찬하되 건성이라는 생각이 들게 하지 않고 잘 살펴서 그 사람의 장점을 찾아내어 그것을 진심으로 칭찬하고 지혜롭게 넘기고 또 목숨을 내놓는 일이라도 기꺼이 해야 할 일이라면 할 것으로 생각하고 길을 떠날 것이라고 생각한다. 첫 번째 건널목에서 황금으로 된 옷을 입고 황금 수염을 달고 황금 뿔을 다섯 개나 단 사람도 아니고 짐승도 아닌 우스꽝스러운 동물을 만났다. 황금 옷섶에서 새가 지저귀고 냇물 소리가 졸졸 날아 나오고 꽃향기가 나포리나포리 날아 나와 정신을 혼란하게 만든다. 정신을 바짝 곤두세워야 해, 찬바람을 생각하며 정신을 바짝 차리려고 머리를 털어낸다. 심사위원 중 한 분이 꿀조언을 해 준 게 갑자기 생각난다. *어떤 사람이나 동물을 만나든 사람이라고 생각하고 니가 먼저 최고의 칭찬을 하라.* 라던 말이 생각나 아 참 멋있네요, 목구멍을 넘어오는 말을 도로 구겨 넣고 감각이 참으로 탁월하시네요. 천재적인 감각이 부럽습니다. 다섯 개의 뿔에 창의성이 가득 고였고 당신의 목소리는 새소리보다 곱고 당신의 물소리는 냇물 소리보다 맑고 당신에게 풍기는 꽃향기는 세상 어디서도 맡을 수 없는 고급스러운 향기라 제가 당신에게 반했습니다. 당신이 여자라면 함께 살고 싶은데 당신의

생각은 어떠신지요? 기분 좋은 말을 골라 했으니 도망가겠지 하고 감시원인 나에게 묻는다. 나는 귓속말로 *남자예요 잘했어요. 저 남자의 기분 온도가 99도까지 올라갔으니 이제 건널목을 건너가게 할 거예요* 하고 말해줬다. 그 말이 끝나고 고개를 들고 보니 건널목에는 황금으로 만든 배 한 척이 정착하고 있어 세종대왕을 태우고 다음 건널목으로 향하려고 하니 나무 위에 앉아 있던 그는 펄쩍 배 위로 뛰어내려 자신의 옷자락에 달린 구슬 한 개를 따서 호리병에 담아 주며 *가시는 길에 힘드실 때 마시면 기운이 솟구칠 것이요.* 하며 호리병을 건넸다. 호리병인 줄 알고 받아 드니 병은 말랑말랑하다. 세종대왕을 주면 홀짝 마실까 싶어 병을 착착 접어서 손가락 사이에 끼우고 다시 걷는다. 다행스럽게도 세종대왕은 그 병을 달라는 말도 무엇이냐고 묻지도 않는다. 그렇게 황금배를 타니 삿대도 없고 돛대도 달지 않은 배가 은하길을 마구 달린다. 얼마나 멋진 길인지 몇 달을 왔는지 취해 있는데 배는 어느 강기슭에 정착한다. 더는 갈 생각도 않아 배에서 내리니 허기가 밀려와서 걸을 수가 없다. 세종대왕은 그들이 준 호리병에 먹을 것이 없냐고 묻는다. 그때야 호리병을 펼치니 다시 빳빳해 투명한 병 모양이 된다. 병뚜껑을 열고 보니 아무것도 없는 빈 병이다. 그런데 신기하게 아무것도 마시지 않았는데 다시 기운이 마구 솟아 수미산이라도 들 것 같다. 세종대왕도 *이게 무엇이길래 뚜껑만 열었는데 이렇게 힘이 나냐.*고 물었다. 그렇지만 그건 천기누설이라 땅으로 파견

가는 세종대왕에게 알려 줄 수가 없어 나도 모른다고 옆에 있는 큰 돌멩이를 번쩍 들며 이렇게 힘이 나는 게 신기하다고 말하며 비밀을 숨겼다. 그 병에 있는 것은 바람으로 만든 감로풍이란 것이다. 천상에서는 죽는 일은 없지만, 가끔 탈진할 때 한 번씩 마시면 기운이 솟구치는 감로풍이다. 그렇게 비밀을 혼자 알고 있는 것이 내심 신나고 또 알려주고 싶은 욕망도 있었으나 꾹꾹 참고 함께 걸어갔다. 얼마를 걸었을까? 수만 년은 되어 보이는 복숭아나무 기둥 앞에 수문장이 떡 버티고 있다. 근육이 울퉁불퉁하고 가슴에는 먹버섯이 시커멓게 자라고 이마에는 별 다섯 개가 번쩍이고 눈에는 살쾡이 눈빛 같은 빛이 흐르고 손가락은 오리발처럼 물 칼퀴가 있고 눈은 소가 눈을 뒤집은 것처럼 허옇게 흰자만 보이는 풍모였다. 그는 세종대왕을 아래위로 훑어보았다. 토란잎보다 넓은 나뭇잎 하나가 날아내리니 세종대왕은 아무렇지도 않게 그 잎을 접어 모자를 만들어 썼다. 앞섶에 있는 늪에서 검은 냄새가 날아오고 두꺼비같이 징그러운 입술을 씰룩이고 한쪽 발을 들자 발바닥이 힘차고 위엄 있게 따각따각 소리를 꺼내 세종대왕 앞에 던졌다. 뻣뻣한 머리카락은 머리카락이 아니라 빛 같았다. 토란잎에 부딪힌 빛은 모두 땅바닥에 떨어져 내렸다. 지루한지 하품을 하자 입에서 무지개가 튀어나왔다. 세종대왕은 먼저 말을 거라는 생각이 나서 어찌하면 근육을 그렇게 우람하게 단련할 수 있고 가슴에 버섯을 키우려면 얼마나 기름지게 마음 밭을 가꾸어야 하고 얼마나 명장이 되어야 이마에 별을 다섯 개나 다는 오성장군이 될 수 있고 밤이면 흐려서 빛이 안 보이는데 어찌하면 살쾡이 같은 빛이 흐르고 수영 연습을 얼마나 어떻게 해야 오리발처럼 물 칼퀴를 얻을 수 있고 어찌하면 삶은 달걀처럼 영양가 있는 눈동자를 가질 수 있는지 한 수를 배우고 싶습니다. 저를 제자로 받아 준다면 열심히 수련하겠습니다. 하자 그는 흠칫 놀라는 표정이더니 금방 거드름을 피우면서 이런 풍모는 수련해서 되는 것이 아니다. 태어날 때부터 수련되어서 태어나는 것이지 어서 가던 길이나 가거라. 하고는 옆에 있는 바위에 턱 걸처 앉자 건널목에 지혜로워 보이는 나귀 한 마리가 몸을 굽히고 타라는 시늉을 한다. 나귀에 오르자 수증기가 가득해 안개 속 같은 건널목을 달리는 나귀의 눈알에서 분홍고래 울음소리가 흐른다. 어느 틈에 나귀 앞을 가로막는 수문장에게 대단하십니다 수문장님이란 말이 나오려고 해 손으로 입을 틀어막고, 수문 대장을 맡아 일 보시기가 얼마나 힘드시겠어요, 그런데도 이렇게 밤낮 문을 지키시니 이곳은 수문장님 덕분에 모두 편히 잠을 잘 것 같습니다. 하니 수문 대장은 머리를 긁적이며 저 하나로 모두 편하다는 생각은 못 하고 불평을 한 적도 있는데 댁의 말을 듣고 보니 힘이 생기고 보람을 실은 바람이 불어오네. 가시다가 모기나 독충들이 달려들면 손으로 한 번 터치하면 독충들이 근처도 못 올 것이네. 반 토막짜리 말을 하며 분꽃 씨같이 까만 점 하나를 귀밑에 붙여준다. 나귀는 안개가 가득한 안개 강을 잘도

건넌다. 그렇게 나귀가 정착한 곳은 아주 높은 절벽이다. 절벽엔 꽃이 만발하고 바람이 하늘하늘 춤을 추는데 호랑이 이빨처럼 사나운 이빨에 사람도 아닌 것이 동물도 아닌 것이 머리는 용머리요 몸뚱이는 사람인 반인 반수가 허연 이빨을 드러내며 길을 막는다. 어찌할까, 확 싸워? 생각이 머릿속에 물뱀을 도는데 침을 꿀꺽 삼키고 당신은 참으로 상상적으로 생기셨군요, 얼굴은 용안이요 몸은 백성이니 당신은 천지를 호령할 상상 속의 왕이시군요. 성군이라고 해야 하나요, 영물이라고 해야 하나요. 천지에 누가 당신을 안 따르겠습니까? 지금은 산속도 아니고 하늘도 아니고 땅도 아닌 이 어중간한 곳에 있지만, 반드시 당신은 이 우주를 쥐락펴락할 사람임이 틀림없습니다. 상상력의 보고이군요. 세종대왕이 말한다. 그는 몸은 사람의 몸을 하고 낙타처럼 생긴 얼굴에 사슴뿔처럼 멋스럽게 뻗은 뿔에 붉은 꽃이 가득 피어있고 눈을 토끼처럼 동그랗게 굴리며 돼지처럼 못생긴 코를 벌름거리자 콧구멍에서 하루살이들이 모기떼처럼 날아 나온다. 바람에 휘날리는 사자의 머리털처럼 털을 휘날리며 온 얼굴에 비린내가 역겨울 정도로 풍기는 비늘을 매달고 발가락에는 어떤 것도 사냥할 것 같은 매발톱처럼 날카로운 발톱이 돋아 있고 소의 귀를 뚝 떼다 붙인 것 같은 귀를 펄럭이며 세종대왕을 쳐다본다. 세종대왕은 자신이 왕일 때 역린(逆鱗)을 건드리는 인간들 생각이 났다. 급소를 역린이라고 했는데 정말로 저 역린을 건드리면 분노하여 길길이 뛰며 나를 물어

죽이겠지 생각하고 있는데 *왜 내게 할 말이라도 있느냐?* 며 혀짜래기 같은 말로 묻는다. *아닙니다. 당신은 장차 나라에 큰일을 할 상이시군요.* 하니 오색찬란한 구름 바구니가 하늘에서 내려온다. 분명 바구니에 올라탔는데 용의 몸속으로 빨려 들어가버렸다. 세종대왕은 용을 타고 옹진반도 동북쪽에 있는 황해도 평산도 호부 마산방으로 오직 나라를 제대로 건국하기 위한 교육을 마치고 만반의 준비를 하고 90년의 시간 태엽을 몸에 감고 인간 세상에 하강한 것이었다. 세종대왕이 임무를 마치고 돌아오면 내가 감시관으로 갔다가 기록해 둔 걸 읽겠지. 오직 나라를 위해 살다가 다시 여기로 돌아올 것이다. 그렇지만 오로지 나라만 위해 파견되어 그 일만 완수하는데도 간사한 인간들에 의해 참을 수 없는 수모를 겪을 것이니 그렇더라도 잘 참고 나라를 구하라는 선조들의 100년간 교육이 헛되지 않도록 선조들 말씀처럼 한글을 만들었던 그 정신으로 견뎌내라고 했으니 잘 이겨 내겠지. 나라가 존망에 섰을 때 백성들의 힘이 되도록 힘써야 할 것인데 아버지 이경선과 어머니 김씨의 몸을 빌려서 인간 세상으로 다시 파견을 했으니 그가 다시 돌아올 때까지 이 기록이 남아있겠지, 끝. 여기까지 읽은 계절은 책갈피에 있는 것이 세종대왕이 여비로 받은 돈을 잊어버리고 간 것이란 걸 알고 그 돈을 들고 할아버지에게로 간다. 할아버지는 돈을 훔쳤다며 지팡이로 때리려고 한다. 계절은 너무 억울해 피하다가 발을 헛디뎠다. 계절이 눈을 뜨자 숙명이 *오빠! 오빠!* 소리를 지르며 호들갑스럽게 흔든다. *왜? 먼 일 있나? 오빠 3일 만에 눈뜬 거야. 엄마 산소에 쓰러져서 뒷집 오빠가 업어서 집에 데리고 왔어.* 눈물을 손바닥으로 연신 찍어내며 말한다. 무슨 일을 해야 할지 암담하게 시간만 보내던 계절은 꿈치고는 너무도 선명해 깔고 누웠던 풀요 생각이 나서 더듬어 보지만 방안이다. 몸을 일으킨다. 울어대던 까치는 흔적도 없고 바람만 그의 옷자락을 흔든다. 꿈에서 깨어난 계절은 꿈 같기도 하고 전생에 겪은 일 같기도 한 기이한 기억에 무엇에 이끌리기라도 하듯 가방에 공책과 연필과 간단한 옷만 챙겨 넣고 집을 나선다. 운명이라면 해야 할 일인지도 모른다. 앞이 보이지 않는 나라가 어떻게 될지 계절은 기록을 위해 태어난 사람처럼 기록해야겠다고 마음을 파랗게 감침질한다. 할아버지가 꿈에서 한 말을 듣고 나서는 무모한 일이란 걸 알면서도 계절은 그렇게 하지 않고는 살아갈 희망도 자신도 없다. 그리고 어서 여기저기 다니면서 자료를 수집해 최대한 그이 모든 것을 기록하기로 마음먹는다. 그래야 이다음에 할아버지를 만나면 할아버지를 뵐 명분이 있을 것 같다. 자신의 이름을 할아버지가 지었단 말, 이제 생각하니 아버지가 언젠가 말씀해 주신 게 기억이 난다. 아버지는 할아버지가 중국이 자기 민족을 대단하게 생각해서 28수 별자리 신명과 24절후 신명 모두를 자기 나라 사람이 천상계에서 돌린다는 말에 할아버지는 중국이란 나라가 그렇게 말하면 우리 민족은 더 대단한 민족임을 보여야 한다면서 중국이 52명이 돌리는 걸 우리나라 사람은 봄 여름 가을 겨울을 다 관장할 수 있게 자신의 이름을 계절이라고 짓고 동생들 이름을 봄 여름 가을 겨울로 지어 별을 그리면 각이 다섯 개니 다섯 명이고 28수 별자리는 각 별마다 이런저런 이름이 있고 사연이 있으니 큰아버지의 딸인 이런저런 사연은 별자리를 관장하고 계절인 자신이 그 별자리와 절후를 잘 감독해 중국 사람 52명이 돌릴 걸 우리나라 민족은 8명이면 돌릴 수 있으며 8은 거꾸로도 8이고 바로도 8이고 사람도 8자에 따라 삶이 달라지니 별자리나 계절도 8명이면 충분히 다 관장할 수 있다고 이름을 할아버지께서 지어 주셨다고 들은 적이 있는데 왜 할아버지가 말씀하실 때는 숯덩이처럼 까맣게 생각이 안 났는지 계절은 자신의 머리를 콩콩 쥐어박는다. 까마귀 고기 한 점도 안 먹었는데 까마귀 눈알처럼 까맣게 생각이 안 나는 자신이 한심하다. 세상이 두려운 이유는 한 번도 경험해 보지 못했기에 익숙하지 못해서이고 먹물처럼 암담함도 아무것도 보이지 않아 그 속에 무엇이 있는지 몰라서일 것이다. 지금 옆에 있다가 사라진 사람들에 대함도 혼란에 싸인 나라도 한 치 앞이 보이지 않기 때문에 두려운 것이겠지. 그래 두려움은 가을 낙엽처럼 모두 떨궈 버리고 나라에 좋은 일을 위해 가슴을 단풍처럼 붉게 물들이자. 결심을 잘 접어 가방 속에 넣는다. 역사란 늘 승자의 편에서 기록되기에 나는 신문에 싣기 위해서 누구의 편에서도 아닌 그저 역사의 수레바퀴에서 세종대왕이 다시 인간 세상에 내려와서 90년 동안 무엇을 했는지 천상에서 읽었던 그것과 이 세상에서 일어나는 일이 맞는 건지, 발로 뛰면서 보고 듣고 자료를 인용도 해서 기록할 것이다. 그의 일기도 인용해서 쓸 것이다. 그렇게 정확하게 한 인물을 기록해 놓는 것이 내가 이 세상에 태어난 이유인 것 같아서 세종대왕이 정말로 나라를 위해 어떤 일을 하는지 기록해 두면 그것이 쓰레기통에 들어가든지 후손들이 참고 자료로 삼든지는 내가 알 바가 아니다. 진실을 먹물삼아 한 자 한 자 잘 적어 둘 요량이니 혹, 먼 후일 후손 누군가가 이 기록을 본다면 잘 기록하지는 못했어도 진실이라는 먹물을 찍어 기록했다는 것만은 알아주길 바란다. 이제부터 진실의 기록이다.

승룡이 하늘과 땅을 잇는 오색용을 타고 내려온 날은 나라의 운명이 기울어가던 조선 고종 12년인 1875년 3월 26일 황해도 평산군 마산면 능내동이다. 아침부터 무지개가 온 마을을 휘감고 새들은 가지마다 앉아 고개를 조아리고 울어댔다. 빛을 잃어가고 있는 한반도에 새 생명인 빛 한줄기를 움켜잡고 땅을 뚫고 태어났다. 그 이름도 거룩한 참매미! 앞날개는 튼튼하고 길며 몸빛은 검고 건강했다. 머리와 가슴에 적록색의 얼룩얼룩한 무늬가 있고 앞 잔등의 뒤쪽에는 곱하기 모양의 녹백색의 돌기를 그려 넣고 몸 색깔은 다른 또래의 검은 부분이 많은 것과 달리 녹색형을 가진 건강한 몸이었다. 머리와 가슴 옆면은 검은색을 띠며 아래쪽은 연한 녹색으로 새 나라 주인답게 태어났다. 어두운 황갈색으로 뒤덮인 앞가슴의 바깥쪽과 어두운 갈색이 적절하게 잘 배합된 이상적인 몸. 검은색 배에 은색의 가는 솜털이 가늘게 숭숭 나 있다. 어두운 갈색의 날개맥은 한 눈에도 보통 매미들과는 차별될 만큼 다르다. 참매미가 태어날 때 울음소리 또한 참임을 우렁차게 우렁차암우렁차암우렁차암차암차암차암 온 숲이 떠나가도록 힘찬 목소리로 태어났다. 목소리가 우렁차고 클수록 암컷을 유혹할 가능성이 크다지만 다른 종류의 매미보다 참매미의 목소리가 우렁차고 큰 이유는 매미가 해야 할 임무가 커서다. 아침부터 저녁까지 울어대는 매미. 자신의 구애를 위해서가 아닌 동족의 구애를 위해서 우는 참매미 같은 참사람 하나가 태어났다. 난세에 영웅이 난다고 했다. 굽이굽이 설움과 슬픔이 고여 있는 이 땅 온 지구의 배꼽이 숨 쉬고 있는 기름진 이 땅. 금강산 1만 2천 봉우리 속에서 수천 년 산정기를 먹은 영혼이 태어나는 명당. 진딧물이 너무 많이 끼어 숨을 쉬기 어렵다. 물구나무서듯 거꾸로 서서 나뭇잎 사이로 하늘을 바라본다. 조선인의 자유를 압살해 숨 막히게 만든 죄가 벌이 되어 삐뚜르르 삐뚜르르 기운다. 비틀거린다. 허방을 짚는다. 신(神)의 말이 우렁우렁 계시처럼 장엄하게 들리는 땅. 왕조의 숲길 한가운데 무궁무궁 무궁할 무궁화의 진딧물을 걷어낼 따뜻한 온기의 표시로 하늘은 매화 향기 그윽한 봄날 새 생명 하나 지상에 보내왔다. 하늘이 내린 증표로 7개의 흑점이 선명하게 신비로움을 빛내며 찍혀 있다. 하늘은 푸른 알람의 뜻으로 조선 숲을 지켜낼 시보(時報)가 감겨 있는 북두칠성 그 훔훔한 파랑 파문 같은 기운을 저장시켜 할 일 많은 군자가 사는 땅에 오래도록 사라지지 않을 하나의 참 별빛으로 내려보냈다. 고장 난 나침반 때문에 절망그물에 빠진 조선을 구할 길을 건설하고 뜨거운 것들의 내부에 차가운 대의를 불사를 참 주춧돌. 조선 숲을 김매고 거름 주고 비료 주며 안아 키워 무궁꽃 피워 하늘과 땅을 이을 이승룡.

참!
　참!
　　참!

참된 길을 고난의 길을 망설이지 않고 참방참방 두려움 한 방울 없이 앞장설 것이다. 용이라고 하면 누군가로부터 공격을 받을 수 있기에 용이 아닌 매미로 잠시 둔갑을 시키는 승룡. 수만 년 전부터 내려오는 습관을 고치지 못하고 내리는 햇빛처럼 한결같은 투명한 소리로 노래하며 두려움을 쓸어낸다. 살점이 흩어져 하늘의 별이 되는 날까지 조선 숲 방방곡곡을 날아다니며 숲을 푸르게 가꿀 참 매미 승룡은 태어나면서부터 너덜거리는 밤을 깁고 있다. 꺼져가는 숲속에 눈물 한 방울 땀 한 방울 풀무질하며 뜨거운 희망을 이 땅에 심고 조선 숲에 희망 등불을 환하게 밝혀 세계의 숲을 밝힐 원대한 꿈을 온몸에 감고 활활 타는 혼불로 우주를 밝힐 것이다.

구름을 타고 간 계절

4

　모진 추위를 겪은 봄일수록 더 싱그럽고 풋풋하다. 이승룡이 우렁우렁 소리의 태반을 찢고 태어나자 육룡이 온누리 다 덮고도 남을 빛을 휘날리며 찬란한 황금마차를 호위하고 왔으나 사람들 눈에 육룡이 보일 리 만무했다. 양녕대군 16대손으로 아버지 이경선과 어머니 김해김씨 김말란 사이에 막내로 태어난다. 이경선은 무언가 예사롭지 않은 인물임을 감지했다. 어젯밤 꿈에 세종대왕을 만났고 세종대왕이 꿇어앉아 절을 올리는 꿈을 꾸었다. 꿈을 별로 중요하게 생각지 않는 이경선이지만 너무나 선명한 꿈이라 아이를 잘 보살피라고 아내에게 말하니 아내가 **내가 태몽을 꾸는데 용이 옆구리로 들어오는 꿈을 꾸었어요.** 라고 하자 이경선 역시도 예사롭지 않은 예감이 맞아떨어진다는 생각에 이다음에 자라서 큰 용이 되면 백성을 잘 받들라는 뜻에서 이름을 승룡(承龍)이라 지었다. 아버지 이경선은 유학을 공부한 선비이자 평범하고 가난한 농민이었으나 어진 성품에 늘 나라 사랑하는 마음이 태산 같았다. 어머니는 서당 훈장 김창은의 외동딸로 당시 여성으로서는 드물게 한문 교육을 받았기에 기품 있고 세상을 아우르는 눈이 일반 사람과 달라 자연의 이치를 꿰뚫고 세상 이치를 다 내다보는 그야말로 도(道)를 통한 여자였다. 어머니는 태몽에서 이미 아들이 보통 아이가 아님을 직감하고 남편에게 말한다. *한성으로 이사를 해야겠어요. 한성 가서 아이 공부를 시킬 거예요.* 하자 이경선은 아내보다 아들 공부를 시켜야 한다는 생각이 더 간절했지만, 가장으로서 아무것도 없는 자신이 한심해 말을 꺼내지 못하고 어찌해야 할지 방법을 찾고 있던 터라 무슨 비책이라도 있나 싶어 이사하자는 아내의 말을 덥석 물며 *빈손으로 한성 땅에 가서 어찌 공부를 시킨단 말이오?* 하자 승룡의 어머니는 *제가 품팔이를 하거나 무슨 짓을 해서라도 시킬 겁니다.* 하고 보따리를 싸서 나서니 승룡의 아버지는 아내의 두둑한 배짱과 용기에 혀를 내두른다. 그도 그럴 것이 자신은 아버지이면서도 방법만 찾고 있었지 저렇게 배짱 있고 용기 있는 생각은 엄두도 못 내던 터였기 때문이다. 그렇게 어머니의 용기 포대기에 돌돌 싸여 두 살 된 승룡은 고향을 떠났다. 이경선은 불안했지만, 은근히 아내에게 무슨 수가 있겠지 하는 믿음이었으나 그건 불발이었다. 승룡의 어머니는 대책이 있어서가 아니라 일단 부딪치면 방법이 생길 거란 생각에 망설임 없이 실행에 옮긴 것이었다. 그녀의 아들에 대한 믿음은 누구도 막지 못해 무작정 아들의 교육을 위해 한성(현재의 서울)으로 이사한 것이다. 무작정 지금의 동작동 지덕사 옆에 터를 잡았다. 천막을 치고 날품팔이를 시작했다. 승룡은 그렇게 용이 수도를 하기에 적합한 곳을 찾아 이동해 서울의 한 외곽지대인 도동에서 아장아장 걸음마를 배운다. 고갯마루 초가집에서 생각부터 몸짓까지 화려한 봉황(鳳皇)의 유전자를 가지고 지상으로 내려보내진 봉황은 푸른 바람과 어린 햇살과 일렁이는 그늘을 쪼아 먹으며 날개를 펄럭이며 세상을 접고 펴는 방법을 자연에서 배우며 자란다. 그의 등에는 언제나 구부정한 가난이 올라타고 다닌다. 승룡의 부모님은 힘들게 얻은 아들 공부를 시켜 잘 키워야 한다며 승룡이 4살 때 낙동 서당에 입학시켜 공부시키고 양녕대군의 봉사 손이 운영하는 도동 서당(한성부 용산)에도 보냈다. 승룡이 여섯 살이 되자 천자문이 그를 찾아온다. 천자문이 몇 달의 방문을 마치자 다음으로 동몽선습이 찾아온다. 이어서 중용 논어 맹자 대학 시경 주역들이 서로 경쟁이라도 하듯 그를 방문해서 함께 동고동락한다. 그는 집중력도 뛰어나 한 번 읽으면 문장을 통째 외웠고 자연을 보는 눈도 남과 달라 혼자서 꽃을 들여다보며 몇 시간씩 꽃과 이야기를 나누고 나비들과 마당에서 춤을 추고 새들과 말을 주고 받았으며 연을 날려도 어른이 날리는 것보다 더 높이 날아올랐고 그림을 그리기 시작하면 온 길목에 나비가 날아가는 듯 그려놓고 호랑이를 그리면 금방이라도 종이 밖으로 튀어나와 사람을 물 것 같은 살아 움직이는 그림을 그려 사람들을 놀라게 했다. 그 재미를 보려고 사람들은 종이를 주며 그림을 그리라고 했고 그가 종이에 그려낸 나비는 금방이라도 호랑호랑 춤을 추며 종이를 찢고 날아 나올 것 같았다. 또한, 자연을 사랑함에 길가에도 집 앞 화단에도 마당 구석에도 서당 정원에도 꽃을 심고 가꾸면서 늘 꽃에게 *아프지 말고 잘 자라라, 안녕! 좋은 꿈 꾸고 잘자, 내일 또 보자*라고 중얼거리자 어른들의 눈높이는 그의 눈높이를 보지 못해 꽃 귀신이 씌었다고 하고 나비 귀신이 씌었다고 하고 그가 하는 짓마다 길이를 어른의 눈금으로 재었으나 승룡은 끄떡도 없었다. 승룡은 꽃도 나비도 살아 있으니 생각도 있고 하고 싶은 말도 있고 혼령도 깃들어 있는데 어른들은 어찌 저렇게 나를 미친 아이처럼 몰아가고 있는지 답답할 때마다 꽃과 나비에게 하소연하며 *어른들은 잘 몰라. 어른들은 형이상학(形而上學)은 모르고 형이하학(形而下學)만 생각하고 살아서 보이는 것만 보고 보이지 않는 너희들의 마음을 보지 못해 너희들이 듣고 대화할 수 있다는 것을 몰라서 그러니 내가 어른들을 이해해야 되겠지?* 하자 꽃들은 일제히 그의 말이 맞다고 고개를 끄덕이며 위로해 주었다. 고운 향기를 마구 이승만에게 안기며 방긋방긋 웃으며 친구처럼 이야기를 주고받았다. 그렇게 모든 사물을 관통하며 자연을 벗하는 바람에 어릴 적 승룡은 주위 사람들로부터 엉뚱하다, 정신이 이상하다 등등 입을 모았지만, 승룡은 도리어 어른들이 너무 답답하다 생각하고 조금도 개의치 않고 마음껏 자연과 더불어 살았다. 부모님이 자신을 위해 밤낮 고생을 하자 승룡은 어린 나이에 부모님 걱정을 할 정도로 효심이 대단했으며 말썽이라고는 좁쌀 한 알갱이만큼도 찾지 못하게 너무 어른스러워서 부모가 걱정할 정도였다. 이웃 사람들도 그를 보면 어찌 어린아이가 어른보다 궁리가 넓고 저리 영민한지 기특하다며 입을 그냥 두는 사람이 없었다. 승룡을 두고 사람들은 어떤 때는 미친 사람 같고 어떤 때는 천재 같고 종잡을 수 없다며 입살을 보살처럼 떠들어댔다. 어느 날 승룡이 천막 밖에 비를 맞고 쭈그리고 앉아 우는 것을 이웃집에 사는 사람이 보고 왜 우냐고 물으니 *비가 이렇게 오는데 어머니 아버지가 이 비를 다 맞을 것 같아 내가 대신 이 비를 다 맞고 부모님이 비를 안 맞게 하려고 하는데 그래도 혹시 부모님이 비를 맞을까 봐 너무 슬퍼서 자꾸만 눈물이 난다*고 해서 어린아이가 아니라고 할 정도로 부모님을 먼저 생각하고 부모님이 고생한다고 부모님 몰래 많이 울기도 했다고 한다. 어머니께서 *형이 둘 있었으나 너가 태어나기 전에 모두 홍역으로 죽었다*고 하자 승룡은 며칠을 밥도 먹지 않고 얼굴 한 번 보지 않은 형을 불쌍하다며 울었다고 한다. 그렇게 사실상 세종대왕은 이 집안 6대 독자 이승룡으로 다시 태어난 것이었다. 승룡은 어린 나이에도 *나는 6대 독자라 부모님을 잘 모셔야 하며 나만 바라보시는 부모님을 위해 열심히 살아야 한다. 형님을 둘이나 잃고 얼마나 상심이 크셨겠느냐. 얼마나*

충격이 크셨으면 내가 태어날 때 우리 집안이 세상을 다 얻은 것처럼 기뻐서 잔치를 하고 어머니는 틈만 나면 내가 태어난 기쁨을 말해 외울 정도다. 또한, 내가 태어나기 전 아버지는 형이 죽자 삶의 희망을 잃고 슬픔에 화를 참지 못해 악귀를 섬겨서 마을에 아이들이 자꾸 죽는다며 터줏대감 상을 몽둥이로 부수고 동네 당에 있는 당나무를 베고 사당 앞에서 홍역 귀신을 잡기 위해 칼을 마구 휘두르며 미친 듯이 다니다가 결국 앓아누웠다고 한다. 앓아누워 사경을 헤매자 동네 사람들은 그가 당나무를 베고 터줏대감 상을 몽둥이로 부수어 벌을 받는 거라고 쑤군거리기도 했다고 한다. 그렇게 희망도 꿈도 없을 무렵 내가 태어나면서 아버지는 정신을 차리기 시작했다고 한다. 그런 부모님을 위해 나는 열심히 공부해서 훌륭한 사람이 되어 부모님을 잘 모셔야 한다.고 말해 주위 사람들이 혀를 내둘렀다고 한다. 승룡은 어린 시절부터 사람의 생각이라고 할 수 없는 생각들이 많아 부모는 깜짝깜짝 놀라며 아들 둘을 잃은 생각에 영리할수록 불안감이 굴뚝의 저녁연기처럼 피어오르고 또 피어올라 불안 바람을 일으켰다. 그는 6살 때 한 권의 시집인 천자문을 모두 외워 주위 사람들은 천재니 신동이니 하며 그를 보통 인물이 아니라고 말했고 천자문을 다 외우자 서당에서 추구(推句)를 가르치는데 추구도 모두 통째로 외워버리자 서당 선생도 놀라 신동(神童)이라고 했을 정도였다. 특히 그가 즐겨 외워 사람들을 놀라게 한 한시(漢詩)는 어머니가 어릴 때부터 가르쳤고 그의 어머니가 즐기는 추구 구절 중 '일일불독서(一日不讀書) 하루라도 글을 읽지 않으면 구중생형극(口中生荊棘) 입 안에 가시가 돋는다네. 화유중개일(花有重開日) 꽃은 다시 필 날이 있지만 인무갱소년(人無更少年) 사람은 다시 소년이 될 수 없도다. 백일막허송(白日莫虛送) 젊은날을 헛되이 보내지 말게 청춘부재래(青春不再來) 청춘은 다시 오지 아니하네'라는 구절을 즐겨 외워 어머니는 흐뭇해하며 더욱 열심히 가르쳤다. 3명의 스승과 어머니에게서 배운 한시의 조합들은 그렇게 시간을 한시도 헛되이 흘려보내지 않고 그를 탄탄한 뿌리가 내리도록 잘 키워냈다. 서당에서는 우남(雩南)이란 호를 지어 주었다. 우남이란 기우제를 지내서 비가 오면 '우(雩)'자를 쓴다. 고려에서는 왕이 직접 기우제를 지냈으니 왕이 될 호를 지어 준 것이다. 승룡의 아버지는 우남이란 호를 받은 아들과 자신이 꾼 꿈과 맞추어보며 아들을 과거 위주로 실용적인 유학을 가르칠 연줄을 찾아 백방으로 뛰어다닌 결과 12살에 통감절요(通鑑節要) 15권을 마치고 맹자 논어 중용 대학 등 사서(四書)를 아침저녁으로 반복하게 한 뒤 서전(書傳) 주역(周易) 삼경(三經)을 모두 떼었다. 13살이 되자 아버지는 아명인 승룡(承龍)에서 승만(承晚)으로 이름을 바꿔 주었다. 아버지는 과거급제를 위해 끊임없이 공부를 시켰다. 그렇지만 승룡은 과거 같은 건 관심 밖이고 오로지 학문을 익히는 데만 열중했다. 천상에서 승룡을 심사한 심사위원들은 지상을 내려다보고 말한다. *세종대왕 때 아버지가 책을 빼앗아 불에 태워도*

읽더니 이번 생에도 또 저리 책에 미쳐 사는구먼. 하기사 알아야 나라도 지키고 알아야 백성도 다스리지 잘 자라서 나라를 살릴 테니 우리는 여기서 기도나 열심히 해 주자고 입을 모은다. 천상에서 선조들의 그 지극한 기도를 알 리 없는 승룡은 전생에 버릇을 못 버리고 글공부에 미쳤고 총기 또한 누구도 따라갈 수 없이 대단해 가르치는 선생마다 놀라고 어머니도 내심 놀라워했지만 아들에게 혹 티끌만큼이라도 해가 될까 속으로만 생각했다. 승룡은 무엇이든 외워냈다. 주위가 어떻든 그는 이미 자신의 확고한 생각을 조금도 굽히지 않고 당당하게 자랐다. 승룡은 가난하게 자랐지만 조금도 가난에 대한 수치스러움을 느끼지 않았다. 그러던 중 부모님의 주선으로 그는 강제다시피 아니 어쩌면 결혼이 무엇인지도 모르고 동갑내기 박춘겸의 딸 박승선과 결혼을 하게 되었다. 1890년이었다. 15살 승만은 결혼이 무엇인지도 모르고 결혼을 한 것이다. 그렇지만 부모에게 워낙 효지리 시키는 대로 했고 1898년에 외아들 봉수를 가졌다. 아들이 태어나자 승만은 그렇게 신기할 수가 없고 자신의 아들이란 게 실감이 나지 않았다. 그렇게 무럭무럭 잘 자라던 이승만의 아들 봉수에게 더 없는 검은 슬픔이 찾아온다. 1906년에 전염병이 돌았다. 슬픔은 한 번의 예고도 없이 디프테리아란 균을 아들에게 주입시켜 아들을 아주 먼 곳으로 데리고 가버린다. 디프테리아가 급시에 와서 아들을 데리고 가버리자 허탈함에 부부 관계는 모든 것이 다 찌그러져 버린다. 서로가 서로에게 위로를 건

네고 위안을 줘야 할 사이였으나 서로는 서로의 관계에 대해 소원해지기에 이르고 드디어 아들은 두 사람 사이를 갈라놓고 만다. 결국, 디프테리아는 이승만의 아들을 데리고 간 것에 모자라는지 부부의 금실까지 데리고 가버린다. 허무와 공허의 틈으로 침범한 디프테리아를 이겨내지 못하고 간 아들 때문에 나날이 갈등의 무덤은 깊어가고 사랑이란 감정은 바닥에 주저앉아 일어설 줄 모른다. 시간의 단두대 앞에서 벼랑에 거미줄 같은 밧줄을 매달아 보지만 이미 사랑에 지쳐 의욕을 잃을 만큼 관계는 치닫고 만다. 힘이 빠진 두 사람은 서로에게 아무런 도움도 주지도 받지도 못한 채 사랑으로 매어놓았던 밧줄을 댕강댕강 단칼에 끊어버리고 천길 벼랑 아래로 떨어지고 만다. 어떤 중매인도 부부의 관계를 중매하지 않는다. 서로에게 잘못도 없는 용서를 하지도, 할 생각도 않고 아무 생각도 없는 사람처럼 그렇게 갈라섰다. 모든 일은 거짓 명제로 가득하게 채워지고 있다. 벼랑 끝에 고립된 상황에서 신기루 같은 한 줌의 빛도 비추지 않는다. 서로의 마음을 껴안아 보려 하지만 태풍에 쓰러진 고목을 껴안듯 이미 감정은 고사목이 되어 있다. 밤은 햇살을 까맣게 물들이고 지겹도록 검은 질문과 검은 대화를 쏟아내고 있다. 디프테리아가 휘두른 날카로운 칼날은 결국 부부 사이의 끈끈한 끈을 잘라버렸다. 잘린 끈은 서로의 길을 간다. 처음 있었던 자리로 돌아가고 만다. 디프테리아란 균이 아들 봉수를 데리고 가자 승룡은 하늘이 무너지는 아픔을 겪었고 그 아픔을 잊기 위해 더더욱 글에만 열중하자 오직 글밖에 모르는 남편을 보고 젊은 아내는 한계를 느끼고 조용히 승룡 곁을 떠난다. 그리고 그는 남편의 글 읽는 모습을 그리워하면서도 남편의 장래를 위해 떠나 주어야 한다는 생각이었기에 잘린 반쪽 끈을 가슴에 품고 절에서 늘 기도를 드리며 이혼한 남편의 안녕을 빌어주고 있었다. 이승만은 아들도 잃고 아내도 잃고 마음 붙일 곳이 없자 더더욱 학문에 매진하며 가파른 언덕 같은 현실을 잘 견디자고 자신에게 수없이 타이르며 참으로 아무것도 희망이란 실오라기 하나도 잡을 수 없을 만큼 암담하기만 한 시간을 견뎠다. 집 앞에 제비가 집을 짓자 제비집을 쳐다보니 제비가 한없이 부러웠다. 부리로 재료를 물어다 집을 짓고 알을 낳고 새끼를 기르기 위해 벌레를 물어오면 노랑 개나리 잎 같은 주둥이를 쨕쨕 벌리며 먹이를 받아먹는 제비를 보자 자신은 저 제비만도 못하다는 생각에 울컥, 가슴이 복받쳐 왔다. 아들을 잃고 지아비를 잃고 떠나간 아내는 밤이나 굶지 않고 잘 있는지 죄인 같다는 생각이 든다. 차라리 훨훨 자유로이 날아다니는 제비로 태어났다면 얼마나 행복할까? 하는 생각도 순간순간 글을 읽지 않는 시간이면 머릿속으로 날아와 마음을 어지럽게 한다. 아무리 괴로워도 시간은 정확한 눈금으로 흘러 이승만이 모공마다 심어놓은 결심 싹이 파릇파릇 돋아나 자라고 있다. 천상에서는 이승만을 그렇게 가혹하게 담금질을 해서 나라를 잘 지탱하도록 근달이를 하고 있다는 걸 이승만은 알 턱이 없었다. 나라를 반석 위에 올려놓으려면 가혹하게 담금질하지 않고는 안 된다는 판단을 한 것이다. 천상에서 하는 일인지 까맣게 모르는 이승만은 그 모든 괴로움을 털어내기 위해 지식에 매달려 물 주고 거름 주고 비료를 주며 아내와 아들의 부재를 견디고 있을 무렵이었다. 사람의 팔자란 어느 시기 누구를 만나느냐에 따라 하늘 위로 날아갈 날개를 달기도 하고 땅바닥으로 추락할 위기를 얻기도 한다. 이승만에게 하늘 위로 마음껏 날개를 펼 기회가 걸어오고 있었다. 큰 바다 건너 미국에서 그의 인생을 흔들리게 할 사람이 나타난다. 미국물을 먹고 미국 공기를 마시고 미국 햇살 아래서 미국 문화에 먹을 갈아 구불구불 혀를 굴리며 꼬부랑 세상을 두 눈 크게 뜨고 눈 안에 담은 사람이 있다. 그는 바로 앞서가는 세상을 익히고 글을 익히며 또 다른 세상을 준비하던 유학생 서재필. 그가 귀국한다. 이승만이 배재학당 입교 1년이 지날 무렵이다. 모든 걸 잊기 위해 글 속에 파묻혀 모든 일에 울타리를 치며 끊임없이 푸르름을 키우며 몸부림치며 두 주먹 안에 아내와 아들의 자리에 새로운 야심을 채우며 젊음을 불끈거리며 새로운 비상을 향해 깃털을 조금씩 키우는 일에 몰두할 때이다. 서재필은 서양에서 배운 지식과 학식과 견문을 뱃속 가득 채워온 사람이다. 앞선 문명과 문화의 식탁을 주식과 간식까지 먹음직한 먹거리로 풍성하게 차려와 서양 음식의 맛을 한국에 전수할 준비가 된 사람이다. 배재학당은 일말의 망설임도 없이 그 공로를 인정하고 서재필을 받아들여 배재학당의 서양사 선생이 된다. 이승만은 자신이 키우고자 하는 푸른 싹을 잘 키울 수 있는 절호의 기회를 얻게 된다. 이승만은 굴러들어온 호박을 차 낼 이유가 없다. 힘 안 들이고 굴러들어온 호박을 넝쿨째 받아들인다. 이미 마음속이나 온갖 세포들까지 신비의 서양 앞서가는 서양을 받아들일 각오를 세우고 각오를 풍성하게 할 준비까지 된 자신으로서는 하늘이 준 기회라는 생각을 한다. 한 치의 주저도 없이 서재필에게 서양사를 배우는 한 사람의 학생이 되고 이승만에게 서양사를 가르치게 된 서재필은 서로의 허락 따위 묻지도 따지지도 않고 사제 간이 된다. 그렇게 훗날 대한민국의 초대 봉황이 될 아기봉황(鳳皇)이 날갯짓을 배우고 있다.

분노꽃이 넝쿨지다

조선의 왕비인 명성 황후는 계속되는 일본의 간섭에서 벗어나기 위해 러시아와 가깝게 지내자 이에 불만을 품은 일본은 1895년 8월 20일 을미사변을 일으킨다. 명성 황후가 일본에 의해 목숨을 도둑맞는다. 일본공사 미우라가 부임하고 일본의 오카모토가 지휘하는 일당들이 경복궁으로 몰래 숨어든다. 일본은 너희 나라를 가지고 싶다. 너희 나라를 가지고 싶다. 아름다운 금수강산을 우리 후손들에게 빼앗아주고 싶단 말이다. 이 아름다운 나라를 러시아에 빼앗길 수는 없다는 야심에 가득 찬 일본공사는 밀어붙이는 일에 앞뒤를 가리지 않고 속전속결로 일을 진행하며 치밀한 작전을 짠다. 그 작전이 가능했던 건 자신들이 태어난 땅인 조국을 팔아 자신들의 이익과 욕망을 양손에 거머쥐고 싶은 무지렁이 같은 매국노들의 활약이 있었기에 가능한 일이다. 자신들 편에 서서 협조를 하는 조선인들을 일본은 속으로는 얕잡아보고 비웃으며 코털을 쓰다듬으며 겉으로는 길들이기 위한 떡밥으로 달달한 알사탕 몇 개씩을 던져주며 가려운 곳을 살살 긁어주고 있다. 겉에는 꿀을 바르고 속엔 독약을 넣어놓은 사탕을 맛있다며 낼름낼름 받아 쪽쪽쪽쪽 빨아먹으며 그들의 검은 계략에 협조해준 쓸개 빠진 매국노들 덕분에 별 어려움 없이 만반의 준비를 속전속결로 마친 공사는 날갯소리를 모두 압수하고 최대한 몸을 낮춘 애벌레로 몸을 변신시키라고 부하들에게 특수주문을 한다. 물샐틈없이 준비가 완료되자 회심의 미소를 짓는 일본공사. 어둠이 걷히기도 전 기습 작전이 시작된다. 조금의 망설임도 없이 죄책감도 없이 그들은 조선의 육체에 진액을 다 빨아먹은 것도 모자라 영혼의 열쇠를 빼앗으러 궁까지 침입한다. 일본 일당들은 썩은 상처에 우글거리는 구더기같이 몰려든다. 징그럽고 흉측한 더러움에 코를 들지 못한 조선 시위대가 일본군과 일당들의 위세 앞에서 기를 펴지 못하고 금세 무너지고 홍계훈이 쓰러진다. 자신들의 뱃속에서 다 썩어 똥이 된 더러운 악취로 궁을 뒤덮는 천인공노할 인간들은 종횡무진 닥치는 대로 독가스를 뿜어 목숨을 제거하고 내친걸음에 건청궁으로 진입한다. 궁을 지키고 있던 대신 이가지에게 달려들어 목숨 액을 다 빨아먹은 흡혈귀. 흡혈귀들은 감히 침범해서는 안 될 곳까지 침범하고 만다. 마침내 피비린내로 자욱한 궁에서 누에고치에서 실을 자아내듯 자아내는 절망을 거절하며 오체투지로 버티고 참아내던 명성 황후. 명성 황후는 참담한 현실 앞에서도 혼만은 내주어서는 안 된다고 안 된다고 절대로 안 된다고 혼혼혼혼혼혼 혼란 속에서도 죽을힘을 다해 혼쭐만은 꽉 잡아 궁 기둥에 단단히 매어 두어야겠다고 마음을 강철처럼 강하게 담금질하고 있었다. 혼만 저 악랄한 놈들에게 내어주지 않는다면 잠시 쉼표를 찍는 일이지 마침표를 찍는 일은 결코 일어나지 않을 거라 정신에게 단단히 매달려 있어 줄 것을 간곡간곡 자신에게 타이른다. 미처 아무런 준비도 못한 조선의 황후는 *살아야 한다. 살아내야 한다. 살아남아야 한다. 이 나라를 위해서.* 그렇게 다짐에 다짐을 다지며 애를 쓰지만 한 방울의 동정도 없이 하늘은 소원을 물속으로 가라앉히며 불가능을 물 위로 건져 올린다. 황후의 목숨을 가차 없이 쳐낸다. 시해범 무리는 마침내 숨죽이며 숨어 있던 명성 황후를 우리나라 국모 명성 황후를 살해하는 짓을 벌인다. 시해범 무리는 명성 황후의 시신마저 온전히 두지 않는다. 시신을 이불에 싸서 석유를 뿌리고 불에 태워버린다. 본디 러시아와 가깝게 지내던 친러파 이쌍놈과 문죄수가 미우라와 밀담을 나누며 명성 황후 시해사건에 가담한다. 대원군은 갑오년에 잠깐 정권을 잡았다가 청국 세력과 손잡았다는 이유로 쫓겨

난다. 쫓겨난 대원군은 공덕리 별장에서 하릴없이 은둔의 세월을 보내고 있다. 시아버지인 대원군과 며느리인 황후는 서로의 의견을 조금도 굽히지 않으며 국정을 위한 전쟁을 벌였다. 자신이 선택한 며느리와 같은 하늘 아래서 전혀 다른 생각으로 견원지간이 된다. 대원군과 전쟁을 벌였던 명성 황후는 대원군과 마음 한 번 맞춰보지 못하고 처참하게 한 줄 검붉은 연기가 되어 먹구름 듬성듬성 수놓인 하늘로 날아오르고 있다. 명성 황후가 시해된 후부터는 일본에 대한 민족적 감정이 악화되고 정국은 혼미를 거듭하며 소란이 일어나 안개 속으로 갇히기 시작한다. 전국 방방곡곡에서 자발적인 의병이 들고일어난다. 러시아와 일본의 패권 싸움은 치열하다. 조선을 품에 넣고 쥐락펴락하기 위해 영토 확장에 눈이 불거진 저들의 전술과 전략은 집요하다. 끈질기고 집요하며 교묘하게 이어간다. 명성 황후 시해로 나라 안팎이 혼란스럽다. 일본은 명성 황후 시해 사건과 아무런 연관이 없다고 연막을 치며 한 발짝 물러나 있다. 입을 꾹 다물고 관망을 하고 있다. 일본이 의병들의 반란을 소극적으로 대치하고 눈치 보기에 급급하다고 판단한 친러파들이 다시 목에 힘을 주고 질서유지 명목으로 설치기 시작한다. 의병들이 주축이 된 민란은 시와 때를 가리지 않고 관아를 습격한다. 태풍을 몰고 오는 성난 파도가 지나가길 기다리듯 속수무책이다. 군중들에게 돌팔매를 맞으며 고을의 수장이 죽임을 당한다. 1895년 11월 15일 고종은 경천동지할 단발령을 내린다.

할아버지의

　　할아버지의

　　　　할아버지의

아
버
지
로
부
터

물
려
받
은

　몸의 하나, 머리를 싹둑 깎으라고 지엄한 어명을 내린다. 여기저기서 수군수군 남자로 태어난 죄로 참을 수 없는 울화통이 화병이 되어 약방 문턱이 닳도록 들락거린다. 선조(先祖)가 내린 긴긴 세월을 긴 머리털로 보내며 곱게 땋았던 남자 어른이 되면 신분상승 자격으로 상투를 틀었던 남자 온누리의 양반 그리고 유생들은 말할 나위도 없고 단발령에 대한 원성이 들불로 번져나가기 시작한다. 백성들도 이구동성 한목소리로 일제히 들고일어난다. *우리가 오랑캐란 말이더냐, 어명이면 다인가!* 힘없는 백성들이 아무리 소리쳐 발버둥을 해도 확고한 시행방침은 요지부동이다. 단발령 강제성에 버텨낼 재간이 없다. 순검들이 이발 기구를 들고 길 가는 남자들을 족족 붙잡아 이발 기구를 들이댄다. 백성들의 통곡 소리가 하늘을 찌르자 그 화살은 명성 황후의 시해 사건에 대한 동정심으로 불똥이 튄다. 걷잡을 수 없는 격분한 민심이 민란으로 발전 확전되어 나라는 혼탁해진다. 불길은 잡힐 생각을 않고 예측못할 도깨비불처럼 이리저리 옮겨붙는다. 민심이 천심이란 말은 사라진 지 오래다. 이 어지러운 난국에 춘천 관찰사가 모범적으로 단발머리를 한다. 새로 부임한 관찰사의 단발머리를 보고 혈기왕성한 의병들이 흥분하여 벌떼처럼 달려든다. *못된 것만 배워가지고 온 놈 우리보고 따라 하라고 충동질하는 저놈을 그냥 둬서는 절대로 절대로 안 된다.* 춘천지구 의병대장인 기다려에게 고래고래 목청을 돋우며 의병대원은 돌과 몽둥이 닥치는 대로 기다려 관찰사 앞에 수북이 쌓아놓는다. 춘천 관찰사 기다려는 입술이 새파래지면서 사지를 벌벌 떨며 주민들의 처분만 기다리고 있다. 목숨만 살려주면 머리를 다시 기르겠다고 손을 싹싹 빌면서 애원을 거듭한다. *저자를 당장 죽여라! 아무런 애국 정신도 선조들에 대한 고마움도 가치관도 없는 저놈을 당장 죽여 우리의 전통을 지켜내야 한다.*

기다려 춘천 관찰사는 단발로 나타나서 일장 훈시를 하려다가 임명장의 잉크도 마르기 전에 복무가 취임사 항전의 단발로 끝나고 만다. 관찰사는 그렇게 목숨을 빼앗긴다. 관찰사가 죽임을 당했다는 소식을 바람이 쉬지 않고 방방곡곡 열심히 실어나르자 의병들이 일제히 일어나 반란을 일으키기 시작한다. 고종은 러시아 공사관에 머물게 된다. 러시아 공사관에 머물고 있는 고종의 신변은 봄볕이 경작한 구름이나 다를 바 없다. 가택연금이나 오십 보 백 보다. 한 나라 임금으로서 통치행위를 소신껏 할 수 없는 날개 부러진 신세로 전락한 것이다. 자유를 박탈당한 어명이 러시아 공사관에서 내려진다. 러시아 공사관 베베르의 뜻이 고종의 입을 빌려 어명으로 포장하여 하달되는 것이다. 한편, 친일 대신들을 처형하라는 방문을 한지에 크게 써서 주요 거리마다 붙인다. 민란을 일으키게 한 원인 제공자들인 역적들과 대신과 관리들은 무리 지어 외치는 시위대의 눈에 띄는 대로 몽둥이에 맞아 죽는다. 거센 피바람이 강토를 휩쓸고 지나간다. 친러파가 조정을 접수한 조선은 역사 속으로 가라앉고 있다.

구름을 타고 간 계절

5

 해괴망측한 일이 일어나 조선이란 나라는 입천장이 다 벗겨지고 입언저리가 다 부르텄다. 주인의 허락도 없이 새 부대에 새 인물로 바꿔 담는다. 총리대신 법부대신 외부대신이 모두 친일 세력으로 교체되었고 러시아는 함경도의 광산 채굴권과 압록강 이남 울릉도의 벌목 권한을 지고 가고 미국은 경인선 부설권과 운산 금광 채굴권을 이고 가고 프랑스는 경의선 부설권을 움켜쥔다. 제각각 남의 나라를 장악해 자신의 입맛대로 힘을 달아 중량을 맞추어 지고 이고 움켜쥔다. 쓸쓸쓸 몹쓸! 지라가 꼬여 지랄발광을 하고 있는 인간들. 가시철망 한 가닥은커녕 보라보라 보랏빛 웃음 웃는 싸리나무 울타리도 처 보지 못하고 통째로 나라를 도적 맞는다. 모두 멀고 먼 곳에서 원격조종으로 혼란을 일으켜놓고 독보다 독한 술책으로 훔친 물건을 나누어 가진다. 러시아의 꼭두각시가 된 고종. 차마 눈뜨고 바라볼 수 없어 웅성거리는 백성들. 원성은 날로 깊어져 불길이 잡히지 않는다. 태풍에 쓸리고 소나기에 떠내려가고 불볕더위에 다 녹아버려 아무것도 할 수 없다. 봄꽃은 마약을 마신 듯 비틀비틀 어지러이 땅 위에 내려앉는다. 이 대낮에 햇빛 한 조각도 볼 수 없고 어처구니없는 맷돌만 물레처럼 돌아가고 있다. 백성들의 가슴 가슴마다엔 슬픔이 알을 슬어 머릿니처럼 바글거리며 조선의 피를 빨아먹고 있는 일본에 분노하고 러시아에 분노한다. 이대로는 안 된다. 비장한 결단을 냉수처럼 벌컥벌컥 마신다. 두 주먹을 불끈 쥔 서재필이 앞장을 선다. 이 나라 백성들의 피를 흡혈귀들이 다 빨아 먹게 두어서는 안 된다. 어떻게 하든 나라를 구하기 위해 몸부림친다. 독립협회를 만들어 조직적으로 고종의 꼭두각시 몸짓을 규탄한다. 그리고 독립협회의 힘을 등에 지고 서재필은 고종에게 권고한다. 하루속히 대궐로 복귀하십시오! 그렇지만 고종은 남의 나라 눈빛에 찔려 어허, 이것 참 난감하구먼. 나도 그리하고 싶은데… 하고 뜨뜻미지근한 말을 하자 서재필이 목숨 건 권고를 한다. 우리나라에도 백성이 있습니다. 백성을 등에 업고 대궐로 복귀하십시오! 이 나라 왕이 왜 남의 나라 눈치를 보느라 난감해하십니까? 이 나라 땅이고 이 나라 백성이고 왕의 땅이고 백성이니 이 나라 백성의 의견에 따르셔야 합니다! 새벽이 오면 닭이 홰를 치게 하셔야 하고 수밀도(水蜜桃) 같은 여인의 가슴도 자라게 해야 하고 백성들에게 마돈나의 침실도 마련해 주어 빼앗긴 들에 어서 꽃을 피워야지 이렇게 저들의 꼭두각시가 되어 계시면 이 나라는 어찌하란 말씀입니까? 백성들은 누구를 믿으란 말입니까? 백성들의 울부짖는 소리가 들리지 않습니까? 백성들의 분노가 눈보라처럼 휘날리는 게 보이지 않습니까? 매일 혼미한 정신에 혼미한 시간을 보내던 고종은 서재필의 말이 목마른 대지 위를 적시는 소나기같이 시원했고 혼미한 정신에 벼락을 치는 천둥 같고 깜깜한 밤 망망대해에 등대 같은 희망이 반짝이는 것 같은 생각이 들었다. 고종은 서재필의 강한 힘 고삐에 끌려 러시아 공사관과 미국 공사관 영국의 공사관이 몰려 있는 창살을 열어젖히고 구겨지고 찢어져 상처투성이가 된 몸과 수척한 냄새가 묻은 얼굴을 하고 주인을 애타게 아기다리고기다리는 경운궁으로 거처를 옮긴다. 러시아 공사관에 연금당한 지 일 년 남짓 목숨이 닳고 나서야 고종은 서재필의 힘을 지팡이로 짚고 경운동 덕수궁으로 돌아온다. 헛소리 같은 날들에서 풀려난 고종은 나뭇잎들 다 떨어져 앙상한 숲으로 돌아온다. 왕은 빛살마저 조심스럽게 숲을 걷는다. 그 빛 속에 어떤 독화살이 들어 숨어 자신을 죽일지 모르므로. 평화롭던 날들은 어디로 다 날아가 버리고 짓밟혀 만신창이가 된 영혼들만 힘이 다 빠져 널브러져 있다. 살아남은 자들은 달빛도 햇빛도 막아주는 늘어진 가지 나뭇잎 뒤에 숨어 바람에 떨어진 잎들을 보며 자신들이 신고 다닐 신발을 찾고 있다. 죽은 영혼들이 새떼처럼 허공을 날아다니는 궁에 돌아온 왕은 바람 앞에 촛불 같은 나라의 운명을 바로 세우고자 지나간 시간을 수선하면서 전열을 가다듬는다. 후일에 잎을 무성하게 키워 그늘을 넓힐 방도를 찾는다. 이 흔적도 없이 사라진 것들 하늘은 왜 쓸데없이 헛소리 같은 일들로 세상을 어지럽히는 걸까? 길거리엔 한낮에도 바람들이 꾸벅꾸벅 졸고 햇살 파편은 다 부서져 흩어져버려 눈조차 바로 뜰 수 없다. 혼란은 초록처럼 서로 키를 다투며 자라나고 일본은 아직도 조선을 흘깃거리며 하늘과 한 패거리를 먹고 우리민족의 영혼을 묻을 무덤을 찾아 날뛴다. 펄펄펄 입가마다 웃음을 휘날리고 있다. 잠깐 꾸고 깨어난 이 낮잠은 왜 이리 엉망진창의 숲을 만들어 버렸는지 왕은 바람 가닥을 잡아 주름을 접었다 폈다 부채를 만든다. 이 부채로 시원한 바람을 일으켜 별 뒤에 숨어 있는 빛들을 모두 불러내기로 다짐한다. 시대적 요청과 백성들의 한결같은 염원을 담아 조선에 낀 먹구름들을 말끔히 걷어내고 백성들의 가슴 가슴마디에 숨어 있던 두려움과 참담함을 모두 도려내어 무더기무더기 태워버릴 결심을 한다. 물살의 멱살을 잡아 흔드는 못된 물고기들을 모두 추려내고 돌 틈으로 흘러나오는 맑은 웃음이 되어 흘러갈 수로를 만들어 갈 지도를 그린다. 태풍 이빨이 마구 물어뜯어 끊어낸 다리를 다시 연결하고 백성들의 마음을 연결하고 가야금 소리 같은 제각각의 본래의 음색을 재현할 수 있도록 평화로운 백성들의 숲을 아싱그럽아싱그럽 키워나갈 새로운 기원(紀元)을 결심한다. 이승만은 흉몽에 더럽혀진 영혼의 무덤에 달빛을 띄워 말갛게 씻어줄 일이 자신이 할 일이라 손바닥을 쭉 펴서 가슴을 문지른다. 하늘에서만 떠서 방황하던 달이 지상에도 발 디딜 수 있도록 만들 결심을 뜨개질하고 있다. 한 땀 한 땀 뜨개질한 결심을 가슴과 손바닥에 수놓아 주문처럼 외우고 다닌다. 8월은 더위를 많이 먹어 헛소리만 가득 늘어놓고 쇠불알처럼 축 늘어져 있다. 늘어진 시간을 일으켜야 한다. 낡아서 야위어서 설움이 펄럭이는 연호를 광무(光武)로 바꾼다. 이승만은 말도 안 되는 현실에 분노하며 배재학당에서 어지러운 세상을 헤쳐나갈 비법을 서재필에게서 열심히 배웠다. 서양에서 들여온 다양한 지식을 흡수해서 자신의 자양분으로 만들고 자양분을 충분히 섭취한 이승만은 졸업과 동시에 스승 서재필과 호흡을 맞추며 독립협회에 가입한다. 이승만의 심장에 개화운동이 자라나기 시작하는 것이다. 이승만은 서재필의 영향에 어떤 일이든지 조금도 의심을 달지 않고 받아들여 그렇게 혐오하던 기독교 신자가 될 정도로 그를 따랐다. 또한, 독립협회 회원들과 함께 만민공동회를 개최하여 거리연설에 나서기도 했다. 이승만은 호소력 강한 발언으로 만민공동회에서도 엄청난 찬사에 힘을 얻는다. 명성이 쌓이면서 대중들로부터 박수갈채를 가장 많이 받는 인기 연사가 된다. 몸값이 껑충껑충 하늘 높은 줄 모르고 뛰어오른다. 대중 연설가로 웅변가로 변신한 이승만. 그 기세에 맞게 당당하게 한 치의 주눅도 들지 않고 대나무처럼 푸르고 곧은 연설이 국민의 가슴에도 거리에도 펄럭인다. *2천만 동포 가운데 1천 9*

백 9십 9만 9천 9백 9십 9명이 다 죽어 없어진다 해도 나 하나만은 정신을 차려 머리를 높이 들고 앞으로 나아가 나라를 구해야 한다는 것을 제각기 마음속 깊이 맹세하고 다시 맹세하고 천만 번 맹세 합시다. 그리하여 이 나라를 외국의 침략이 없는 자주 독립국가로 굳건한 반석 위에 세웁시다. 그래야 이 나라에 미래가 있고 건재할 수 있습니다. 여러분 뭉치면 살고 흩어지면 죽음의 낭떠러지로 추락합니다. 하나가 됩시다. 모두 한 조상의 핏줄입니다. 우리는 그 이름도 대단한 백의민족이며 단군의 후손입니다. 할 수 있습니다. 아니 꼭 해내야만 합니다. 우리 모두 한마음이 되어 우리나라를 모욕주고 짓밟는 저 잔악무도한 나라들을 우리가 단결해서 물리치고 우리의 주권을 찾읍시다. 우렁우렁한 목소리가 고통의 껍질을 벗기고 밖으로 뛰쳐나와 모두가 없어져도 나 하나만이라도 정신 차리고 머리를 높이 들어 앞으로 나아가 나라를 구할 것을 호소하는 말은 사람들의 심장을 미구 잡아 뒤흔든다. 한겨울 한파처럼 휘몰아쳐 온다. 불현듯 나타난 우렁우렁하고 패기 찬 목소리는 관중을 장악하고도 남아 사람들은 가슴속에 불끈불끈 힘을 자아올린다. 이런 용기는 이승만이 몸속에 머리카락처럼 심어 놓은 나라를 위한 애국 싹이 파릇파릇 돋아나 자란 것이다. 사람의 팔자란 어느 시기 누구를 만나느냐에 어디에서 태어나느냐에 따라 하늘 위로 날아갈 날개를 달기도 하고 땅바닥으로 추락할 위기를 얻기도 한다는 말이 현실이 되었다. 어지러운 나라 혼란한 시대를 평정하기 위해 끊임없이 큰 바다 건너 미국에서 그의 인생을 흔들리게 했던 사람을 만나 희망 꽃을 피운 덕분이다. 미국 물을 먹고 미국 공기를 마시고 미국 햇살 아래서 미국 벼루에 먹을 갈며 구불구불 혀를 굴리며 꼬부랑 세상을 두 눈 크게 뜨고 눈 안에 담은 사람에게 희망 모종을 옮기고 싶었던 이승만은 앞서가는 문화를 익히고 글을 익히며 또 다른 세상을 준비하던 유학생 서재필의 귀국에서 갓 입학해 이것저것 혼란만 생기던 참에 싱그러움이 울울하게 울타리를 치며 끊임없이 푸르름을 키우고 용기를 얻었으며 그 용기를 두 주먹 안에 움켜쥐고 젊음을 불끈불끈 쥐고 새로운 비상을 향해 깃털을 조금씩 키우는 일에 신선함을 느끼게 한 서재필 덕분이었다. 이승만의 눈에는 아주 신선한 바람이었다. 서양에서 배운 지식과 학식과 견문을 뱃속 가득 채워온 서재필이 앞선 문명과 문화의 식탁을 주식과 간식까지 먹음직한 먹거리로 풍성하게 차려와 서양 음식의 맛을 한국에 전수할 준비가 된 사람으로 보였다. 배재학당은 일말의 망설임도 없이 그 공로를 인정하고 서재필을 받아들여 배재학당의 서양사 선생이 된 것 역시 자신이 나라를 위해 무엇인가를 해야만 할 사명 같은 것을 느끼게 하고 누워 있던 생각을 다시 일으켜 세우게 했었다. 숨 막히는 시간이었다. 이 빌어 처먹을! 미쳐 환장 면장 이장할 일본놈이 감히 남의 나라 국모를 시해해. 하늘은 무얼 하고 있단 말인가? 이승만은 분을 참지 못하고 사람들을 일으켜 불같이 일어나게 했다. 반드시 원수를 갚는다는 계획을 세우는데 이 또한 누군가의 밀고로 탄로가 나고 말았다. 명성 황후가 일제에 의해 시해당한 뒤 경복궁에 유폐를 당해 생명의 위험을 느끼고 있는 고종을 미국 공사관으로 보내려 했던 춘생문 사건이 실패로 돌아가고 분을 이기지 못하는 이승만은 잠시 몸을 숨기고 내일을 도모해야겠다고 생각했다. 지금 잡히면 개죽음을 당하고 말 것이 뻔했다. 생각이 여기까지 닿자 이승만은 당장 어딘가로 몸을 숨겼다가 다시 나라를 빼앗기기 전에 운동을 벌여야겠다고 생각하고 황해도 평산 누이 집으로 피신해 3개월을 지내며 동정을 살폈다. 그 분노는 하늘을 뚫을 만큼 치솟아 하늘이 온통 검게만 보였다. 국모가 살해당했다는 소리는 옷을 입지 않은 벌거벗은 소리다. 태초의 소리 그 태초의 고고하고 숭고한 국모의 몸을 일본놈들에게 빼앗겼다는 것도 분노를 참지 못하겠는데 고종까지 감금 당한 것에 심장이 금방이라도 터질 것 같아 이승만은 주먹으로 감나무 를 하도 두들겨 주먹에 피가 마를 날이 없었다. 그걸 지켜본 누이는 울분을 삭이는 것은 주먹이 아니고 심장이다. 그렇게 이를 갈며 국모의 원수를 갚아야겠다며 분노를 숫돌에 날이 서도록 벼리고 있는 것보다 어떻게 하면 일본의 그 원수를 싸우지 않고 조용히 머리로 이길 수 있는가를 생각하고 그 지혜를 빌릴 사람을 찾아가서 조언을 구하는 것이 나을 것이다. 소문에 의하면 명성 황후가 시녀의 복장을 하고 피신하는 걸 우리나라 대신이 알려줬다고도 하고 또 누구는 고종이 알려줬다고도 하고 어느 소문도 소문으로 끝나야지 믿고 싶지도 않고 참말이라면 이 나라의 장래가 없으니 일단 그 소문을 파악하고 대사(大師)를 찾아가 나라를 구할 방도를 물어보는 것이 순서일 것이다. 누이의 말에 뜨거운 물에 덴 것처럼 정신이 화들짝 들었다. 소문으로 묻어두자고 이를 물고 부인하며 사태를 어떻게 수습해야 나라를 찾을 수 있을까? 밤낮 고민 속으로 온몸을 밀어 넣고 있을 때 아버지가 누이의 집으로 찾아왔다. 아버지는 아들의 혼란한 마음을 보며 가슴이 아팠다. 울분을 잠시라도 삭여 주어야겠다 싶어 엉뚱한 말을 꺼낸다. 너 추석의 유래를 아느냐? 아버지 추석은 왜요? 네가 서양 문화를 배운다고 우리의 것을 잊어버려서는 안 된다는 걸 명심해야 할 것이다. 우리 문화 바탕 아래 서양 문화를 받아들여야지 무조건 우리 것을 버리고 서양 것을 받아들인다면 뿌리 잘라버린 꽃을 물병에 꽂아놓는 일과 같다는 걸 잊어서는 안 된다. 꽃을 뿌리를 잘라버리고 물병에 꽂으면 임시는 싱싱하게 보일지 몰라도 결국은 시들어 죽게 되는 것임을 잠시도 잊지 말아라. 예 명심하겠습니다. 추석의 유래를 말씀해 주십시오. 이승민은 어디선가 읽은 듯했지만, 아버지가 자신에게 설명하는 기쁨을 주기 위해 정중하게 부탁을 한다. 에헴 헛헛! 헛기침을 하고 목을 가다듬은 아버지는 누이가 가지고 온 물 한 잔을 마시고 이야기를 시작한다. 삼국사기에 보면 신라 유리왕 9년, 부녀자들이 한 달간 길쌈 대회를 열어 8월 보름에 승패를 갈랐다고 한다. 그렇게 해서 진 쪽이 이긴

쪽에게 음식을 대접하며 잔치를 벌였는데 이것을 가배라고 했단다. 가배는 순우리말로 가위, 즉 가운데를 뜻하며 이것이 한가위의 유래가 되었단다. 그리고 신라는 해마다 음력 8월 15일이면 화조풍월(花鳥風月)을 즐기며 활쏘기 대회를 벌여 상을 내렸다고 한다. 그 음식 중 하나가 송편인데 소나무 잎을 넣어 만든 떡이라고 해서 송병(松餠)이라 불렀단다. 그것이 변해 오늘날 송편이 되었단다. 반달 모양 송편 내력은 백제 의자왕 때 궁궐 안 땅속에서 거북 등이 올라왔다고 한다. 그런데 그 거북 등에는 '백제는 만월이요, 신라는 반달'이라는 글이 쓰여 있었단다. 이에 의자왕이 이 뜻을 궁중 점술가에게 물으니 궁중 점술가는 신라의 반달이 점점 커져서 만월이 될 것이라고 풀이했고 의자왕은 화가 나서 점술가의 목을 베었다. 그러나 점술가의 목을 벤다고 점술마저 사라지지는 않는 법. 결국 점술가는 죽었지만, 백제는 얼마 지나지 않아 신라의 삼국통일에 의해 사라지고 말았단다. 이때부터 신라는 전쟁터에 나갈 때는 신라는 반달 모양의 송편을 만들어 먹으며 승리를 기원한 데서 유래한단다. 그러면 아버지 차례를 지낼 때 상차림의 순서는 언제부터 내려온 풍습인가요? 너는 제사에 관심 끊은 지 오랜데 왜 묻느냐? 그렇다고 풍습조차 잊은 건 아닙니다. 다행이구나. 그 풍습이 정착된 건 그리 오래되지 않았다. 조율이시(棗栗梨柿)란 제사음식의 하나로 제사에 쓰는 대추 밤 배 감 과일 순으로 놓는 것을 말하는데 그렇게 놓는 이유는 대추 조(棗)는 씨가 하나이므로 임금을 뜻하고 밤 율(栗)은 한 송이에 세 톨이 들어 있으므로 영의정 좌의정 우의정 삼정승(政丞)을 뜻하고 배 이(梨)는 씨가 6개 있어서 6조 판서(六曹 判書) 이조 호조 예조 병조 형조 공조 판서를 뜻하고, 감시(柿)는 씨가 8개 있으므로 우리나라 조선 8도를 각각 상징한다는 설이 있다. 곧 조상에게 이런 후손이 태어나게 해달라고 지극한 정성으로 비는 마음을 담은 것이란다. 제사음식은 지역마다 다 다르지만, 기본적으로 젯메는 흰 쌀밥을 주발에 소복하게 담는다. 국 또는 탕은 쇠고기 무 다시마를 넣고 맑게 끓여서 청장으로 간을 하여 갱기(羹器)나 탕기에 담는다. 삼탕(三湯)은 육(肉)탕은 쇠고기와 무 봉탕은 닭고기 어탕은 북어 다시마 두부를 주재료로 탕을 끓여서 건더기만 탕기에 담는다. 삼적(三炙)은 육적(肉炙)은 쇠고기나 돼지고기를 두툼하고 크게 조각내어 양념을 하고 꼬치에 꿰어 굽고, 봉적(鳳炙)은 닭의 목과 발을 잘라내고 배를 갈라서 찌고, 어적(魚炙)은 숭어 조기 도미 등을 통째로 소금에 절였다가 굽는다. 삼적은 적틀에 한데 담을 때는 제일 아래에 바다에 사는 물고기인 어적, 그 위에 땅 위에서 네 발로 걷는 짐승 육적, 가장 위에 하늘을 마음껏 활개 치고 다니는 봉적을 담는다. 닭 대신 꿩을 쓰기도 한다. 이렇게 육군 해군 공군을 제사에 골고루 쓰는 이유는 하늘과 땅, 바다라는 우주의 이치를 나타내는 것이며 산해진미를 다 차린다는 뜻을 지닌다. 소적(素炙)은 두부를 크게 저며서 노릇노릇하게 구워서 따로 담는다. 향적(香炙)은 파 배추김치 도라지 다시마 등을 썰어서 꼬치에 꿰어 밀가루를 묻혀서 기름에 구운 다음 한 그릇에 담는다. 간납(肝納)은 간이나 처녑 또는 생선 살로 구운 것을 말하는데 대구 동태 등의 흰살생선을 얇게 떠서 전을 지지는 것을 말하고, 포(脯)는 육포 어포 등을 놓는데 포 입 끝과 꼬리 부분을 잘라내고 머리가 동쪽으로 향하도록 놓는다. 지방에 따라 오징어를 쓰기도 하고 종류가 바뀐다. 해(醢)는 젓갈 식해를 담던 풍습이 변한 것으로 식혜 밥알만 건져 제기 접시에 담고 위에 대추를 잘게 썰어 얹기도 한다. 숙채(熟菜)는 삼색으로 흰색인 도라지나물과 갈색인 고사리나 고비 나물 푸른색인 시금치를 삶아 무쳐서 한 접시에 삼색을 담는다. 무 배추 미나리로 고춧가루를 넣지 않고 담근 침채(沈菜)를 담는다. 제물에는 화려한 색채나 장식을 쓰지 않고 고명을 얹지 않는다. 편(餠)은 시루떡인 메떡과 찰떡을 고인 다음 위에 경단 화전 찹쌀가루에 대추를 이겨 섞고 꿀에 반죽해서 깨소나 팥소를 넣어 송편처럼 만들어 기름에 지진 웃기떡을 올린다. 시루떡의 고물로는 거피팥 녹두 깨고물 등을 쓰며, 붉은색 팥고물은 쓰지 않는다. 과일은 짝수를 쓰지 않고 홀수로 쓴다. 이는 꼭 이대로 규칙을 정하자는 뜻보다는 조상에게 감사하는 마음을 전하고 온 가족이 모이는 계기를 만들기 위한 것이라고 보는 것이 더 맞을지도 모른다. 제사음식을 제수라 하고, 제수를 격식에 맞춰 차례상에 올리는 것을 진설이라고 한다. 제수는 지방마다 나오는 특산품이 달라 지방과 가정에 따라 조금씩 다르고, 제수를 놓는 위치 또

한 다소 다르다. 그 때문에 제수 진설에 '남의 제사에 곶감 놓아라, 대추 놓아라 참견 마라'라는 말도 있으니 이는 지방마다 다름을 인정하고 틀림이란 말을 쓰지 말라는 것이다. 차례상은 방향에 관계없이 지내기 편한 곳에 차리되 신위(神位, 지방)를 북쪽으로 향하게 한다. 그리고 제사 지내는 사람 편에서 차례상을 바라보았을 때 신위의 오른쪽은 동쪽, 왼쪽은 서쪽이다. 신위를 북쪽에 놓는 것은 북쪽이 음양오행설의 오행 가운데 수(水)를 뜻하고 가장 높은 위치이기에 이는 조상을 높이 받드는 마음으로 제사를 지내는 것이다. 이 풍습이 얼마나 더 이어질지는 모르겠다만 그렇다고 하더라도 그 풍습, 그러니까 우리나라 미풍양속을 잊고 무조건 서양 문명만 추구하다 보면 나 우리나라는 없고 남이 장에 가면 똥을 지고 장에 따라가는 형국임을 명심하란 말이다. 이승만은 잠시나마 아버지 말씀에 심취해 머리를 식힌다. 예, 아버지 무슨 말씀인지 알겠습니다. 가슴속에 깊이 새기겠습니다. 하자 아버지는 그윽한 눈길로 아들이 대견스럽다는 듯 쳐다보더니 힘들지? 힘내거라. 다 잘 될거다. 어깨를 툭툭 친다. 그렇게 잠시 아주 잠깐이지만 혼란스러운 나라 걱정을 잊었지만 그건 잊은 게 아니었다. 아버지가 가시고 나자 다시 나라 걱정이 파도처럼 출렁인다. 마당을 걸어 다니며 그늘을 깔고 그늘을 덮고 그늘을 베고 궁리를 했다. 봄빛이 푸른 피를 토하며 억울함을 호소하자 송사리 떼도 눈물을 흘려 강물이 짰고 바람도 너무 울어 소금기가 섞여 짜서 숨을 쉬면 입이 소태처럼 쓰고 산천초목도 모두 머리를 풀어헤치고 울어대는 이 기막힌 상황을 슬기롭게 이겨야만 하는 시대. 황폐하고 거칠고 쓸쓸해 폐허가 된 적막한 벌판 같은 시대다. 단, 하늘만 두 눈 멀뚱멀뚱 지켜만 보고 있을 때 이승만은 서재필의 강의를 듣고 몸속에 피가 역류하는 듯 얼어붙었던 기억이 되살아났다. 이승만은 단숨에 오랜 시간 묵은 그늘을 돌돌 말아 버리고 뱃속에 잠자고 있던 용기를 깨워 볏짚으로 만든 모자와 밀짚 비옷을 입고 억수같이 쏟아지는 비를 맞으며 서재필을 찾아갔다. 그에게 나라의 국모를 피살한 원수를 갚을 방책이 있을 것 같다는 생각에서였다. 이승만은 누가 봐도 거지처럼 보이는 형색이었다. 잠도 제대로 못 자고 먹는 것도 겨우 연명만 했으니 그의 몰골은 거지와 다를 바가 없었다. 그 많은 소낙비를 다 맞아 꼴이란 꼴 세상 꼴을 다 가져다 놓아도 그보다 초라하지는 않을 것 같았다. 그러나 이승만의 마음만은 차돌처럼 희고 단단했다. 서재필의 집에 도착하자 서재필은 무슨 거지가 온 줄 착각했다. 그러나 서재필은 거지(ㅌ智)라는 말에는 큰 지혜가 살고 있다는 것을 아는 사람이다. 서재필은 사람을 겉으로 보고 판단하는 오류를 범할 사람이 아니었다. 어서 들어오시오. 무슨 연유로 이 쏟아지는 비를 다 맞고 오셨소? 하자 이승만은 스승님 작금의 시국을 해결할 분은 스승님밖에 없다고 생각해 견딜 수 없어 무례하게도 이렇게 찾아뵈었습니다. 아니 자네는 이승만이 아닌가? 자네가 왜 이 꼴을 하고 왔는가? 스승님 죄송합니다.

도무지 제 마음을 상의드릴 분이 없어서 찾아왔습니다. 그래 무슨 일이길래? 스승님 처음엔 마음이 떨리더니 다음엔 손끝이 떨리고 눈시울과 턱이 이가 떨리더니 머리와 팔다리 머리 결국엔 마음마저 사시나무 떨리듯 떨려서 도무지 아무것도 할 수가 없습니다. 이 떨림 병을 어찌하면 고칠 수 있는지 약을 구하러 왔습니다. 그 연유가 무엇인가? 국모가 일본놈에게 시해당했다는 말을 믿을 수가 없습니다. 그의 온몸이 떨린다는 말과는 달리 목소리에는 기운이 번쩍번쩍 빛나고 있음에 서재필은 속으로 생각한다. 음, 인재로구먼! 역시 이승만이야. 당당하고 활기 있고 폐기도 있어 보여. 저런 청년이 많아야 조국의 이 상황을 잘 이겨낼 수 있을 텐데라고 생각하고 서재필은 이승만에게 용기를 후하게 대접해서 돌려보냈다. 이승만은 다시 용기를 한 상자 얻었다. 저런 분이 있으니 우리나라도 어떻게든 일본의 저 만행을 물리치고 나라를 구할 수 있어. 지금부터 뛰는 거야. 이승만은 가슴이 함께 뛰기 시작하고 팔짝팔짝 어릴 때 새 신발을 신고 뛰던 것처럼 신나는 용기가 어디서 솟아올랐다. 그래 희망을 잃지 말자. 조국이 없으면 나도 없어. 내 한 몸 녹여서 나라를 지켜야지. 생각을 굳혔다. 그 이후 이승만은 나라를 구하는 단체라면 독립협회 만민공동회 등 어떤 단체든지 가입하여 가장 선두에 서서 치열하게 토론하고 나라를 위해 목숨을 걸 것을 주장하며 활발한 운동을 했다. 워낙 말주변이 뛰어나 이승만이 연설을 하면 모두가 긍정했고 열광했고 믿으며 따랐다. 이승만은 나라를 구하기 위해 잠을 자는 것은 사치라는 생각을 하고 하루에 3시간 이상 잠을 자지 않으리라 스스로에게 다짐을 하며 손바닥에 '3시간 이상 안 자기'라고 썼다. 그리고 서재필을 비롯한 나라를 위하는 애국심이 있는 자들을 자주 찾아가서 나랏일을 상의하고 고견을 들으며 고심했다. 그 혼란을 겪으면서도 이승만은 배재학당을 우수한 성적으로 졸업했다. 1897년 7월 8일 정동에 새로 지은 감리교 예배당에서 열린 배재학당졸업식에서 졸업생을 대표해 '한국의 독립'이라는 제목으로 영어로 연설을 했다. 이승만의 독립을 위한 영어 연설 유창한 말솜씨 패기 어린 목소리에 능숙한 설득력까지 갖추고 있어 고관들과 주한 외국 사절과 청중들의 박수 소리는 장안이 무너질까 두려울 정도였다. 그는 조선의 독립은 시가 급함을 역설(力說)했고 국모가 일본에 당한 수모는 우리 모두의 수모이니 우리 국민이 단합해 반드시 이 수모를 갚고 다시는 이런 낭패를 당하는 일이 있어서는 안 될 것이며 그러려면 단결해야 한다, 하나도 단결 둘도 단결 셋도 단결 온 국민이 단결해야만 나라를 지켜낼 수 있다며 목에서 쇳소리가 나도록 소리치더니 기력이 약해져 코피가 흐르는 줄도 모르고 나라의 힘을 모아야 함을 강조하며 연설을 이어갔다. 1897년 10월 12일 고종은 자의 반 타의 반으로 나라 이름을 대한제국(大韓帝國)으로 명명했고 꼭두각시 황제가 된다. 연호는 광무(光武)로 하고 왕세자는 황태자로 부른다. 세자빈을 황태자비로 부른다. 참혹하게 비명에 쓰러진 국모를 명성 황후(明成皇后)로 호칭한다. 겉만 번지르르한 호칭, 팥소 없는 찐빵이다. 고무줄 없는 으뜸부끄럼가리개다. 서재필은 최초의 한글 신문인 독립신문을 창간하고 독립협회를 출범하고 애국지사들을 모으며 나라를 구할 방법을 찾았다. 사방 여기저기서 이렇게 나라를 위해 자신의 안위는 뒷전으로 밀어놓고 뛰어다니는 애국지사들. 후일 후손들이 이들을 어떻게 기억할까? 아마도 까맣게 잊어버릴지도 몰라. 그래도 가장 시급한 건 나라를 온전히 지켜내서 후손들이라도 이런 모욕과 치욕을 당하지 않고 살 수 있게 해 줘야 한다는 오직 일심뿐인 애국지사들! 찬란히 빛나는 날이 오길 두 손을 모아 기도한다. 조선 왕조의 임금 왕의 호칭이 형식상으로 한 단계 높인 황제로 불린다. 국호를 고치고 새로운 나라 이름은 **대한제국** 이름을 만세에 빛나게 할 국호 위로 황사 바람이 분다. 숲은 바람을 흔들고 바람은 등불을 흔든다. 어굴어굴 어굴어굴 억울하게 터전을 빼앗기고 목이 달아난 영혼들이 가지마다 송이송이 피어나 조국을 밝히고 있다. 언제 다시 소낙비에 떨어질지도 모르는 꽃등이 간들간들 나뭇가지를 흔들고 있다. 왕의 바짓가랑이를 잡고 품으로 마구 기어오르는 슬픔은 떨어진 꽃잎에서 숨죽이며 갇혀 있던 향이다. 슬픔의 향들은 숲속 마당에도 수북하게 쌓여 이리저리 뒹굴고 있다. 소나기는 물소리를 있는 대로 크게 키워놓는다. 그 싱싱한 물줄기를 잘라 끈을 만들어 조선의 목을 매어 끌어당기는 일본. 왕세자는 황태자로 대원군은 대원왕으로 한 단계 격상시킨다.

고양이가 담을 넘어 생선가게 유리창을 핥자 꽃도 나무도 현기증이 일어 비틀거렸다. 식물성 유전자들이 붉은 피를 뚝뚝 흘렸다. 명성 황후는 인현 왕후를 배출한 민씨 가문이다. 아버지 민치록은 지방의 중간관리 벼슬을 하다 일찍 유명을 달리한다. 8세 때 아버지를 놓치고 어머니와 한양으로 와 살 때 12촌인 민승호가 양자로 들어와 제사를 맡는다. 명성 황후는 총명해 칭찬이 자자하고 흥선 대원군의 아내 부대 부인 민씨의 마음에 들게 된다. 부대 부인 민씨는 민승호의 누나다. 자신과 친인척 관계인 명성 황후를 적극적으로 대원군에게 추천한다. 외척세도정치를 경계하던 대원군은 가문은 빠지지 않으나 주위에 뒷배가 될 사람이 없던 명성 황후를 자신의 며느리로 간택한다. 그러나 양을 고르다 여우를 고른 것이다. 총명했던 명성 황후는 대원군의 처남인 민승호를 자신의 세력으로 만들고 대원군의 형인 이최응 대원군의 큰아들 이재면(고종의 형)까지도 대원군에게 등을 돌리고 고종에게 힘이 되도록 만든다. 명성 황후가 처음부터 정치적인 지략이 있었던 것은 아니다. 시아버지인 대원군과의 갈등에서 권력욕이 생긴다. 16세에 왕비 자리에 올랐을 때 고종에게는 사랑하는 여인이 따로 있었다. 궁인 이씨에 밀려 본인은 냉대를 받는다. 궁인 이씨가 완화군을 낳고 대원군은 완화군을 세자로 책봉하려 한다. 명성 황후는 온갖 노력으로 시아버지에게 다시 신임을 얻게 된다. 그렇지만 명성 황후의 두 아들은 모두 요절한다. 대원군의 무리한 약 처방에 의심을 섞는다.

구름을 타고 간 계절

6

 적들이 가장 좋아하는 먹이가 내부의 분열이란 걸 몰랐을까? 적들에게 먹이만 주지 않았어도 이렇게 일본과 러시아 눈치 사이로 어이없이 빨려 들어가지는 않았을지도 모를 일이다. 국정부터 가정사까지 간섭하고 독단적인 모습을 보인다며 대원군에게 불평불만만 하지 말고 좀 더 서로 머리를 맞대고 국가의 발전과 안녕을 위해 좋은 방향을 찾았다면 길은 전혀 다른 곳으로 났을지도 모른다. 서로 자신이 옳고 상대가 틀리다고 할 것이 아니라 서로의 다름을 잘 조합해 환상의 지혜서를 썼다면 좋았을 것을. 다름을 인정하지 못한 고종이 스스로 나라를 다스릴 결심을 할 무렵 가짜 전단이 거리에 물결로 펄럭였다. 독립협회가 고종을 폐위하고 박정양을 대통령으로 하고 윤치호를 부통령으로 삼고 각부 장관에 독립협회 회원을 앉히려 한다는 가짜는 진짜의 탈을 쓰고 휘날리니 그걸 탓인 줄 모르는 고종은 독립협회와 만민공동회를 불법 집회로 규정한다. 일본은 조선의 자주독립을 막기 위해서 정치 경제 문화에서 변화를 원하지 않고 기존상태를 고수하려는 수구파(守舊派)에 가담했고 가짜를 만들어 거리에 뿌린 걸 모르는 고종은 독립협회와 만민공동회를 강제 해산시킨다. 수구파 내각은 전제 군주제를 선언한다. 수구파는 친일파와 친러파적인 성향을 강하게 띠며 조선을 서로 뜯어먹으려고 아귀다툼을 벌인다. 러시아의 수탈이 시작되자 이를 본 일본은 러시아와 전쟁이 불가피하다고 판단한다. 조선을 마치 자신들 먹잇감으로 생각하는 그들을 보며 고종은 심장과 뇌에 주름살이 지도록 불편해한다. 일본은 감나무 가지를 조선에 드리우고 자기네 감인 양 행세하며 뿌리마저 조선에 옮겨심을 야심을 품고 서재필이 만든 독립협회를 과격한 단체라고 위협을 가하기 시작한다. 일본은 서재필을 제거하기 위해 몇 번의 저격을 시도한다. 이때마다 서재필은 파렴치하고 악랄한 일본에 치를 떨며 조국에서는 더 이상 위험하다는 판단을 하고 보따리를 싸 다시 미국 망명길에 오른다. 조국에 대한 탄식과 회한 불만과 근심이 머릿속을 떠나지 않는다. 어쩌면 다시는 돌아올 수 없는 길이 될지도 모를 일이다. 자신은 떠나지만, 독립협회와 독립신문에서 자신을 도우며 행동으로 실천 활약하며 필명을 날리던 우국 동지들이 걱정된다. 독립회 의장에 윤치호가 앉는다. 조정이 불편해하는 인물이다. 조정은 묘수를 짜낸다. 어용단체의 활용이다. 신의 한 수로 조정의 대신들은 술잔을 높이 처든다. 독립협회를 견제하기 위한 어용단체 황국협회가 화려한 깃발을 올린다. 황국협회에 가담한 대다수 회원은 떠돌이 봇짐 장사치들이다. 이들은 단결심이 고래 심줄보다 질기다. 독립협회와 사사건건 맞불을 놓고 물불을 가리지 않고 맞서 싸운다. 고종이 이들을 처단할 기회를 노리고 있을 때 독립협회를 비판하는 상소가 올라온다. 고종은 기회를 놓칠 수 없다. 독립협회 뒷배경에 일본이 있다는 말을 믿은 고종에게 그토록 학수고대하던 절호의 기회가 찾아온 것이다. 고종은 만면에 웃음을 머금는다. 상소를 구실삼아 실무자들을 즉시 조사해 구속하라고 노기 띤 얼굴로 어명을 내린다. 실무자들이 구속되자 민심이 예사롭지 않게 돌아감을 직감하고 어려운 시국이 전개될지도 모를 것이란 생각에 이른다. '벼룩 잡으려다 초가삼간 태우는' 격이 될지 모른다는 생각이 들었다. 백성들의 심기를 굳이 거슬러 나라를 혼란스럽게 할 필요가 없다는 데 방점을 찍고 얼마 지나지 않아서 구속 인사들을 석방한다. 고종황제는 어용단체인 황국협회와 반고종의 선봉에 서있는 독립협회의 도를 넘은 싸움에 질려 어느 쪽도 일본의 가담이 없다는 장담을 할 수가 없다는 판단을 하고 두 단체를 동시에 해산시키지만 독립협회는 더욱 단결해서 나라 찾을 생각을 버린다. 세월은 옆도 뒤도 돌아보지 않고 오로지 앞으로만 겅중겅중 마구 미친 듯이 갈퀴를 휘날리며 달려간다. 돈키호테 로시난테처럼 종횡무진 달려간다. 시간은 단 한 시간 단

1분 1초도 앓아눕지 않는다. 고장이 나는 법도 없다. 강철 같은 체력으로 끊임없이 질주하는 저 괴물 같은 초침은 불안과 초조함으로 살찌운 물고기를 물어온다. 물고 오기 무섭게 뼈 하나도 안 남기고 아그작아그작 다 씹어 삼켜버린다. 허리를 반으로 접더니 다시 펴서 12월은 빙어를 물고 오는 것이 아니고 폭설 같은 괴물만 눈앞에 물어다 놓고 으르렁거리고 있다. 이승만이 독립협회 회장으로 선출된다. 그러나 그건 또 불행 바람을 몰고 올지 예상 못 하고 그 많은 무게의 글자들을 모두 자신의 머릿속으로 옮기도록 해준 아펜젤러에게 고마움을 느낀다. 아펜젤러! 이 땅에 최초의 감리교 선교사로 개신교를 전파하려는 목적을 등에 지고 태평양 바다를 건너온 사람. 그는 다름 아닌 파란 눈동자의 20대 싱싱하고 패기 발랄한 희망을 주렁주렁 매달고 건너온 청년 헨리 아펜젤러였다. 배재학당에 갓 입학을 했을 때 이승만은 기독교라는 말이 꼭 한 맹주를 섬기는 사기 집단처럼 생각되었었다. 그들이 하는 이야기는 모두 예수를 섬기라는 독특한 논리로 귀결되자 사람들은 참으로 괴상한 생각을 하고 산다고, 왜 자유를 두고 어떤 보이지 않는 죽은 사람 그것도 이스라엘 사람에게 맹종하라고 하는지 도무지 이해가 가지 않아 일단 알아야겠다는 생각을 하며 결심을 하던 중 일본이 나라를 지배하려는 움직임에 한국 독립운동가들이 참여하는 모임이 있다는 것을 알고 적극적으로 참여하기 시작했었다. 배재학당은 이승만에게 서양문명을 가르쳤다. WA 노블이 영어를 가르치고 아펜젤러 배재학당 교장은 이승만에게 영어공부에 대한 독려와 자신감을 불어넣어 주기 위해 학교신문을 제작하는 일에 참여시켰다. 이승만은 실력을 인정받아 학교신문(협성회보) 주필이라는 이름표를 달았고 영어는 이승만의 마음을 파고들어 꼬부랑꼬부랑 창자처럼 꼬불거리며 온전히 심취하게 했었다. 그렇게 훗날 대한민국의 초대 봉황이 될 새가 날갯짓을 배우고 있었던 것이다. 이승만은 열강의 침략을 남의 일이라고 강 건너 불 보듯 하고 집안끼리 신경전을 벌일 때가 아니니 정신 바짝 차리고 조국 지키는 데 힘을 모아야 한다.고 외치자 너희들은 군주제를 폐지하고 공화정치(共和政治)를 도입하려 음모를 꾸미고 있으니 모두 체포한다.는 혐의로 몇몇을 체포하자 이승만은 대중들과 배재학당학생 등을 모아 항의했었다. 우리는 모두 경무청과 평리원(고등법원) 앞에서 철야 농성을 벌여 독립협회 간부들을 석방할 때까지 싸울 것이다. 그래야 나라의 미래가 있을 것이다. 억울한 누명을 씌워 가둔 애국자들을 모두 석방하라! 석방하라! 석방하라! 목이 터지라 외치며 거리를 뛰어다녔다. 감옥에 갇힌 애국지사들이 안타까워 하늘은 머금고 있던 먹구름을 마구 쏟아부었다. 사람들의 눈알에도 구름이 가득했다. 구름은 차디찬 발가락을 꼼지락거리며 사람들의 눈알을 간지럽혔다. 아기부터 노인들까지의 시간의 거리를 휘저으며 날아다녔다. 백성들은 이 구름 발가락이 내뿜는 발 고린내를 견딜 수 있을까? 눈을 감아도 사라지지 않는 그 눈엣가시 같은 발 고린내. 인간 존엄성도 질서도 모두 파괴해버리는 것을 이기는 재주를 어떻게 사람들에게 교육하고 홍보하고 함께할 수 있게 할 수 있을까? 답답한 미래는 안개처럼 스물스물 서른서른 아니 쉰쉰으로 자리를 이동해 달려오는 것 같아 이승만은 머리가 팽이채를 맞고 얼음판에서 도는 팽이처럼 팽그르르 뺑그르르 돌아 현기증이 난다. 그러나 현기증을 진정시키며 온도가 가장 뜨거울 때 한계치에 도달하는 초록나무처럼 가장 무질서할 때 가장 좋은 질서를 도달시킬 방법을 연구해야겠다 마음을 펼친다. 책의 첫 페이지를 넘기면 가슴이 두 근 반 서 근 반 두근거리듯 암담한 혼란의 페이지를 두 근 반 서 근 반 두근거리며 살 수 있는 조선을 만들어야 하는 것이 나의 임무라고 생각하며 감옥에 갇힌 애국지사들의 석방을 위해 독립협회와 백성들을 모아 밀물처럼 밀고 들어가자 고종은 도저히 이대로는 안 되겠다는 생각에 이른다. 내각을 개편하고 독립협회의 복설(復設)을 허락하는 동시에 그들의 요구를 모두 들어줄 것을 약속했다. 그렇게 사건은 겉으로 보기에는 해결된 듯 보이지만 그건 손바닥으로 하늘을 가리는 일이었다. 1898년 2월 대원군 이하응은 이런저런 굴곡진 역사에 부딪히다 파란 많은 한 생을 멍석에 둘둘 말아 지고 길을 떠난다. 일흔여덟 살을 일기로 파란 많은 한 생을 버리고 천상으로 이주한다. 한편 이승만의 눈부신 애국정신에 힘입어 나날이 발전하기 시작해 창립 1주년 만에 회원 수가 5백 명이 넘어섰고 1898년엔 9백 명이 넘어섰다. 협성회는 불길처럼 번져 지방에서도 조직을 결성했다. 그렇게 이승만에게 사람들이 몰려들자 이승만을 탄압하고 비하하는 일이 일어나 상황이 생각지도 않은 곳으로 길을 내고 흘러갔다. 협성회 창립회원인 이장한은 매국노 이쌍놈의 아들이다. 이장한이 본격적으로 활동하며 조국을 위해 열성을 보이자 이쌍놈은 그를 미국 캘리포니아 무관학교로 유학을 보내버리는 사태까지 일어났다. 이승만은 제 나라를 매국해 수 세기를 도도하게 흘러갈 죄로도 모자라 이 나라를 건지려는 거룩한 정신을 가진 아들까지 유학을 보낸다며 통탄했다. 새 발의 피만큼의 부끄러움도 없단 말인가! 한탄스러웠지만 급작스럽게 행한 일이라 어떤 노력도 해보지 못함에 이승만은 가슴만 아파했다. 그렇게 한 치 앞을 내다보지 못할 극한의 시대에 이승만은 나라를 구하는 길은 열심히 공부해서 힘을 키우는 일밖에 없다는 생각으로 잠시도 쉬지 않고 나라를 구하는 방법과 공부에 전념하며 어둠의 한가운데서 밝음을 캐려고 노력하며 여기저기서 연설을 했다. 11월 21일 만민공동회에서 연설하던 중 수구파들의 습격을 받았다. 다행스럽게 목숨에는 지장이 없었지만 까딱하면 피습당했을 아찔한 순간이었다. 아찔함 사이로 진흙 같은 바람이 지나가고 자신이 머물렀던 공간이 순식간에 사라지는 꿈같은 일이 현실에서 일어났다. 이승만의 영혼은 다 자라지도 못하고 수억만 년을 꿈속에서 출렁일 뻔했다. 이 세상에 있는 계절을 만끽도 못 하고 저세상으로 갈 뻔했다. 아득함이 황홀하도록 날아온다. 이 일로 독립협회 회원들과 백성들이 다시 격앙되어 일이 걷잡을 수 없어지자 고종은 독립협회를 달래기 위해 이승만을 포함한 50여 명을 대한제국 중추원 의관(議官, 종9품)으로 임명하였다. 어디엔가 분명 또 다른 길이 있을 것이다. 나라를 위해 소임을 다 한다는 게 무엇보다 힘들고 외롭고 황량한 길이다. 이 길엔 꽃향기도 말라 버리고 달빛도 부서져 버리고 바람마저 황량한 울음으로 우짖는다. 어떤 낯선 시간을 만나더라도 마음을 부챗살처럼 펼치고 길을 찾으면 사잇길을 찾을 것이다. 이승만은 나라가 혼란에 빠진 낯설고 괴로운 향기가 코를 찔러 알알하다. 세상에 태어나 살아가는 동안 나의 뜻을 굽히지 않고 남을 위해 나라를 위해 뭔가를 한다는 건 그리 녹록한 일이 아니다. 뜻을 남과 다르게 세운다는 자체가 이미 주위 사람들에게 감시의 대상 혹은 질타의 대상 이해하지 못할 대상이 된다. 모두가 자신의 눈높이에서 바라보며 자신의 안위만 위해 살아가는 사람이 대부분인 속에서는 이해가 되지 않기 때문이다. 자신보다 남을 먼저 생각해본 사람은 알 것이다. 뜻을 세운다는 건 아무리 험난한 길이라도 포기하지 않고 그 길을 가겠다는 의지다. 그 의지가 어떤 모진 바람에도 꺾이지 않게 하려면 때론 바람이 불면 부는 쪽으로 휘어야 하고 눈보라가 치면 눈보라에 대항해야만 하는 막중한 사명감과 무거운 책임과 인내가 뒤따른다. 이승만은 명성 황후 시해 사건은 나라의 근간을 흔드는 일이란 생각을 하고 연설을 했던 연유로 1899년 1월 고종폐립음모

(高宗廢立陰謀)에 연루되었다며 투옥을 당했다. 나라를 위한 일을 성취함에는 말랑말랑함도 필요하고 대쪽 같은 추진력도 필요하다. 그 말랑말랑함과 대쪽 같은 그 중간 어디쯤 버티고 있는 또 다른 문제도 적절하게 해결하는 지혜와 능력도 갖추어야 할 것이다. 그러려면 무엇보다 지혜를 갖추어야 하고 지혜를 갖추기 위해서는 공부를 해 삶의 바람을 타고 다닐 수 있는 능력을 터득하지 않으면 안 된다. 남에 의한 평가는 그리 중요치 않다. 누구에게나 좋은 평가를 받는 사람은 없기에. 평가하는 사람의 수준에 따라 평가되는 일이기 때문에. 개에게 아무리 비싼 다이아몬드 목걸이를 주어도 물어뜯어 버리듯이 아무리 좋은 생각과 올바른 생각으로 나라를 위해 무엇을 해야 한다고 외쳐본들 나라를 위해 희생하거나 나랏일을 불구경하듯 하는 사람에게는 아무 소용도 없고 소용만 없는 것이 아니라 나라를 구한 영웅들도 자신들의 이익에 따라 적으로 몰 수도 있는 것이 인간의 보편적인 생각이다. 그들에겐 자신들에게 던져 주는 감자 한 개 고구마 한 개를 더 고마워할 것임을 안다. 그렇다면 내가 만난 사람들에게라도 공부를 가르쳐 이 평범하지만, 모르면 평범함조차 누릴 수 있는 권한을 남의 나라에 빼앗기고 짓밟힌다는 것을 가르쳐야 한다. 현재 주어진 조건과 환경을 탓하지 말고 내가 할 수 있는 일을 찾아 최선의 길을 만드는 데 역량을 다해야 할 것이다. 소용돌이치는 역사의 현장에서 나의 몸처럼 나라를 사랑하는 마음으로 세상을 품고 바꾸어야만 나라의 미

래가 있다. 그 길은 많이 고독하고 황량하며 외로울 것이다. 소나무는 외롭지만 슬퍼하지는 않는다. 그 이유는 항상 당당한 향기를 품고 있어서이다. 그 향기는 의지와 신념과 높은 뜻이 서로 자신의 장점을 우려내 잘 어우러진 결과물이다. 천 년을 사는 백학이 고고하고 우아한 품새를 지니는 것은 자신의 욕심을 초월했기 때문이다. 천상에서 향기만 먹고 사는 신선이 소나무와 학을 좋아하는 이유는 바로 진정한 맑음과 순수한 물방울처럼 영롱한 심성에서 품어져 나오는 욕심 없는 마음 때문이다. 욕심을 비워야 맑은 세상도 보이고 아름다운 세상도 보인다. 모든 욕심을 모아 조국을 위해 바친다면 학처럼 훨훨 날 수 있을지도 몰라. 하물며 지금은 상실의 시대가 아닌가. 내 한 몸 희생해서 나라에 보탬이 된다면 뼈를 갈아서라도 먹물로 써야 한다. 나의 소신을 굽히지 말고 어떤 역경도 이겨내자. 외롭고 고독함으로 배를 채우며 살지라도. 누구는 이 세상, 그러니까 유배지에서 허송세월을 하지만, 누구는 그 귀양 생활 동안 후세를 위해 수많은 저서를 남기고 오랫동안 후손들의 등불이 된다. 그리고 그 등불로 누군가의 가슴속 스승이 되기도 하고 나라에 훌륭한 스승으로 남는 길을 안내하기도 한다. 그러니 어떤 계략이 숨어 있어도 그걸 잘 극복해야 한다. 과한 대접은 무언가 대가가 있는 법이라고 생각하며 거절해야 하지만 모두 좋아하는 눈치다. 이승만은 가슴이 답답하다. 일신의 안위가 조금 좋아졌다고 좋아하는 사람들을 보며 한숨이 나오고 억장이 무너지는 서글픔이 솟아났다. 이승만은 이 어지러운 나라의 장래가 보이지 않는데도 제대로 길을 안내하지 못하는 조정의 무능함에 서러움이 목에 차올라 걱정을 끌어안고 꺼이꺼이 울었다. 나무들도 함께 울었다. 누가 얼렸을까? 하랑하랑 흰 눈꽃 송이들이 교도소 담장을 넘어온다. 모두가 가장 싫어하는 교도소에 저 눈꽃 송이들은 춤을 추며 날아내린다. **겁먹지 말아요. 겨울은 또 이렇게 지나가고 봄이 온답니다.** 하며 자신이 어렸을 때 꽃과 나누던 대화처럼 눈꽃도 그렇게 용기를 주며 끊임없이 날아내린다. 그렇지만 교도소 안에서 하는 눈꽃의 말은 사람들의 가슴을 더욱 얼어붙게 할 뿐이라는 생각이 든다. 그렇게 사람들이 지쳐 쓰러지는데도 어디에도 처방전이 없는데 누가 이 땅에 하늘 울타리를 열고 지독하게 꽁꽁 얼고 있는 사람들의 영혼을 녹여줄까? 꽁꽁 얼어붙어 나라를 위해 아무것도 하지 못하고 한성 감옥이란 간판 속에 갇혀 생활하면서 무얼 어떻게 해야 하는지 펄펄 공중이 까맣도록 내리는 눈꽃에게 물었다. 이렇게 내 귀한 청춘을 감옥에서 썩으면 나라 꼴은 어찌 된단 말이냐? 아! 하늘이 나의 손발을 이렇게 묶어 놓는 이유가 무엇이란 말이냐? 물었지만 어릴 때 꽃들처럼 눈꽃은 아무 대답도 없이 벙어리처럼 훨훨 교도소 담장에 수북하게 날아내릴 뿐인 눈꽃들을 바라보며 잠을 이루지 못하고 무심한 하늘을 무너뜨리기라도 하려는 듯 한숨을 쉬다가 문득, 늑대에게 물려가도 정신만 차리면 방법이 있어. 이렇게 한탄만 할 것이 아니라 이 시간에 저 눈송이처럼 여기서도 무엇인가 나라를 위한 일을 저렇게 쌓아야 할 거야. 그래 아! 여기서 무엇인가 나라를 위해 할 일이 있어 나를 여기에 가두어 놓았겠지. 원인 없는 결과는 없는 것이야. 그래 그렇다면 여기서 무슨 일을 하라고 가둬놓았는지 내가 할 일을 찾아야겠다고 생각하고 할 일을 찾기 시작했다. 비록 나라를 위해 시위운동을 하다가 황국협회의 무고로 체포되어 감옥에 갇히는 신세가 되었지만 너무나 억울하고 화가 치밀고 분노를 삭일 수가 없지만 그렇다고 하더라도 화를 쪼아 먹을 새 한 마리를 길러야 한다. 잠을 못 자고 하루살이 떼처럼 바글바글 끓어대는 뱃속에 화를 잡아먹을 새 한 마리를 마음속에 분양해 온다. 잘 키우면 화를 다 쪼아 먹을 것이다. 그렇게 화를 쪼아먹는 화새(火鳥) 덕분에 화가 줄어들자 나라의 앞날을 어떻게 해야 할지 이 위기를 반죽해서 다른 기회로 만들어야 한다는 다부진 궁리를 한다. 자신이 입장에서 할 수 있는 일을 생각한다. 이 시국에 어지러움이라는 위기의 물고기를 기회라는 새로 개종하고 기회라는 새를 잘 키우기 위해 시간을 알토란같이 알차게 써야지. 화새와 기회새를 한 둥지에 키우면 일본을 밀어내고 평화를 찾을 수 있을까? 자신의 둥지에서 키운 화새와 기회새의 날갯짓에 자양분을 채워 훨훨 날아다니며 나라를 구할 계기를 만들 수 있다고 생각한다. 그리고 바로 지혜라는 곤충들이 오글오글 책갈피마다 살고 있으니 거기서 지혜를 뜰채로 떠 올려야겠다 다짐한다. 하나님을 믿는 기독교 신자로서 성경책 속에 가지런히 누워 있는 말씀들을 하나하나 일으켜 세워 머릿속으로 옮겨와야겠다고 마음먹는다. 그리고 바로 행동이란 배에 몸을 싣는다. 영어사전이 너덜너덜해지도록 사전 속 단어를 꺼내 자신의 머릿속으로 옮기고 책갈피마다 퍼덕거리는 지혜라는 물고기를 잡는 데 시간을 다 쏟아부으며 기회새를 키우고 있다. 그래 서당을 열어야겠다. 그러나 곡식 창고를 개조한 감옥이라 흙바닥에 돗자리를 깔고 겨울엔 난로를 주지 않아 죄수 각자가 이불을 가져다 썼고 글을 쓸 수 있는 연필이나 공책이나 책 등은 일체 반입이 금지되어 있어 그것도 만만치 않았다. 이승만은 새벽에 찬바람을 가르며 간수를 찾아갔다. *이봐요, 나 이승만이요.* 지금 나라를 일본에 빼앗기게 생겼는데 당신들이 우리를 죄인 취급한다면 나라가 어떻게 되겠소. 내 이 안에 있어도 나라 걱정에 잠이 안 와 여기 죄수들을 가르쳐야겠소, 당신도 우리나라 조선인 아니오, 그러니 조국을 찾기 위한 나의 일을 당신들이 도와줘야겠소. 나를 도우면 당신들이 애국자가 되지만 만일 돕지 않는다면 당신들은 매국노나 다름없다는 것을 명심하시오. 하자 간수들은 서로 눈빛을 주고받았다. 서로 눈으로 말하지 말고 당신들 나라가 없으면 당신 사랑하는 가족도 없고 당신들이 일하는 이 감옥보다 더한 곳에 갇혀 살아야 할지 모르오. 내가 당신들한테 무얼 속이겠소. 나라를 위해 하려고 하는 일이니 협조를 해 주면 당신들도 나라를 살리는 애국자가 될 것이오. 이승만의 너무나 당당한 말에 그들은 눈빛을 거두고 고개를 끄덕이더니 동시에 **알았소! 묵인해 줄 테니 잘 해보시오.** 하고 승낙을 해줬다. 이승만은 허락을 받자마자 당시 죄수 350여 명을 소년반, 성인반으로 나누어 우리의 한글을 중심으로 가르치고 국사, 윤리, 산수, 세계 지리 등을 가르쳤다. 자투리 시간을 이용해 성경도 함께 읽고 토론하며 나라를 위한 기도를 하고 찬송가를 합창하면서 영어까지 가르치니 모두 희망을 품고 열심히 했다. 열심히 하는 이유는 단 하나 이 나라를 지키는 데 감옥에 있는 우리들의 힘을 합해야 한다는 굳은 결심으로 뭉친 결과였다. 그 당시 보기 드문 단결이었고 기독교 신앙심을 중심으로 감옥 안에 학교가 개설되었다. 이승만의 애국정신은 감옥 안에서도 싹을 틔웠다. 그렇게 할 수 있는 것도 이승만의 강철같은 믿음 때문이다. 하늘은 하려고 하는 자에게 길을 열어준다는 것을 고전에서 터득했다. 아니 어쩌면 그 정신은 어머니의 유전자를 닮았는지도 모른다. 아무 대책도 없으면서 어린 아들을 데리고 무작정 상경을 해 오로지 아들 교육만을 위해 경성에 가면 길이 있고 하늘은 하려고 하는 자에게 길을 열어준다는 어머니의 그 배짱 있고 지혜 가득한 어머니의 유전자 말이다. 이승만의 그 믿음은 명포수(砲手)가 하늘에 날아가는 새를 맞혀 떨어트리듯 정확하게 맞아떨어졌다. 이승만의 든든한 후원자인 아펜젤러와 벙커 씨가 이승만을 도와주었다. 그들은 잡지 '뉴욕 아웃룩'(New York OUTLOOK)과 '독립신문'을 들여보내 주었다. 감옥 안에 죄수들은 항아리를 소유할 수 있어 이승만은 항아리를 눕혀 놓고 그 속에 몰래 들여온 양초를 켜놓고 영어공부를 하고 글을 썼다. 간수들이 올 때는 항아리를 벽 쪽으로 돌려놓으면 불빛이 보이지 않았다. 아니 보이지 않은 건 아니지만 그냥 모르는 척 넘어가 준 것이었다. 이승만에게 미국 잡지들은 그의 교과서였고 삶의 희망이었다. 이승만은 아펜젤러에게 붉은 물감을 몰래 들여보내 달라고 부탁을 했다. 그렇게 붉은 물감으로 잉크를 만들어 교도관에게 못 쓰는 종이를 부탁하고 낡은 잡지를 모아다가 붓글씨 쓰기 연습도 하였다. 그리고 잡지에서 읽은 문장들과 영어 단어들을 모두 외웠다. 청년 이승만에게 한성 감옥은 학교였고 도서관이었고 기도처였고 영어학원이었고 집필실이었다. 이렇게 같은 감옥이라도 마음 하나 달리 먹으므로 완전히 천당도 되고 지옥도 되는 것이었다. 나라의 독립을 위해 거리투쟁을 했던 이승만은 힘을 더 키우기 위해 시간을 끊임없이 강철을 갈아 바늘을 만드는 심정으로 벼리고 있었다. 여름도 아닌데 숙주나물 변하듯 변해버리면 안 된다며 스스로에게 다짐에 다짐을 주었다. 기록왕 독서왕 암기왕 웅변왕 강의왕 모든 면에서 왕자를 붙여주던 사람들의 말을 생각하며 마음을 단련시켰다. 그러나 불행은 늘 느닷없이 찾아들듯 서울 한성 감옥에 콜레라가 들이닥쳤다. 죄수들이 집단으로 사망하는 사태가 벌어지자 이승만은 미국 선교사 에비슨에게 약을 구해 달라고 부탁했다. 에비슨은 약을 구해다 주었다. 이승만은 환자들을 간호하고 시신을 수습하는 일을 도맡아 거침없이 해서 주위 사람들이 감격의 눈물을 흘렸다. 그렇게 불행은 또 쓰나미처럼 지나가고 안정이 되자 그는 다시 공부한 것을 토대로 영한사전도 집필하고 봄물 소리보다 맑고 달빛처럼 고요롭고 자식 걱정에 가을 산보다 수척하던 어머니 얼굴에 웃음꽃을 화사하게 피워드릴 어머니가 좋아하는 시도 지었다. 시를 지으면서 이승만은 중얼거렸다. 어머니께서 늘 하시던 말씀 *가장 위태로울 때가 가장 자신을 곧추세울 기회가 되고 가장 편안할 때가 가장 위험할 때니 늘 위태로울 때를 생각하고 살라고* 하신 말씀이 생각난다. 어머니 말씀대로 지금 나에게 좋은 기회를 주었는데 그 기회를 잃어버릴 뻔했다고 생각한다. 세상 자유가 단절되어 날개 한 번 제대로 펼 수 없는 곳이지만 이 시간 또한 삶의 한 부분이기에 시간을 헛되이 흘려보낼 수 없다. 그러니 혼신의 힘을 다해 감옥에서 세상을 향해 달리자. 달리다 보면 어둠 속에 반딧불처럼 빛을 발할 기회가 오리라. 그렇게 반정부 운동을 하다가 투옥된 국사범들을 비롯해 온갖 이유로 들어온 죄수들에게 한시와 한글과 성경을 가르치며 나라를 위해 무엇을 해야 하는지를 가르친다. 도동 서당에서 함께 공부했던 친구가 한시로 편지를 보내면 이승만은 그 편지로 밖에서 돌아가는 일을 알 수 있었고 답장으로 감옥에서의 생활을 한시로 써서 보냈으며 어머니와 아버지가 보내준 편지를 읽으면서 아버지 어머니 걱정을 덜어드리기 위해 '감옥에 갇혔어도 나라를 구하려는 죄이니 하늘이 알 것이며, 여기서도 글을 가르치고 공부를 하며 나라를 위기에서 구할 연구를 하고 있으니 하늘은 이제 제게 봄소식이 멀지 않았다고 알려 주는 것 같으니 걱정하지 마시라'는 시를 지어 안심을 시키며 위로하는 효자였다. 그렇게 이승만은 감옥에서 지은 시는 불굴의 의지를 보여주는 것이 많았다. 예를 들어 '차라리 죽을지언정 초심을 지켜 나라를 구하리라.'는 비장한 다짐은 부모가 보면 간담이 서늘해지는 대목이지만 그는 오직 바른 일에는 꺾일지언정 굽히지 않으리라 대쪽 같은 결기를 감옥에서도 무럭무럭 키웠다. 한편 밖에서는 주미국 공사 알렌은 외부 대신에게 이승만은 지은 죄가 없고 나라를 위해 일했을 뿐이니 석방을 해야 한다고 요구했으나 한마디로 거절당했고 사람들도 그의 석방을 요구하는 거리시위를 벌였고 불공을 드리던 이승만의 아내 박 씨도 이승만의 투옥 소식을 전해 듣고 한걸음에 서울로 달려와 덕수궁 인화문 밖에서 상소문을 올리며 이승만에 대한 선처를 요구하며 노력했으나 책임관 외에는 상소할 수 없다는 말도 아니고 막걸리도 아닌 구둣발 같은 말로 박 씨를 걷어찼다. 박 씨는 며칠을 거리에서 지새우다 지쳐서 그냥 돌아갈 수밖에 없었다. 불행은 몰려다닌다고 했던가? 이승만에게는 청천벽력 같은 소식이 날아들었다. 배재학당을 설립하고 이승만의 사상과 종교를 알게 하고 이승만의 석방 운동을 하며 이승만 집안에 생활비까지 보내주며 그의 정신적 지주였던 아펜젤러의 죽음 소식이 찬 바람처럼 싸늘하게 불어왔다. 성경 번역사업을 위해 제물포를 떠나 목포로 향하던 아펜젤러가 탄 배가 군산 앞바다에서 선박끼리 충돌해 배들이 침몰하는 중에 물에 빠져 허우적거리는 아이들을 구하려다 아이들도 못 구하고 아펜젤러도 바다의 밥이 되어 먹히고 말았다는 것이다. 아직 44세밖에 되지 않은 아펜젤러가 죽었다는 말에 충격을 받은 이승만은 그야말로 하늘이 노랗게 변해 그 자리에서 쓰러져 정신을 잃고 말았다. 이틀을 아펜젤러를 따라가다가 다시 제정신으로 돌아온 이승만은 모든 게 다 부질없다는 생각이 들어 멍해지기까지 했다. 이승만의 충격과 슬픔은 이 세상 어떤 단어로도 설명하기 어려운 것이었다. 이 충격으로 이승만은 이렇게 안에만 있을 것이 아니라 감옥을 탈출해야겠다고 생각하고 탈출을 연구했다. 그러나 감옥을 탈출하는 일이 그렇게 쉽지만은 않아 망설이고 있는데 갑자기 18세기 철혈 재상의 별명을 가진 독일 초대 재상 비스마르크의 일화가 생각났다. 비스마르크는 친구와 함께 사냥을 나갔다. 친구가 길을 잃고 늪에 빠져 허우적거리며 비스마르크에게 **이보게 친구 나 좀 이 늪에서 건져주게** 하면서 살려달라고 애원을 하는 친구에게 비스마르크는 총을 겨누며 **내가 자네를 구하려니 나도 죽을 것 같고 그냥 놔두자니 자네가 고통스러워할 것 같으니 내가 총으로 자네를 쏘는 것이 가장 현명할 것 같네. 나를 원망해도 어쩔 수 없고 내가 세상에서 가장 친한 자네에게 해 줄 수 있는 것은 자네를 고통에서 구해주는 일뿐이라네. 두려우면 어서 늪에서 나오게. 악어의 밥이 되기 전에 내가 자네 목숨을 거두겠네.**

구름을 타고 간 계절

7

　비스마르크는 비장한 표정으로 친구를 향해 총을 겨눈다. 그리고 친구의 바로 옆에서 입을 벌리고 있는 악어를 향해 총을 쏘았다. 친구는 자신을 향해 쏘는 줄 알고 분노했다. 내 여기서 빠져나가면 절대로 친구를 그냥 두지 않겠다며 이를 물고 젖 먹던 힘까지 다해 늪에서 빠져나왔다. 그렇게 죽을힘을 다해 빠져나온 친구에게 비스마르크는 자신의 총에 맞아 죽은 악어를 가리키며 *장하네! 역시 자네는 내 친구네. 내 총부리가 겨눈 것은 자네의 목숨이 아닌 자네의 생각이었다네.* 했다고 한다. 나는 지금 내 능력을 머릿속에 감춰두고 꺼내 쓰려고 하지 않고 있는 거야. 이렇게 안일한 습관껍질에 싸여 있으니 인간은 자신이 가지고 나온 능력의 5%도 쓰지 못하고 죽는다고 했겠지. 생각의 껍질을 벗기고 무엇이든 해봐야 한다. 하늘은 어쩌자고 우리나라의 독립을 위해 애쓰는 인재를 데리고 간단 말인가? 여기서 더 얼마나 시련을 겪어야 한단 말인가? 우리나라가 얼마나 많은 업장을 소멸해야 한단 말인가? 업장의 껍질을 바나나 껍질 벗기듯이 벗기는 방법은 어디에도 없단 말인가? 그렇다면 내가 한 번 찾아보리라. 나라의 업장이 있다면 업장 소멸을 위해 내 한 몸 순국하리라. 그러려면 늪을 탈출하는 비스마르크 친구처럼 나도 포기하지 않고 업의 껍질을 벗기기 위해 어떤 역경과 고난도 반드시 극복하고 탈출할 수 있어야만 할 것이다. 희망 줄을 잡고 감옥 탈출을 시도해야겠다고 다짐을 한다. 그렇게 함께 나라를 위해 애국할 친구 셋을 모두 잘 탈출시키는 데 성공했으나 그들의 탈출을 돕고 탈출하려던 이승만은 그만 붙잡혀 다시 들어오고 말았다. 심한 고문을 당해 안면 근육이 씰룩거리고 치욕스러웠지만, 어금니가 부서지도록 깨물면서 참고 또 참았다. 그 이후 함께 탈출에 성공 못 한 동지들이 곤장을 맞고 종신형을 선고받고 처형당하는 사람도 있고 그야말로 한 치 앞도 내다볼 수 없는 감옥 생활이었다. 이승만은 이런 동지들을 보면서 자신이 고문을 당했던 때를 생각하며 탈출하지 않으면 여기서 나라를 위해 아무것도 못 하고 죽고 말겠다는 절박감에 시달렸다. 취해서 비틀거리는 시간에 어둠이 짙게 깔렸다. 달빛 한 방울도 볼 수 없는 깜깜한 시간이었다. 한편 조정에서는 어둠을 뚫으면서 군사들을 지방으로 급파한다. 러시아인 베베르는 친러파인 군사들을 끌어들이고 또 다른 이쌍놈이 추천한 오잡놈과 문범죄를 자신의 편을 만들어 이용한다. 간에 붙었다가 쓸개에 붙었다가 자신의 이익만 되면 카멜레온처럼 변하는 인간들. 조선을 지배하기 위한 계략으로 러일전쟁의 전운이 감돈다. 이승만은 어지러운 시절에 가슴이 미어져 말 문을 닫아 버렸다. 빛 좋은 개살구처럼 내용 없는 화려한 지위를 달아 주고 자신의 편을 만들다니, 아니다 아니다 아무리 화려한 지위를 준다고 하더라도 나라를 배신한 대가이면 그것이 금덩이라도 받아서는 안 되는 것인데 아니 눈 가리고 아웅하는 통속적인 사탕발림으로 한 단계 격상시키며 신하들에게 황제를 폐하로 황태자를 전하로 존칭의 고침을 익히도록 하고 왕을 호칭하던 과인을 짐(朕)으로 바꾸게 종용한다고 그대로 따라 하고 있다. 감히 남의 나라 왕의 호칭을 자기네 마음대로 바꾸다니! 과인과 짐이 무슨 차이가 난다고 말이 안 나온다. 러시아의 남진 정책과 일본의 대륙진출 야욕 때문에 대한제국은 낮과 밤 없이 연일 저 두 나라에 멍석을 깔아주는 심부름을 하고 있다. 짐승도 죽을 때가 되면 제가 살던 굴이 있는 언덕 쪽으로 머리를 두거늘 사람으로 태어나서 어찌 자기를 낳고 길러준 고향을 헌신짝처럼 버리며 나라 짓밟는 일에 앞장설 수 있는지 눈알에서 박하 향이 휘날린다. 이승만은 사방 어디를 둘러봐도 마음 한 자락 걸어놓을 곳이 없다. 푸르름을 잃은 날들은 눈만 멀뚱거린다. 바람은 별빛과 달빛 햇빛 빛이란 빛과 그림자까지 모조리 쓸어가 버려 이 혼란이 얼룩진 나라에 얼룩을 씻을 물소리마저 야위었다. 조선의 시간은 혼란을 거머쥐고 주먹을 펴지 않고 있다. 개구리 떼조차 와글와글 눈알이 튀어나오도록 울고 벌레는 두통을 앓고 있다. 용도 폐기하고 버리고 싶은 날들이다. 이승만은 피 울음을 찍어 명성 황후를 위해 시 한 수를 적는다.

황후의 魂을 흔드는 댓잎

방울소리는 소리만 날아다닌다

무거운 소리,
모시적삼 훨훨 춤추며 하얀영혼을 위로하고
명성황후 魂 살결위로 포동포동 흘러내리는
달빛울음

이승 뒤뜰 대밭서 차고푸른 휘파람소리 난다
작두날 번뜩이며
시퍼런 메아리로 떠도는 대나무들의 몸짓
암호를 전송하는 청청한 마디들
철철 우는 댓잎 울음은 명성황후 울음이다

먼 산사 처마 끝에 매달린

새끼목어 울음소리 맑게 달래지고 있다

여의주 하나 손에 쥔 채

죽음 놀고 있는 아기는 저승으로 간

국모가 오기를 기다린다

춤사위에 업장 풀어내며

나부끼는 모시적삼 한복이 운다

바람에 빈 들녘과 숲이 흔들린다

달빛 쏟아지는 처연한 몸짓 사이

황후는 푸른안개 몸을 가린 서천꽃밭이다

살 주는 살살꽃

뼈 준 뼈살꽃

피 준 피살꽃

영혼 되살아나는 도환생꽃

이꽃밭은 저승이승 연결해 준다는 기별인데

생불꽃 불망꽃 울음꽃 웃음꽃 …자정꽃

이 저승 오가는 섣달그믐 황금마차를 탈 걸 그랬다

　이승만이 시를 써 놓고 멍하니 있는데 옆에 육시랄이라는 사람이 다가와서 염장을 지른다. 한글도 모르고 한문도 모르고 공부도

하려고 하지 않고 다니면서 유일하게 열심히 하는 사람에게 훼방을 놓던 육시랄이다. *거 당신 하나 그렇게 한다고 나라가 달라지겠소? 무얼 그리 혼자 애를 쓰시오?* 그렇게 말하지 마시오. 내가 애국하고 당신이 애국하면 결국 애국으로 나라를 되찾을 것 아니오? 모든 사람이 나 하나 애쓴다고 독립이 되냐고 말하면서 모두가 독립에 관심이 없으면 나라는 어떻게 되겠소? 나와 당신과 나아가서 온 국민이 힘을 모으면 나라를 찾는 일은 일도 아니겠소. 하자 육시랄은 *그럼 잘해서 혼자 애국하고 나라 찾아보슈.* 하고 빈정거린다. 이승만은 더는 말이 필요 없다는 생각을 하고 책을 펼치자 그는 다른 곳으로 간다. 일본과 러시아는 우리나라를 두고 흑백흑백 바둑을 두고 있다. 바둑을 두다가 장기판은 주인에게 돌려주고 돌아가겠지만, 심부름을 해야 함이 너무 쪽팔리고 자존심 상하는 일이다. 한술 더 떠서 소나기 소리를 잘라다 조선을 꽁꽁 묶는 저들 때문에 세상에 모든 문장이 어지러워진다. 계절은 대학 다닐 때 나라 독립의 중요성을 입이 마르도록 가르쳐 주며 객지에서 공부하느라 외로웠던 자신에게 살갑게 대해주던 오세창 스승(1864~1953, 독립운동가)을 찾아간다. 학교 공부를 배우지는 않았지만 나라에 대한 이런저런 이야기며 우리나라가 앞으로 나아가야 할 길을 제시하며 젊은이들이 어떤 사고를 가져야 한다는 이야기를 귀에 딱지가 앉도록 해 준 것이 생각났다. 독립이 되자 가장 먼저 떠오르던 독립투사가 오세창이었건만 4.3사건에서부터 정신없이 사느라 한 번도 찾아뵙지 못했다. 꼭 찾아뵙고 인사를 드려야 할 것 같아 찾아갔다. 다행스럽게 집에 계셨다. 너무 반갑게 맞아주신다. 방 안으로 들어가니 손님이 계셨다. 한눈에도 하얗게 잘 생기고 귀티나는 조각미남 한 사람이 앉아 이야기를 나누던 중이었던 것 같아 계절이 미안해하자, **괜찮아 괜찮아, 어이 서로 인사하지. 여기는 간송이고 이쪽은 이계절이라고 하네. 그러고 보니 우리나라 수재들이 다 모였는걸.** 하고 옥수수처럼 가지런한 웃음을 웃자 하모니카 소리가 날 것 같았다. 계절은 간송에게 목례를 하고 **만나 뵙게 되어 반갑습니다. 너무 잘 생기셔서 여자라면 한눈에 반하겠습니다.** 하자 간송은 **설마 한쪽 눈이 안 보이시지는 않겠지요?** 하자 **예에? 무슨 말씀인지요?** 하고 계절이 되묻는다. 간송은 하얀 웃음을 목련 향기처럼 뿜어내며 **아니 두 눈에 반하지 않고 한눈에 반하셨다고 해서 해본 말입니다.** 하고 또 하얗게 웃는다. 계절은 저렇게 보기 드물게 잘생긴 남자를 보다니 오늘 좋은 일이 있으려나 엉뚱한 생각을 하고 있는데, **아, 초면에 농이 심했습니다. 용서하시오.** 간송은 시간을 수습해 쓸어담는다. 오세창은 둘을 바라보며 둘이 **쿵짝이 잘 맞는구먼.** 하고 흡족하게 웃는다. 계절은 오세창이 몇 년 사이 많이도 늙으셨다는 생각이 들지만, 여전히 하얗고 얇고 여자 손처럼 생긴 손으로 투박한 사기 찻잔에 차를 따라 주는 손은 늙지 않았다는 생각이 든다. 찻잔에서 목련꽃 향기가 몽글몽글 뛰어다닌다. 향기 속에 엄마의 모습이 아른거려 잠시 엄마 생각을 하고 있는데 귀한 손님이란 생각을 했는지 간송이란 자는 저는 이만 바빠서 가봐야겠습니다. 이야기 나누고 가십시오. 반가웠습니다. 하고는 자리에서 일어난다. 문밖까지 배웅하고 들어와서 저분이 그 유명한 전형필 수집가 그 간송이이껴? 하고 묻자 그렇다네. 조국을 위해 독립을 한 사람이지. 아니 저분은 골동품 수집가로 알고 있는데 먼 독립운동이라요? 금시 초문이씨더. 하자 오세창은 독립운동을 드러내고 하는 사람도 많았지만, 저자처럼 숨어서 하는 사람도 많았지. 숨어서라요? 우뜬 일을 했길래 숨어서 했다고 하시니껴? 그 사투리 오랜만에 들으니 정겹구먼. 하고 궁금한가? 그럼 내가 말해주지. 저 간송(澗松) 전형필로 말할 것 같으면 태어나면서부터 대단한 집안에서 태어났지. 말하자면 다이아몬드 수저를 물고 태어난 거야. 그의 집안은 갑부 집안이었지. 그러나 소학교 시절 할아버지와 아버지가 사망하여 14살에 집안에 유일한 상속자가 되었지. 상속받은 재산은 논 8백만 평 밭과 상과 미곡상 등 엄청난 재산이었지. 내가 간송을 안 건 우리나라 최초의 서양화가인 춘곡 고희동을 통해서지. 그 친구도 나와 독립운동에 뜻을 함께했었는데 휘문고 미술 교사로 재직하고 있을 때였지. 그 친구는 늘 전형필에게 문화 역사 예술의 중요성을 강조했는데 제법 말기를 잘 알아듣는다면서 독립에 쓸만한 인재라고 내게 소개해주었지. 나는 독립운동에 모든 걸 바치고 있지만, 자네도 알다시피 문화와 예술에도 관심이 많았네. 나는 아버지의 영향을 많이 받았지. 내 아버지는 오 경자 석자를 쓰시는 분으로 초기 개혁파 역관이었고 아버지의 스승은 추사 김정희였지. 그래서 아버지는 여러 가지로 내게 애국하는 법을 알려 주셨지. 그때 배운 지식으로 나는 간송에게 지식과 나라에 대한 애국심을 가르쳤는데 나보다 더 애국심이 강한 친구였어. 번득이는 기세와 당찬 말씨며 부잣집 자식 같지 않게 아주 예의 바르고 겸손한 친구였지. 그 당시 간송은 아버지의 말씀대로 나라 잃은 백성을 도와주는 변호사가 되기 위해 일본 와세다 대학에서 법학을 전공하고 있을 때였지. 그러나 알다시피 일본은 조선총독부의 문화재 약탈 목적인 고적 조사사업을 벌여 조선의 많은 문화재를 수탈해 가고 일본인 개인들도 문화재 도굴을 위해 왕의 무덤까지 다 파헤치는 살벌한 시대였네. 어둠의 시대였어. 모든 것이 꽁꽁 얼어붙어 다시는 봄이 올 것 같지 않아 죽을힘으로 봄을 꽃피우려 우리 독립운동가들이 고군분투하고 있을 때 일본의 이토 히로부미는 고려청자를 좋아해 일본 정계에서 고려청자 수천 점을 강탈해가는 일이 발생했지. 그때 내가 우리 문화재에 대한 중요성을 간송에게 이야기했지. '우리 조선은 꼭 독립되네. 동서고금에 문화 수준이 높은 나라가 낮은 나라에 영원히 합병된 역사는 없고 그것이 바로 문화의 힘이지. 그렇기 때문에 일제가 수단과 방법을 가리지 않고 우리의 문화 유적을 자기네 나라로 가져가려고 하는 것일세. 그러니 자네가 이 나라의 미래를 지켜주게.' 하고 말하자 그는 내게 꿇어앉으며 말했지. '어떤 일이 있더라도 제 전 재산을 다 버리더라도 문화 유물을 지켜 나라의 미래를 지키겠습니다.' 그의 말과 행동에 나는 큰 감명을 받았지. 그러나 간송은 자신이 감명을 받았다면서 '선생님께서 일러주지 않으셨으면 하마터면 나라에 큰 죄를 지을 뻔했습니다'라면서 그날부터 전형필은 마음을 굳게 먹고 당시 일본으로 유출되는 서화 도자기 불상 석조 서적 등을 닥치는 대로 수집해서 이 땅에 남기기 위해 혼신의 노력을 다했다네. 간송은 자신이 가진 모든 재산을 후일 독립된 나라를 위해 쓰겠다고 흔쾌히 말했어. 그건 독립자금을 대주는 것이 아니라 일본이 우리 문화재를 일본으로 가져가지 못하게 사들이는 일이었지. 우리 문화유산은 무엇이든지 돈을 아끼지 않고 사들이겠다고 말했어. 아주 든든한 버팀목이었어. 그는 일제 저항기 일본의 조선총독부가 조선어 말살 정책을 하면서 훈민정음 해례본(訓民正音 解例本)을 찾기 위해 혈안이 되어 있는 걸 알고 자신의 목숨을 바쳐서라도 훈민정음 해례본만은 지키겠다며 훈민정음 해례본을 찾기 위해 밤낮을 가리지 않고 찾아다녔지. 그러나 많은 사람은 훈민정음 해례본을 찾아 한탕 하고자 찾아다녔어. 찾기만 하면 간송이 아무리 비싸도 자신의 전 재산을 다 주어도 사서 후손을 위해 보관해 두겠다고 소문을 내고 다녔으니 사람들은 혈안이 되어 찾았지. 훈민정음 해례본만 찾으면 팔자를 편다는 소문까지 돌았지. 그렇게 찾아 헤매던 훈민정음 해례본을 언어학자인 김태준이 그 행방을 안다고 했지. 김태준은 독립자금이 필요했고 간송에게 지금 고서 최고 가격은 5백 원이지만 이건 중요한 책이니 천원을 달라고 하자 간송은 독립자금에 쓰라며 십만 원을 주고 냉큼 샀지. 훈민정음 해례본을 찾고 있다는 사실만으로도 목숨을 잃을 수 있는 시절이었지만 간송은 얼마나 중요한지를 알았기에 일본 몰래 서지학자에게 훈민정음 필사를 허락하고 소장에 그치지 않고 훈민정음 연구에 착수했지. 한글은 조선 역사상 최고의 성군이었던 세종대왕이 창제한 것으로 인류가 사용하는 전 세계 7천여 개의 문자 중에서 창제 연도와 창제자가 명백하게 밝혀진 몇 안 되는 위대한 유산이지. 우리 민족의 언어인 한국어를 구사한다는 것은 자긍심 그 자체이고 성역과도 같은 부분이기에 추악한 일본과 중국은 전 세계가 칭송하는 한글을 호시탐탐 노렸지. 일본은 글을 못 배우게 말살시키려고 하고 중국은 훈민정음은 중국어의 발음을 정확히 표현하기 위해 만들어졌다면서 훈민정음은 옛 한자를 베껴서 만들었다 등 뱀 발가락 같은 말을 하고 다녔지. 무엇이든 우리나라에 좋은 것만 있으면 빼앗기 위해 몹쓸 행보를 벌이리라는 것을 미리 내다본 세종대왕은 한글을 빼앗기지 않도록 미리 안전장치를 해 두었지. 그 안전장치가 바로 한글의 창제 과정이 들어가 있는 훈민정음 해례본이라네. 역시 세종대왕은 창조성과 지혜와 지성만 뛰어난 분이 아니라 앞을 내다보는 혜안도 대단하셨음에 저절로 무릎을 꿇고 존경을 표하지 않을 수 없는 분이지. 해례본이 발견되기 전까지는 한글의 창제에 대한 여러 가지 구구한 추측이 난무하고 호시탐탐 글마저 훔쳐 가거나 지워버리려고 갖은 수를 썼지만, 해례본이 발견됨으로써 한글이 어떤 원리를 바탕으로 해서 어떤 과정을 통해 만들어졌는가를 알 수 있게 되었지. 그러니 일본이 한국의 문화를 말살시키려고 뱀 헛바닥처럼 날름거리는 상황에서 즉 한글의 창제 원리가 들어가 있는 해례본의 존재를 들키면 일본에 빼앗길 것이 분명하고 잘못하면 목숨까지 쥐도 새도 모르게 사라질지 모르는 아주 위험천만한 일이었지만 간송은 목숨을 내놓고 해례본을 지켰다네. 그때 당시 십만 원이란 금액은 기와집 백 채 값이었지. 집 백 채 값이 아무 문제가 아니라는 듯 간송은 해례본을 보는 순간 바로 은행으로 가서 돈을 찾아 십만 원을 주고 1만 원은 소개비로 선뜻 내어주는 배포가 대단한 친구였고 그야말로 우리나라의 문화 지킴이였지. 우리나라 문화재 보존을 위해 자신의 전 재산을 쓰기로 결심하고 나중에 나라를 찾으면 박물관을 짓겠다고 했네. 하도 기특해서 박물관을 지으면 내가 이름을 '보화각'이라고 지어주겠다고 미리 약속했지. 그것은 간송의 나라에 애국하는 마음이 하도 기특하고 반갑고 존경스러워 내가 보석처럼 빛나는 문화재라는 뜻으로 보화각이라고 이름을 지어주겠다고 설명했는데 간송이 사 모은 문화재가 너무 많아 보화각을 먼저 지었지. 거기에서 우리나라 문화재를 보호하려는 목적이고 또 우리 유산을 단 한 점이라도 더 지키기 위해 보화각을 지었다네. 그때 당시 보성고보도 3.1운동 중심에 있는데 일제의 핍

박이 심해 얼마나 버틸지 알 수 없었네. 그 이유는 보성고보 인쇄소에서 독립선언서 같은 독립을 위한 것들을 인쇄하니 일본놈들은 어떻게든 없애려고 했었지. 그러자 간송은 일본놈들이 폐교하려는 학교를 인수해서 교직원들의 자율권을 보장하고 일본인 교사를 채용하라는 압박이 있어도 당당하게 물리치고 조선인 교원을 쓰며 비밀리에 우리 말 역사 교육을 시키는 애국자였지. 그는 이 나라 독립에 너무 큰 일을 했고 인류가 후대에 남긴 문화유산은 그 나라의 얼이고 정신이라 아주 소중한 영향력을 발휘하기 때문에 세계 문화유산을 관리하는 전문 기구가 나라마다 존재한다는 걸 알았지. 전형필은 훈민정음 해례본을 베개 밑에 두고 잠을 잘 정도로 애지중지하며 보존했다고 말했네. 자신의 목숨을 내놓더라도 빼앗겨서는 안 된다며 기특하기 짝이 없는 말을 한 친구지. 우리나라가 독립되었으니 이제 간송은 문화재를 사 모으는 일을 안 하겠다고 했어. 왜 그러냐고 물었더니 나라가 독립되었으니 우리나라 물건을 누가 사도 우리나라의 것이니까 더 이상 자신이 살필요는 없다고 했네. 오직 나라의 미래를 위해 전 재산을 다 쓰겠다고 거침없이 말한 독립투사요 애국자 중의 애국자였지. 이렇게 나라를 위해 숨어서 목숨 걸고 싸운 사람이 많았기에 빨리 나라를 찾을 수 있었고 찾은 후에도 우리 후손들이 간송 덕분에 우리 문화재를 그나마 보존하여 자자손손 물려주게 되었지. 간송은 겸손해서 내가 한 내말이 큰 작용을 했다면서 아직 어수선한 시국이지만 자신이 할 일을 찾아보겠다고 했지. 계절은 이야기를 다 듣고 나니 부끄러워 고개를 들 수가 없었다. 이렇게 모두 목숨 걸고 독립운동을 할 때 자신은 아무것도 하지 않음에 도저히 더 머물 수 없어 이렇게 힘들게 나라를 독립시키려고 애쓴 걸 이승만에 대한 기록을 위해 다시 돌려 공부하지 않았다면 너무 껍데기 인생을 살 뻔했다는 생각을 한다. 4.3사건을 겪으면서 힘들다고 생각했던 건 아무것도 아니었음이 느껴진다. 4.3사건이 일어나기 전, 이 기록만으로도 머리가 돌 것 같았다. 이렇게 나라 걱정에 무관심인 국민, 심지어 일본과 한패를 먹고 나라를 갉아먹는 벌레들이 우글거렸으니 독립운동에 목숨을 내놓은 사람들 덕분에 겨우 찾은 나라, 그때부터 이미 나라를 좀먹는 좀벌레 같은 부류들이 저렇게 시퍼렇게 설치고 있었으니 공산주의가 거의 장악했던 4.3사건은 너무도 당연하다는 생각이 들었다. 오직 자신의 무사안일만 생각하고 살던 조선 시대였으니 애국이 무엇인지 나라가 위태로운지엔 아무 관심이 없고 오로지 자신의 안위와 먹고 사는 일 외엔 생각이란 게 없었으니 어쩌면 이미 4.3사건은 예고된 일이라는 생각이 든다. 계절은 답답함에 숨을 쉴 수가 없다. *스승님 이제 가봐야겠니다. 담에 또 옴씨더.* 하고는 쫓기듯 나왔다. 그도 더 잡지 않았다. *내 한마디만 함세. 독립은 되었지만 같은 민족에게 총부리를 겨누는 한심한 내란이 일어나고 있으니 걱정일세.* 계절은 그의 말을 뒤통수에 붙이고 거리로 나온다. 부끄러워 고개를 들 수가 없다. 아, 이래서 김병연이 삿갓을 쓰고 다녔구나 생각하다가 세종대왕이 만든 한글을 익히고 배워 쓰면서도 깊이 생각해본 적이 없음을 깨닫고 세종대왕이 얼마나 훌륭한 사람인가를 오늘 훈민정음 해례본에 대해 알고 나니 다시 한글의 소중함과 그 원리가 궁금해졌다. 종로에 있는 예수교서회 서점에 갔다. 한글에 대한 궁금증이 풀릴 것 같은 책 한 권을 사서 읽는다. 독특한 기하학적인 모양의 훈민정음 글자 구성은 애민정신 자주정신 창조정신 실용정신 4가지 정신을 바탕으로 기초를 다지고 단단하게 다진 위에 음양오행의 철학을 기둥으로 세웠다. 음양오행은 음과 양 그리고 수화목금토를 말하는데 한글의 기둥을 음양인 땅과 하늘을 받치는 4개의 기둥을 조화롭게 씨줄 날줄 엮어서 탄탄하게 세웠다. 음양오행은 우주의 모든 현상을 설명하는 동양 철학의 핵심이다. 동양의 핵심 중의 핵심인 땅은 조선이기에 핵심을 기둥으로 삼았다. 하늘과 땅이 있고 물과 불과 나무와 쇠와 흙이 그사이에 존재해 동물과 식물, 생명을 낳고 기르는 세상의 모든 이치를 설명하는 철학을 바탕으로 태극이 무극이고 무극이 태극이듯 하늘과 땅과 물 불 나무 쇠 흙이 인간의 삶을 움직이는 근원이기에 과학을 인용해 지은 것이다. 이 철학의 바탕인 음양에다가 자음을 다섯 가지로 분류했다. 오행의 특성 성질을 연결하면 토(土)는 입술소리 (ㅁㅂㅍ) 금(金)은 잇소리 (ㅅㅈㅊ) 목(木)은 어금닛소리 (ㄱㅋ) 화(火)는 혓소리 (ㄴㄷㅌㄹ) 수(水)는 목구멍소리 (ㅇㅎ)이고 이 각각의 음을 다시 물 불 나무 돌 흙에 잘 섞어 놓고 아음은 혀뿌리가 목구멍을 막는 소리로 나무에 뿌리가 땅에 박힌 모양이고 설음은 혀끝이 윗잇몸에 닿는 소리로 물 흐르는 듯한 모양을 본뜬 것이고 입술소리는 입술을 다물어 내는 소리로 땅의 평평한 모양을 나타내고 치음은 이사이로 바람이 나가는 소리로 불이 타오르는 모양을 본뜬 것이고 후음은 목구멍에서 나는 소리로 둥근 모양이 쇠 구슬 같다고 구슬 모양을 본뜬 것이다. 특히 ㄴ과 ㅇ이 불과 물을 상징하는데 음양오행에서 물은 생명의 근원이고 불은 에너지의 원천이어서 가장 기본이 되는 원소이기에 아주 중요하며, 또한 우리 몸에서 가장 중요한 발음 기관이 혀와 목구멍이므로 혀가 없으면 대부분의 소리를 낼 수 없고 목구멍이 없으면 아예 소리를 낼 수 없다. 이렇게 우리 말소리의 기본이 되는 소리를 우주의 가장 기본적인 음양과 물 불 나무 쇠 흙 등에 대응시킨 것이 훈민정음이다. 또한 파열음과 파찰음 마찰음 비음 유음까지 발음 방법을 분류하고 모음을 합하면 어떤 아름다운 말이나 소리도 자유자재로 표현 가능하도록 깊은 철학적 사고와 과학적 관찰이 결합해서 훈민정음이 만들어졌다. 단순히 소리를 표기하는 문자가 아니라 우주의 원리를 담은 체계적인 시스템으로 글자를 만든 것이다. 지혜와 통찰력과 과학이 혼합해 물 샐 틈 없이 촘촘한 구성으로 만든 한글의 아름다움과 그 천재성은 새로운 표음문자이면서 동시에 표의의 특성도 가지고 있어 음양과 오행이 잘 맞물려 돌아가며 자연을 돌리는 글자여서 이는 세계 어떤 문자에서도 찾아볼 수 없는 창의적 특성을 가지고 있다. 자음은 발음 기관을 본떠 만들었고 모음은 하늘과 땅 사람을 상징한다. 이 세상에 하늘과 사람 땅을 상징할 수 있는 글은 오직 한글뿐이다. *(훈민정음의 제자원리와 역학사상: 음양오행론과 삼재론을 중심으로 김만태 논문 인용)* 계절의 눈에 결빙의 시간이 채워진다. 놓친 시간을 부여안고 있다가 또 후회할지 모른단 생각이 왈칵, 치솟아 이 시대 기록이라도 최선을 다해야 하겠다는 생각이 든다. 이 한글도 기록이 없었다면 모두 아무것도 없는 것과 마찬가지라는 생각이 들자 기록이 무엇보다 소중하게 다가와 최선을 다해 기록으로 남겨야겠다는 생각을 하고 기록을 위해 다시 뛰기 시작한다. 고종은 화가 부글부글 끓지만, 화를 화로 다스리고 피를 피로 씻으면 답이 없다는 것을 알았다. 피를 물로 씻으면서 지혜롭게 다스릴 지혜서를 찾아야 한다는 생각이 든다. 깊은 생각과 텅 빈 것 같은 가슴에 안개처럼 자욱한 오늘의 현실. 찬바람이 허공을 흔든다. 빈 가지에 얼어붙은 나뭇잎도 작은 떨림으로 새로운 꿈을 꾸고 있다. 1899년(고종 36) 5월 17일 이 땅에 최초로 전차가 생겼다는 말이 날아다녔다. 뿌우웅 칙칙 뿌우웅 칙칙 기차 소리가 감옥의 담을 넘어 이승만의 귀에까지 달려왔다. 거대한 쇳덩어리 괴물이 선로 위를 달린다. 철도 위를 달리는 쇳덩어리는 집회를 하는 것보다 더 많은 시민을 불러 모을 것 같은 예감에 기차가 몹시도 보고 싶었다. 서대문에서 홍릉(洪陵)을 오가는 구간에 이 땅에 최초로 전차가 태어났는데 이렇게 감옥에서 시간을 보내다니. 지금 나라가 형언할 수 없는 지경에 놓였는데 뒤를 이어 경성과 인천을 달리는 경인선 철도도 선을 보이고 드디어 이 땅에서도 마차나 돛단배 시대를 지나 일찍이 서구에서나 볼 것 같은 문명이 눈뜨기 시작하고 있는 것이다. 문명을 실은 신바람은 선로 위로 바퀴를 굴리며 장안을 씽씽 달린다. 마주 보고 앉을 수 있는 좌석에 많은 사람을 태우고 큰길을 가로지르는 전차에 운전수는 일본인이고 차장은 조선인이다. 이 나라도 일본이 운전을 하고 기차도 일본인이 운전을 하는 것에 대한 분노도 느끼지 못하는 시민들은 거대한 쇳덩어리가 달리는 신기로움에 놀라고 있을 뿐이다. 그러나 시민들의 놀라움이 새 사랑도 가시기 전에 사고가 일어난다. 다섯 살 난 어린이의 목숨을 앗아가는 일이 발생한 것이다. 17일 한성 전기회사(漢城電氣會社)에서 전차 개통식을 시작하였는데 26일 개통한 지 일주일 만에 탑골공원 앞을 달리던 기차는 다섯 살 난 어린이를 치는 사고를 낸다.

구름을 타고 간 계절

8

신장개업(神將開業) 전말서

 현대 문명인 기차가 사람의 목숨을 앗아가는 교통사고를 내자 시민들은 격분하기 시작한다. 악마다! 괴물이다! 불 질러 태워버려야 한다. 시민들은 격노하여 차체를 파괴하고 기름을 뿌려 불을 지른다. 시민들의 분노 속에는 일본에 대한 분노가 섞여서 타고 있는 것이다. 그렇다고 전차가 영원히 중단될 리는 없지만, 시민들의 분노를 잠재우기 위하여 조령(詔令)을 내린다. 조령은 '전차(電車)를 운행할 때 백성 중 사상자가 많다고 하니 매우 놀랍다. 내부(內部)에서 원인을 찾아내어 구휼금을 넉넉히 지급함으로써 조정에서 근심하고 측은하게 여기는 뜻을 보여 주도록 하라. 의정부(議政府)에서는 농상공부(農商工部), 경무청(警務廳) 한성부(漢城府)에 특별히 단단히 타일러서 조심하도록 법을 만들어 보호하고 거듭 전차를 운전할 때는 반드시 사람들이 철길에 들어오지 않았는가 살펴서 다시는 차에 치이어 다치는 폐단이 없도록 하라. 이 일은 개화 과정의 실수일 뿐이지 고의는 아님을 이해해 주길 바란다. 앞으로 조심하도록 지침을 내릴 것이다.' 세상에 태어나서 다 살아보지도 못하고 지워진 어린 목숨은 티끌 하나 날아간 것이다. 입장을 바꿔서 일본인이 죽었어도 저렇게 태연하게 말할 수 있을까? 동대문에 전기를 생산하기 위해 발전소를 만들고 궁궐과 일본인이 기거하는 촌에서만 전등을 사용하고 백성에겐 아무런 혜택도 없으면서 다 삭은 식혜 밥알 같은 말을 꺼내 백성에게 먹으라고 던진다. 어린 목숨을 앗아가고도 아무렇지도 않게 개화로 인한 과정의 실수일 뿐이고 앞으로 서울 거리가 괄목할 만큼 변할 것이라며 눈부신 말만 덤부링덤부링 입에서 자아내고 있었다. 그렇게 시작부터 어린 목숨을 앗아가며 진기차는 성장히기 시작한다. 배비탕 같은 말을 부글부글 끓여 부뚜막에 넘치게 하는 일본을 보며 이승만은 세상 한 귀퉁이가 무너지는 아픔을 느끼며 지혜서란 시 한 수를 써본다.

지혜서(知慧書)

물 빠진 갯벌에 새 발자국이 어지럽다.
물렁한 이론처럼 앞뒤가 없다.

취약한 꽁지와 작은 구멍 속에 사는 것들에겐 섞이고 섞인 어지러운
문자가 제격일 것이다.

물이 차면 풀어지는 공지(空紙)가 되는
물렁한 내용들
가장 불안한 곳에 지혜서를 꽂아두는 것 같지만
한때 밟고 지나치는 곳마다의 족적은
불안이 불안을 일깨울 뿐인 불립문자(不立文字)다.
새 발자국은 세 개의 방향이고
갯지렁이는 두 개의 방향이므로 새는 한 개의 방향을 더 숨겨놓고 있다.
납작하게 압축된 발자국들
돌에 박혀 상형문자가 되기도 한다.
문자를 읽으면 돌 틈새로 새의 비명이 날아오른다.

계절의 순환이 여러 번 돌아오면 반지의 안쪽 두께가 얇아지고
호미가 밭고랑 속에서 줄어들고 공원입구 청동상의 손가락이
남몰래 가늘어지듯

현혹의 문자이고 어지러운 문자

지혜서를 통달한 물부리들은 문장을 냉큼 통째 삼킨다.

하나의 흔적이 여럿의 흔적을 부른다.
먹과 각이 필요 없는 문자
좌표도 없이 매일 새로 쓰이고 허물어지며 물의 허기를 채우는 문자
그러므로 읽는 사람도 없고 읽을 수도 없다.
밀물 한 장이 펄럭, 넘어간다.

1904년(광무 8년) 일본은 러시아에 대한 선전포고에 앞서 서해에서 러시아 군함을 공격하며 우리나라를 통째로 삼킬 준비를 한다. 이로써 남의 나라를 두고 먹느냐 먹히느냐 사생결단을 건 영토 확장 전쟁이 발발한다. 일본은 계획대로 카알카알카알 칼을 꺼내 쓰르락쓰르락 갈아 시퍼렇게 선 칼날을 번쩍이며 거대하고 시뻘건 소리를 외치며 선제공격에 나선다. 철저한 준비를 마친 시뻘건 아우성들은 무리 없이 조선을 보호한다는 그럴싸한 명분을 내세우며 잠복했던 무력으로 한판 대결인 러일 전쟁을 일으킨다. 팔미도에 정박해 있던 러시아 군함이 일본 군함의 공격을 받아 공중분해되자 러시아는 체면이 종잇장처럼 구겨져서 물러섰다. 일본은 승리의 깃발을 흔들며 대한제국 조정을 지휘하기 위한 검은 꽃을 모종하기 시작한다. 조정엔 일본이 심어놓은 검은 꽃모종들이 싱싱하

게 자라기 시작한다. 중요한 건 그 검은 꽃모종의 유전자가 대한제국의 유전자라는 것이다. 검은 꽃으로 변장하면 알사탕을 준다는 일본의 말에 조선의 붉고 고운 꽃의 피를 빼고 검은 피 수혈을 받아 검은 꽃으로 변장했다는 사실이다. 일본은 느긋이 표정 관리를 하면서 대한제국에 대한 보호자 구실로 지배권을 강화하려는 음모를 품는 것에 하수인이 된 검은 꽃들이 조국에 검은 눈물을 흘리게 한다. 그 음모를 걷어내기 위해 독립투사들의 피눈물이 흘러흘러 강토가 붉게 물들고 굴욕이 바닷물처럼 범람하고 있다. 앙상한 나뭇가지를 매섭게 흔드는 겨울바람처럼 대한제국을 흔들며 호시탐탐 기회를 엿보고 있는 일본의 품 안에 안긴 매국노들. 계획대로 러시아에 선제공격을 해 무리 없이 둥! 둥! 둥! 승전고를 울린 일본은 더욱 기세가 올라 천하를 다 움켜쥔 듯 날뛰는데 거기에 함께 춤을 추는 매국노들. 대한제국에 대한 지배권 강화의 길을 고속도로처럼 닦는데 노예가 되어주는 매국노들을 보며 신바람이 난 일본 총리대신을 지낸바 있는 이토 히로부미는 러시아와 맺은 조약은 무효라고 힘주어 선언한다. 지병신과 천추한이 일본에 밀착하여 힘자랑을 벌이기 시작한다. 한일 협정서를 일본 뜻대로 체결하도록 앞장서서 돕고 있는 지병신과 천추한. '대한제국의 독립과 영토의 보증 시설 개선 일본군에 협력. 전략상 필요한 지점은 언제나 사용할 수 있다.' 새빨간 조약 내용은 말인즉슨 자신들의 수중에 모든 게 들어있다는 내용이다. 죽음의 시제 같은 문장으로 썩어서 떨어진 과일 같은 문체를 섞어 숙성시키려는 수작이다. 일본의 악랄한 기세를 기록한 연필은 다 닳아서 쓰레기통에 버려져야 할 것 같다. 햇살 쨍쨍한 날 일어나 길을 걷다가 소나기 맞은 중이 중얼거리듯 똥물 줄줄 흐르는 애기똥풀 같은 말을 체결한 것이다. 노린내 나는 노린재 같은 체결서. 노린재가 다녀간 산딸기는 노린내 때문에 못 먹고 버려야 하듯 노린내 나는 체결서는 먹지 말고 버려야 할 산딸기다. 대한제국 왕은 체결서를 땅바닥에 집어 던진다. 그리고 바퀴벌레처럼 기어들어 성가시게 하는 벌레를 퇴치할 방법을 연구한다. 남의 나라에서 악덕 주인의 품새를 아무런 망설임 없이 드러내며 호랑이 이빨같이 으르렁거리는 일본. 무를 푹 삶아서 던져 주어 으르렁거리는 호랑이 이빨을 왕창 뽑아줘야겠다. 남의 나라에 멍석을 깔아놓고 주인 행세를 톡톡히 하려는 어림없는 계산으로 주판알은 자꾸만 드르륵드르륵 숫자를 털어내고 있다. 겉으로는 잠잠한 척하고 있지만 그건 얄량한 풀잎 한 장 뜯어서 하늘을 가리는 일과 같다. 대한제국은 어떤 순간에 거대한 태풍을 몰고 올지 한 치 앞도 보이지 않는다. 낮에 잠깐 날아다니는 아지랑이에 땅이 무서워 어질어질 비틀거리듯 대한제국은 잠시 눈을 감고 있다. 일본은 우리나라에 멍석을 깔아놓고 벼를 타작하고 있다. 그 멍석을 걷어버리지도 못하고 자릿값을 당당하게 청구하기는커녕 콩을 콩이라 말하지 못하고 팥을 팥이라 말하지 못하고 간덩이가 오그라들어 말문을 닫고 있다. 참지 말아야 할 일도 참는 참나무가 되고 들은 것도 못 들은 척하고 있다. 귀머거리가 되고 말해야 할 일도 침묵으로 덮는 벙어리, 혹독한 겨울을 뚫고 튀어나오는 어린 봄싹만도 못한 시간을 보내고 있다. 깜깜한 땅속에서 배가 고파도 먹지 못하는 감은 감인데 못 먹는 영감이 되어야 하고 울어야 할 일에도 억지웃음을 웃고 있다. 남의 숲을 두 날개 펼치며 날아와 마구 휘저어놓고 무례 상자를 남의 숲에 펼쳐놓은 저 악! 무례한 악들을 조선 뚝배기에 넣고 펄펄 끓여 물커덩물커덩 뼈가 다 녹을 때까지 끓여 추운 겨울날 후후 불어 요기라도 하고 싶은 심정에 고종황제는 두 눈을 감는다. 이유도 없이 그물에 걸려 그물을 빠져나가지 못하고 억울하게 그물에서 파닥거리던 조선 백성들. 죽어서도 눈을 감지 못한 어물전 물고기처럼 두 눈을 부릅뜨고 있는 자신의 백성들을 생각하니 말문이 부서진다. 러일 숲 전쟁에서 승리한 일본은 한 손에는 당근을 한 손에는 채찍을 들고 조선 숲을 손아귀에 넣기 위해 노골적으로 야심을 불태운다. 죄와 벌을 저울 위에 올려놓는다. 어느 한쪽으로도 기울지 않는 저울추는 하얀 눈만 깜빡이고 있다. 새 신발을 신으면 발가락과 뒤꿈치가 짓물러 물집이 생기듯 일본은 날마다 새 신발을 우리나라에 신기며 자신들의 이익을 위해 물집이 짓물러 걷지도 못하게 하고 있다. 그러나 조선에서도 참새들이 참말을 지저귀며 나라를 지키기 위해 시비시비시시비비. 니미니미니니미미. 니미시비니미시비. 각자의 목소리로 지저귀며 일본인의 머리를 쪼아대고 있다. 하늘에서 푸른 빛들이 쏟아지며 미국의 민주주의에 대한 관심이 찾아와 밤하늘에 별처럼 박히며 미국의 민주주의가 이승만의 세뇌를 시키기 전까지는 이 땅의 다른 선비들과 똑같이 상투를 틀고 있었던 이승만. 언어의 힘이란 이렇게 무서운 것이라는 생각. 영어가 아니었다면 봉황의 길은 전혀 다른 길로 흘렀을지도 모를 일이다. 푸릇푸릇 싱싱하게 퍼덕이는 패기는 어두운 밤하늘에 반짝이는 별처럼 민주주의를 빛낼 준비를 한다. 그 민주주의의 신비에 반한 이승만은 일말의 망설임이나 미련도 두지 않고 싹둑! 싹둑! 자신의 상투를 잘라버린다. 주인의 머리 위서 군림을 하며 살던 머리카락들은 주인의 손에 어이없이 잘려나가 땅바닥에 나뒹굴고 있다. 한칼에 숙청을 당해 땅바닥에 떨어진 머리카락들은 서로를 부둥켜안고 나뒹굴며 흐느낀다. 검은 울음이 거미줄처럼 엉킨다. 주인의 얼음판보다 더 차가운 미련 없는 배반에 치를 떨며 울어대자 바람이 발길로 슬쩍 울음을 옆으로 밀치며 달래지만 가차 없이 싸리 빗자루가 쓸어 담아 부엌에 불쏘시개가 되어버리는 머리카락의 울음. 자신의 머리 위에서 자존심을 살려주던 자신의 일부를 아무렇지도 않게 잘라내어 슬픈내가 나도록 태워버린다. 슬픈내는 싸늘한 눈초리로 먼 훗날 자신을 배반한 자신에게 또다시 배반을 들이댈 것이 겁나지는 않는다. 다만 자신의 머리에서 함께 살며 함께 지냈던 그 정 때문에 이승만의 눈은 눈물 한줄기 주르르 흘린다. 과감한 결단을 실천케 한 것은 서양 사상을 익혀 하루빨리 나라의 독립을 위한 첫 번째 결심이다. 기울어 침몰되어 가고 있는 조선이란 배를 건지는 것보다 더 시급한 건 없다는 신념과 열망의 싹을 위해서 상투부터 잘라내는 것은 어쩌면 자신을 믿지 못해서 아니, 자신이 만에 하나 조국 독립에 대한 마음이 어정쩡해질 우려가 1%라도 생기지 않도록 자신을 향한 다짐의 투쟁인지도 모를 일이다. 햇살은 끊임없이 뜨거운 빛을 송출하고 마음의 물결은 미지의 푸른 희망을 출렁이는데 끝없는 욕망은 봄풀처럼 파랗게 돋아난다. 어떠한 위험이 도사리고 자신의 길을 가로막더라도 절대로 포기하지 말고 앞으로앞으로 나아가 나라를 지키자는 결심을 머리카락을 잘라낸 그 자리자리마다에 단단히 심는다. 결심을 키우기 위해선 맹렬한 불꽃이나 서슬 푸른 추위에도 놀라거나 기절하지 말고 담담하게 거룩하도록 침착하게 두 손을 벋어 경전을 받듯 무릎을 꿇고 받아들이자. 어떠한 어려움이나 역경이 쓰나미가 되어 밀려와 덮치더라도 모두 경건하게 받아 따뜻하게 녹여 주리니 상처를 위협을 태산도 벌벌 떠는 두려움도 모두 싸서 안을 큰 그릇을 만들어 반드시 나라를 일본의 손아귀에서 구하기 위한 결심의 시작이다. 그렇게 결심 포기가 이승만의 머릿속에서 자라고 있다. 상투를 잘라내면서 자신을 위한 부귀나 영화나 그 어떤 유혹도 다 잘라내 버리자 나라를 찾을 희망이 우후죽순처럼 돋아나고 있다. 난세는 영웅을 낳는다. 겨울은 봄을 낳는다. 밤은 새벽을 낳는다. 계란은 닭을 낳는다. 시계는 시간을 낳는다. 발자국은 길을 낳는다.

초목은 목숨을 낳는다. 역사는 미래를 낳는다. 인간은 죄를 낳는다. 삶은 죽음을 낳는다. 땅이 꿈틀거리더니 왕왕쩍쩍 왕왕쩍쩍 갈라지고 난세를 극복할 영웅이 땅을 가르며 이 세상으로 걸어왔고 영웅이 결심 꽃을 피우고 있는 순간이다. 그리고 굽이굽이 설움과 슬픔이 고여 있는 이 땅에 한 줄 빛으로 싱싱하게 자라고 있는 것을 아는지 모르는지 그건 중요하지 않다. 이승만은 갈수록 마음이 더 조급증이 났다. 그야말로 나라가 바람 앞에 촛불 같은 조급증 때문에 다른 병이 날 것 같았다. 이승만은 이러다 정신이 돌 것 같다는 생각에 정신을 제자리에 붙잡아 맬 고삐를 찾는다. 무언가 어떤 일이든 나라를 위한 일을 찾아서 해야겠다고 생각을 바꾸고 감옥에서 할 수 있는 또 다른 것을 찾다가 청일 전쟁의 교훈을 다룬 '중동전기 본말'을 한국어로 번역하기로 결심한다. 또한, 그 초조함과 조급함과 나라의 장래를 걱정하는 옥중 생활 와중에도 가명으로 신문에 논설을 싣기도 하고 1902년 12월에 감옥이 설립되면서 이승만은 교사로 선발되어 죄수를 가르치게 되었다. 어린 죄수에게 글을 가르치면서 옥중 도서실을 운영하고 사람의 마음을 가장 잘 정화시키고 바르게 세울 수 있다고 판단한 기독교 성경을 열심히 읽히며 독립에 대한 강의에 열중하였다. 그 와중에 국민 계몽서인 '독립정신'을 집필했다. 독립정신은 총 52편으로 이뤄졌고 서양의 선진 문명을 배워 나라를 부국강병으로 이끌어야 한다는 글로 백성들에게 하는 호소문이었다. 역사관은 어떻게 해야 하고 정치관에서는 현재 우리나라가 어떤 위치에 있으며 어떻게 해야 하는지 시대 상황을 해석해 집필한 것이다. 왕조 시대였던 암울한 시대를 벗어나 입헌군주제의 도입을 주장하고 미국의 독립선언문과 대통령제에 대한 설명으로 앞서가는 나라의 예를 본받아야 한다는 좋은 취지의 글이었지만 사형수라는 이유를 붙여 입헌군주제를 옹호하는 척한다면서 매도해 버렸다. 대중과 지식인들에게 크게 환영받았지만, 공식적 출간은 막혀 버려 필사본으로 많은 사람이 돌려보는 한계를 보면서 이승만은 또다시 좌절감이 왔지만 여기서 좌절하면 나라는 어떻게 될 것인가? 이 길이 막히면 또 다른 길을 개척해야 한다고 주먹을 불끈 쥐고 없는 신발 끈을 다시 묶었다. 그 결과 하늘은 이승만의 편에서 응원을 해주고 있었다. 일본이 러일 전쟁을 준비하는 것을 안 정부는 1904년 1월 국회 중립을 선언했으나 일본은 중립선언을 무시하고 러일 전쟁을 했고 승리했다. 서울을 점령하고 2월 23일 대한제국을 위협하여 '한일의정서'를 체결하고 대한제국의 주권을 침해하기 시작하더니 기어이 7월 20일 군사경찰 훈련을 만들어 치안권을 빼앗아 자신의 나라를 다스리듯 설치고 다니자 이대로는 희망이 없다는 생각을 한 민영환과 한규설 등은 이승만을 감옥에서 석방해야만 나라의 미래를 장담할 수 있다는 생각을 하고 이승만의 석방을 요구하는 일로 발바닥이 다 부르트도록 뛰어다녔다. 그렇게 잠도 반납하고 뛰어다니니 하늘이 감동했다. 드디어 8월 4일 이승만에게 특별 사면

령이 내려졌고 8월 9일 드디어 살던 감옥을 두고 가르치던 제자를 두고 감옥 밖으로 이사를 하기에 이른다. 감옥 밖에는 모진 바람 어지러운 바람 삭풍만 몰려다녔다. 어디에도 봄바람이나 하늬바람 한 마리도 날아오지 않는 황량한 도시였다. 감미롭고 살가운 바람을 비켜 눕는 거리엔 나무그림자만 일렁이고 있어 무의미의 아름다움이 있다는 생각이 들 정도였다. 하늘은 상크롭게 지상을 내려다보고 오후의 그림자가 조금씩 자라고 있다. 저 그림자가 다 자라면 어둠이 오겠지. 저 그림자가 다 자라기 전에 저녁이 되어 자신의 이불을 옆으로 밀쳐두고 남의 이불을 다 끌어다 덮고 자기 이불인 양 포근하게 잠을 자고 이불을 빼앗긴 줄도 모르고 자다가 병이 나기 전에 방법을 찾아야 한다. 이불을 빼앗기고 감기에 걸려 열에 들뜨다 보면 자칫 목숨을 잃을 수도 있는 것이다. 5년 7개월간의 어둠 속에서 어지러운 시기를 통과하는 표식 같은 생각을 입 안에서 천천히 굴린다. 알사탕을 굴리면 단물이라도 나오지 쓰디쓴 이 독약 같은 사탕을 입에서 굴려야 하다니. 그럼에도 이승만은 자신이 해야 할 일은 오로지 하나, 나라의 심장에 자신의 심장을 나란히 포개는 일뿐이라는 생각이다. 감옥에 갇혀서 불같이 타오르며 꽃물처럼 붉던 생각이 문밖으로 나오니 캄캄하다. 그래 자연만이 낼 수 있는 영롱한 빛을 내는 진주는 조개의 속살에 먹이와 함께 들어온 이물질이 상처를 내고 이 상처에 기겁한 조개는 특수한 담즙을 내어 이물질을 보자기에 싸듯 싸버린다고 했지. 그렇게 수천 번을 감싸안으며 상처를 치료하는 과정에서 어디서도 볼 수 없는 영롱한 빛을 내며 진주라는 이름으로 태어난다. 발도 없고 손도 없고 날개도 없는 조개도 붉은 심장 하나로 저렇게 자신을 보호하는 본능 하나로 아름다운 진주를 탄생시키는데 나는 만물의 영장이 아닌가? 그렇다면 수천 번 수만 번이라도 나라를 위해 하는 일이라면 몸과 마음의 핍박과 상처를 기꺼이 견뎌야만 어느 나라도 같은 색을 낼 수 없는 영롱하게 빛나는 천연 진주 같은 나라를 만들 수 있을 것이다. 사람으로 태어나서 자신의 조국 하나도 못 지키고 남의 나라에 빼앗기고 죽어서야 죽어서도 어찌 후손들에게 얼굴을 들 수 있으며 사람으로 태어났던 보람이 어디 있단 말인가? 그래 이제부터 시작이다. 생각을 진주처럼 빛나고 영롱하고 단단하게 굴린다. 생각을 꺼내 굴리고 굴리면 이 나라도 저 우윳빛 진주로 다시 세울 수 있을 거야. 본래 태양이 가장 높은 곳에 떠 있을 때 땅속 어둠을 파먹으며 꿈틀꿈틀 감자알이 자라며 분을 저장하는 것이다. 사람들은 감자꽃 피는 소리에 하얗게 취하고 감자는 땅속에서 분을 저장하며 자라듯 나는 사람들이 감자꽃 피는 소리에 하얗게 취할 때 땅속 어두운 곳에서 나라의 자양분을 저장해 국민이 백의민족답게 하얗게 웃고 하얗게 아리랑을 부르고 춤추고 노래하며 살 수 있는 자양분을 만들어야겠다. 다짐을 감자분처럼 동그랗게 뭉친다. 비록 지금은 나라가 처한 혼란기여서 좁쌀 크기만큼 뭉쳐진 마음이지만 이 마음을 굴리고 굴려 눈덩이처럼 불어나게 되리라. 어떤 역경과 어려움이 오더라도 나라를 위한 일이라면 견디고 견디고 또 견디리라. 그렇게 다짐을 등에 지고 일단 감옥에서 나오자마자 10월에 남대문 상동교회 상동 청년학원 교장직에 취임했었다. 그 교회를 독립운동에 참여할 교회로 만들기 위해 이승만은 취임 후 열심히 연설하며 오직 독립의 중요성을 강조했다. 이승만의 말에 청년학원 학생들이 독립의 중요성을 깨달을 즈음 민영환이 찾아왔다. 자신을 감옥에서 나오도록 힘쓴 고마운 민영환을 안 만날 이유가 없어 반갑게 만났다. 그러나 이승만의 생각과 전혀 다른 일이 발생한다. 반갑게 만나 서로 반가움을 주고받기도 전에 민영환은 밀서 하나를 주면서 고생 많았네. 참으로 염치없는 부탁이지만 이 일을 할 사람은 자네밖에 없네! 부디 다른 생각은 말고 오직 나라를 구한다는 생각만 해주게. 이건 고종황제의 밀서가 아닌 내가 미국에 보내는 밀서라고 생각하고 아니, 이것이 조국을 실린다고 생각하고 임무를 수행해 주길 바라네. 미안하네! 참말로 미안하고 부끄럽네! 조국이 이 모양이 되도록 속수무책으로 있어서 자네한테 면목이 없구먼! 밀서를 건네며 이승만의 의사는 듣지도 않고 이승만의 어깨를 툭툭 두들기고 나가버린다. 이승만은 민영환의 뒷모습을 보니 짠한 생각이 든다. 많이도 여위고 수척해진 민영환의 얼굴에 눈물이 흐르는 걸 보았다. 눈물을 보이지 않으려고 서둘러 나가는 그의 뒷모습에도 눈물이 폭포수처럼 쏟아지는 걸 이승만은 분명 보았다. 그리고 가슴이 아파 주먹으로 가슴을 두드리며 울었다. 자신이 감옥에 갇혀 있는 사이 나라의 독립을 위해 고종을 보필하며 죽을힘을 다해 뛰었을 민영환을 생각하니 온몸이 녹아내리는 기분이다. 주먹을 쥐고 가슴을 두드리다 고개를 드니 민영환은 보이지 않는다. 그래 조국의 독립을 위해 저 다 타서 가랑잎처럼 바스락거리는 민영환을 돕자. 민영환은 내게 위로와 격려와 용기로 내 나라를 등에 지고 가라고 나를 감옥에서 꺼낸 것이다. 그리고 부디 나라를 위해 힘써 달라는 마음임을 모르는 척해서는 안 된다. 민영환의 말에는 붉은 통곡이 섞여 있었다. 이승만은 눈물에 젖은 민영환의 밀서를 잘 접어 바지 속 가장 소중한 곳에 마음으로 꿰매고 생각을 굳힌다. 그래 조국을 살린다고 생각하라는데 해야지. 이승만은 민영환의 밀서를 가지고 미국 대통령을 만나기 위해 11월 미국으로 가는 길에 오르기로 다짐한다. 밀사로 미국에 가라는 조정의 뜻을 전달받은 이승만은 나라를 위하는 일이라면 그것이 먼저라는 생각에 청년학원 교장직을 사임했다. 그러나 고종은 만나고 싶지 않았다. 일본에도 러시아에도 한마디 말도 못 하고 국민을 이렇게 혼란하게 하며 애국지사들의 뜻도 모르고 감옥에 무더기로 집어넣는 바보 같은 왕을 왕이라고 부르기 싫었다. 그러나 나라를 위해서는 무슨 일이든 해야 한다는 생각이었다. 모든 준비를 마치고 떠나려 하자 민영환이 *자네 그래도 고종황제를 만나고 가는 게 어떤가?* 하고 조심스럽게 간청한다. 이승만은 *나는 고종황제를 만나서 할 말이 없소이다. 떠나*

는 사람이 무슨 말을 합니까? 나는 오로지 조국의 독립만 있을 뿐 나라 독립을 위해 애쓰는 애국자를 모르고 나라를 팔아먹는 매국노의 말을 듣는 황제와는 할 말이 없습니다. 나에겐 오직 나라 독립을 위한 생각 외엔 아무것도 살지 않아 조국의 밀사가 되어 미국으로 가는 것이지 고종황제와는 할 말이 없습니다. 하자 민영환은 무슨 말인지 알아듣고 더 이상 권하지 않았다. 그러나 고종은 궁녀를 보내 이승만을 만나기 원했지만, 이승만은 만나주지 않았다. 그러자 고종은 다시 밀지(密紙)를 써서 궁녀에게 비밀리에 이승만에게 전하라고 했으나 이승만 자신이 고종을 만날 이유가 하나도 없다고 생각하고 밀지와 함께 궁녀를 돌려보내면서 궁녀에게 가서 *고종황제께 전하라! 조선의 군주 가운데 가장 겁이 많고 허약하고 비겁하기까지 해 쌀인지 미인지도 분간을 못 해 나라를 망쳐버린 황제를 나는 상종하고 싶지 않다고 전하라.*고 말하자 궁녀는 고개도 들지 못하고 이승만의 신코만 뚫어지게 보고 있다가 *예, 그리 전하겠습니다.* 하고 돌아서 갔다. 이승만은 돌아서 고개도 들지 못하고 가는 궁녀를 보면서 저 궁녀가 무슨 죄가 있어 저렇게 고개도 들지 못하고 다녀야 하는가? 궁녀가 무어야 그런 제도는 개나 물고갈 제도지 인간이 다 같은 인간이지 하녀가 무엇이고 궁녀가 무엇이고 머슴이 노비가 다 무슨 썩어빠져 못 먹게 된 개살구 같은 말이란 말인가! 하면서 혼자 중얼거리며 하늘을 쳐다본다. 비로 깨끗이 쓸어놓은 것처럼 검불 하나 없는 하늘이다. 저 하늘처럼 우리나라도 반드시 옆 나라가 감히 범접 못 할 나라를 만들고 말 것이라는 다짐을 가슴에 넣고 걷는다. 그리고 허리를 쭉 펴고 두 손을 모으고 하늘에 간절히 기도한다. 꼭 하늘같이 푸르고 청청하고 잎과 열매가 무성한 고목의 나라를 만들 수 있는 능력을 주소서. 그리하여 그 고목에 새들이 날아와 집을 짓고 신접살림을 차리고 아기를 기르고 벌나비들이 드나들며 종족을 번식하고 잠시 쉬었다 잠들 매미들에게 위안을 주고 때로는 이웃에 시원한 그늘을 주어 땀을 식히게 하는 고목이 되어 보호수가 될 수 있도록 힘과 지혜를 주소서! 나의 몸 하나는 꽃가루가 되든 먼지가 되든 물방울이 되든 무엇이 되어도 상관없으니 제발! 제발! 우리나라를 다시 찾아올 수 있는 비책을 내려주소서! 간절한 기도를 마치고 밀서를 가지고 1904년 11월 4일 미국으로 가기 위해 제물포항으로 갔다. 제물포항에 닿자 이승만의 눈에서 구슬 같은 눈물이 흘러내린다. 자신의 혈육보다 더 자신을 챙기던 아펜젤러 선교사 생각이 나서 둑이 터진 눈물은 바다로 범람한다. 언더우드 장로교 선교사와 함께 선교 활동에 밤낮을 다 소비하며 교회를 세우고 학교를 세우고 유교 중심의 전통이 굳게 뿌리내린 관습으로 사람들 가슴에 자리 잡아 돌처럼 굳어있는 딱딱한 틈을 비집고 접근을 시도해서 오랜 세월 굳어진 관습이 하루아침에 바뀐다는 건 불가능한 일이지만 아무리 굳어있다고 하더라도 조금 더 많은 시간이 걸릴 뿐 불가능이란 없는 법. 그들은 오랜 세월 굳어진 관습을 포기하지 않고 서두르지 않고 한 걸음 한 걸음 조금씩조금씩 굽힐 줄 모르는 집념과 의지를 심더니 드디어 뿌리를 내리기 시작한다며 희망을 버리지 않으며 자신에게 달마다 감방에 미국 잡지 '전망'과 '독립'을 넣어주어 감옥이라는 어두운 그늘 아래서 어둠을 등잔불 삼아 쉬지 않고 열독하게 했던 은인. 자신이 함께 감방 생활을 하는 동료 죄수들 수십 명에게 기독교 신앙과 공부를 가르칠 수 있었던 것도 모두 아펜젤러 덕분이라는 생각을 하자 애간장이 다 녹아내리고 마음이 환장할 것 같다. 어두운 곳에서 자란 시간은 차갑고 냉정하다. 감옥 속에서 화를 잡아먹는 새 한 마리를 키우던 어느 날 새에게 먹이기 위해 어린 꽁치 한 마리를 불 위에 얹자 아! 하고 입을 벌리고 뜨겁다고 소리를 지르며 지글지글 소리를 온몸으로 배출했었다. 그래 어린 꽁치처럼 저렇게 소리라도 맘껏 질러 보아야 하지 않는가? 일본이 이렇게 우리를 구우려고 하는데 어찌 태연하게 밥을 먹고 잠을 자고 한가한 생각을 할 수 있단 말인가? 언제 어디서든 정신만 살아있으면 살 수 있는 법. 어둠이 우글거리며 낙심과 한탄 같은 씨를 키우는 감옥에서 낙심과 한탄 씨를 모두 뽑아내고 그 자리에 푸르른 희망 씨를 감옥 가득 심어 낙심과 한탄을 쫓아내게 해준 장본인 아펜젤러.

구름을 타고 간 계절

9

아펜젤러는 파릇파릇한 희망 씨를 심어 낙심과 한탄을 쫓아내 듯 일본을 쫓아내면 된다. 똑같은 환경에서 어떤 이는 절망을 키우지만 어떤 이는 희망을 키우며 우글거리는 어둠에 살충제를 뿌리고 햇빛을 당겨 꽃을 피우니 노력 끝엔 반드시 희망 꽃이 필 것임을 생각하고 희망을 키우라.며 희망과 위로를 사식으로 넣어주어 감옥 생활 5년 7개월 동안 희망 꽃을 피우기 위해 애쓰며 슬픔을 녹여 햇빛을 만드는 시간이 될 수 있게 옥바라지를 해준 아버지 같은 아펜젤러. 피 한 방울 살 한 점도 섞이지 않은 사람이 피와 살을 나눈 형제보다 더 걱정하며 자신이 구금되기 무섭게 주한 미국공사였던 알렌에게 석방을 위해 노력해 달라며 간청하고 또 다른 길을 찾기 위해 백방으로 뛰어다녔지만 거부당했다. 그렇지만 반드시 향기 좋은 소식을 가져올 테니 조금만 힘을 내라고 올 때마다 격려 한 가마니씩을 사식으로 넣어주던 아펜젤러. 깜깜한 감옥에서 살 수 있었던 건 아펜젤러가 석방을 위해 사람들을 만나고 뛰어다니며 늘 자신을 위해 노력을 아끼지 않으며 넣어주는 위로와 용기와 희망이란 사식이었다. 할 일이 태산 같은데 감옥에서 비관으로 시간을 쓰면 안 돼요. 감옥에서 시간 사용설명서를 읽고 조국의 독립을 위해 할 일을 찾아야만 될 것이요. 하나님께서 두드리면 열린다고 하셨으니 독립문도 반드시 하나님께서 열어주실 것이니 열심히 기도하며 독립을 위해 무엇을 할 것인가를 생각하면 축복을 내려 주실 것이라 믿고 함께 기도해 주겠어요.라며 위로를 주던 아펜젤러. 어느 날 아펜젤러는 이런 글을 써서 넣어주었다. 하나님을 열심히 믿는 신도가 있었요. 어느 날 신도가 깊은 바닷물에 빠져 허우적거리면서 하나님께 살려달라고 기도했어요. 하나님은 구명 옷을 던져주었어요. 그러나 그는 나는 하나님이 구해 줄 것이니 구명 옷을 입지 않겠다고 입지 않고 있다가 물에 빠져 죽었어요. 저승에 가서 그는 하나님께 따졌어요. 내가 그리 간곡하게 하나님께 기도했는데 왜 물에 빠져 죽게 했느냐고 따지자 하나님께서 그게 무슨 말이냐 내가 분명 구명 옷을 너에게 던져주었는데 네가 입지 않고 무슨 말이냐?고 했대요. 아무것도 하지 않으면서 하나님께서 모든 걸 해주신다고 기도만 해서는 안 된다는 교훈이니 하려고 하면 하나님께서 반드시 구명 옷을 던져주심을 잊지 말길 바라요. 그렇게 희망 꽃을 한 다발씩 안겨주던 아펜젤러.

이승만은 심장이 녹아내리는 것 같은 아픔을 이기지 못해 꺼이꺼이 바닷물이 넘치도록 울었다. 아펜젤러의 말이 넘실넘실 바닷물로 시퍼런 갈기를 흔들며 달려와 무슨 말인가를 하고 있었지만, 이승만은 슬픔에 빠져 알아듣지 못하고 있었다. 돌이킬 수 없는 이 상황 아무리 보고 싶어도 세상 어디에 하소연해도 이루어질 수 없는 일. 이승만은 쓰라린 마음을 접어 주머니에 넣고 넘실거리는 바닷물을 하염없이 바라보았다. 하늘은 왜 이 세상에서 꼭 필요한 사람들을 빨리 데리고 가는지 매국노 같은 사람들을 데려갈 일이지 어찌하여 나라에 보탬이 되고 인류에 보탬이 되는 사람을 먼저 데리고 가는지 하늘에게 묻고 싶었다. 이승만은 몰려오는 아펜젤러에 대한 그리움을 강물에 띄워버리고 조국의 독립을 위해 배에 몸을 실었다. 뱃고동 소리에 울음을 섞어 마음껏 울었다. 아펜젤러가 바람이 되어 자신의 온몸을 감싸는 느낌이 들어서야 고개를 들었다. 한편 일방적인 협정서로 재정권을 빼앗고 을사늑약을 체결해 외교권을 빼앗고 러일 전쟁이 일본의 승리로 끝나자 일본은 우리나라에서 가장 유리한 위치를 가질 것을 러시아와 합의했다. 미친개 같은 합의를 했다. 대낮 강물에 빠진 낮달을 컹컹 물어뜯는 개가 된 일본은 조선 사람을 친일로 끌어들이고 매국 행위를 하도록 조절한다. 자신의 손으로 자신의 황제를 끌어내리는 무지렁이 매국노들, 고종의 아들 순종을 왕위에 앉히고 영친왕을 황태자로 책립하고 거처를 덕수궁에서 창덕궁으로 옮기고 4년 동안 순종의 재위 기간에는 국정을 모두 일본이 간섭한다. 그것도 모자라 재정 부족이라는 구실을 만들어 우리 군대를 해산시킨다. 빌어 처먹을! 빌어 처먹을! 빌어 처먹을! 순종을 허수아비 황제로 만든 일본인 이토가 본국으로 돌아간 후 소네와 데라우치 등이 조선의 숨통을 옥죄어오기 시작했다. 일본은 한일합병(국권침탈) 실행에 관한 방침을 통과시키고 한일합병조약을 강제로 체결하고 공포한 다음 차례로 친일 매국노들과 일진회를 앞세워 일본은 대한제국의 원대로 합병한다며 촛불이 바람을 태운다는 말 같지도 않은 말을 마구 뿌려대는 것이다. 한일합병조약으로 일본은 대한제국을 장악하고 붉은 입을 벌리고 통째 삼킬 궁리를 한다. 우리나라는 일본의 야만적인 침략행위에 대해서 의병투쟁으로 대항하기도 하고 개인적으로 맞서기도 하며 우리 민족의 주권을 회복하고자 애국 계몽운동을 전개한다. 순종 황제는 왕으로 강등되고 이어 폐위되어 창덕궁에 거주하면서 이런저런 굴곡진 역사를 스스로 부딪치며 슬픔을 깔고 비통함을 덮고 좌절을 씹어먹으며 많고 많은 시간을 천둥벌거숭이처럼 날뛰는 일본에 싸여 산다. 살을 버리고 피를 버리고 말을 버리고 빈 몸으로 흩어지고 있는 느낌이다. 구슬픈 바람이 하늘을 우러러 눈물을 흩뿌린다. 대한제국에 대한 지배권 강화의 길을 연 일본은 총리대신을 지낸바 있는 이토 히로부미가 러시아와 맺은 조약은 무효라고 나뭇가지에 걸린 뱀 허물 같은 말을 선언한다. 여기에 앞장선 지병신과 천추한이 만난 인연은 이렇다. 천추한이 1871년 무과에 급제해 벼슬길에 오른다. 1882년 임오군란을 계기로 조선 민씨 정권은 청나라와 사이가 좋아진다. 개화파는 이에 불만을 품고 일본을 등에 업고 1884년 갑신정변을 일으키지만 결국 실패로 끝나자 갑신정변 후 천추한은 조선 조정으로부터 밀명을 받고 일본으로 날아간다. 일본으로 날아가 숨어 있는 지병신을 암살하라는 밀명이다. 그렇지만 일본으로 날아간 천추한은 나는 지병신 당신을 죽이라는 밀명을 받고 왔소. 하고 밀명을 건넨다. 그럼 죽이지 왜 내게 그런 말을 하는 것이오? 하고 묻자, 당신 같은 인재를 죽이기는 아까워서 하는 말이오! 그렇게 둘은 이 사건으로 인해 같은 곳을 바라보는 사이가 되어 일본에 붙어 매국노 짓을 하기로 붉은 언약을 한다. 황제에게 이들의 행동은 오만불손의 극치로 치닫는다. 천추한은 칼을 빼 들고 위협을 해서 고종황제가 양위하고 자리에서 물러나게 압박을 가했고 일본사람으로 둔갑한 지병신은 고종황제 퇴위와 정미 7조약 체결에 앞장서서 일본에 막대한 공헌을 세우고 그해 10월 일본 정부에서 주는 욱일장을 받았다. 그러나 지병신은 토사구팽을 당하고 만다. 그 어리석음은 일본의 말을 그대로 믿고 신바람을 일으키며 충성충성충성 조국의 충성을 빼내서 일본으로 날랐지만 한 번 배반자는 영원한 배반자라는 심리를 잘 아는 일본에 미쳐서 충성을 외치던 그 충성은 총성이 되어 자신의 가슴을 뚫어버린다. 점 하나만 잘 못 찍으면 님이 남이 되는 것을 미처 몰랐던 것이다. 진액을 다 빼먹은 껍데기는 가차 없이 버린다는 걸 눈앞 이익에 가려 몰랐다. 한편 배 안에서 이승만은 아펜젤러 생각에 푸르름을 거세당한 마음이 새까맣게 타서 연기가 되어 하늘로 날아오르고 재만 남은 것 같은 생각이 든다. 어둠의 감옥으로 던져지던 육신 위에 정신을 심어놓고 키우던 그날의 기억을 쓰다듬는다. 온몸은 피난민의 찢어진 옷차림보다 초라해졌지만, 마지막 남은 영혼으로 조국을 다시 찾으리라 이를 물던 때 그 분노의 다짐을 다시 찾아내어 용기 지팡이를 주던 아펜젤러를 생각하며 다시 조국 찾을 생각으로 성경을 외듯 조국을 향해 소리친다. 바쿠스 신처럼 거대한 마음이 술에 취해 비틀거리고 피를 흘리고 휘청거리며 걸어간다 해도 넘어지고 자빠지고 돌부리에 걸려 무르팍이 깨져 피가 철철 흐르고 이마에 피가 철철 흘러 죽을지라도 포기하지 않고 조국을 반드시 꼭 푸르게 키워 내리라. 조국이여! 조국의 입에서 휘파람이 나오도록 내 한 몸을 희생의 제물로 던지리라. 고통의 시간에 쓰러지지 말고 단단한 마음으로 잘 견디어다오. 반드시 내가 나의 조국 너를 구하러 다시 오리라. 바다 멀리 저 건너로 건너가 너를 구하다가 만신창이가 되더라도 포기하지 않고 다시 일어나 몸을 털고 이동시켜 조국! 너에 드리워 있는 어둠을 걷어내고 빛이란 빛을 모두 너에게 쏟아지게 하리라. 기쁨의 노랫소리가 환호성이 되어 허공 가득 울려 퍼지고 자유의 물결이 긴 행렬로 손에 손을 잡고 줄을 지어 달릴 수 있도록 한 몸을 바치리라. 투우를 하다 죽어가는 황소의 눈길로 일본을 꿇어앉히고 승리한 황소가 길길이 날뛰는 모습을 반드시 기필코 보여주리라. 으르렁거리며 너를 노리는 저 짐승의 이빨을 모두 썩은 이빨 뽑듯이 모조리 뽑아 주리라. 조금만 힘을 내고 견디어 다오 나의 조국이여! 온 세포 마디마디마다 만감을 교차시키며 제물포에서 마음에 성조기를 매달고 배에 승선하여 출렁이는 검푸른 파도에 꿈을 싣고 건너가기에 이른다. 유학생 자격 여권이 그의 손에 쥐어져 있다. 그 여권에 적혀서 눈을 말똥말똥 뜨며 자신을 쳐다보고 있는 글씨가 자신의 눈 속에 박힌다. 눈물을 흘리며 자신의 여권 귀퉁이에 매달려 간절한 애원으로 기도하는 백성들. 조국에서 고통받으며 괴로워하면서도 비명 한 번 지르지 못하고 한숨에 절은 백성들을 위해 무엇을 해야 할지를 생각하자 몸 안에서 붉은 힘이 불끈불끈 솟아오른다. 어떻게든 남의 구둣발에 밟히며 신음하는 조국의 땅덩이리를 구해야 한다. 야무진 무엇인가를 반드시 배워서 국민의 고통을 씻어주고 새 땅에 새살이 돋아나게 할 것이다. 반드시 내 나라 내 민족이 압박과 설움에서 헤어나게 하고 말리라. 경건한 마음을 조국에 내려놓고 바쿠스(디오니소스)처럼 죽음에서 부활한 구원의 신이 되어 조국의 사람과 조국의 동물과 조국의 초목이 하나가 되어 어울리며 약동하는 생명력을 실어날라 기필코 일본의 횡포로부터 나라를 찾아 온 나라가 포도주를 터뜨리며 즐거운 술자리를 만들 수 있게 할 것이다. 넘어지면 일어서고 쓰러지면 다시 일어설 것이다. 이승만은 생각을 단단하게 묶지만,

조국을 생각하니 온몸이 후들거린다. 안 된다, 쓰러지면 안 돼. 바쿠스 신처럼 되려면 아무리 힘들어도 당당한 걸음으로 보여야 한다. 정신을 가다듬은 이승만은 일본 고베항에서 미국의 선박인 시베리아 호로 갈아타고 호놀룰루로 떠난다. 시베리아 호에는 하와이로 떠나는 조선의 이민 집단이 수용되고 있다. 이민자들을 보며 이승만은 또 가슴을 쓸어내린다. 내 나라를 버리고 떠나는 그들을 보니 상처 난 가슴에 소금을 뿌린 듯 쓰라리다. 이런저런 생각과 불안이 뒤덮인 배를 타고 천신만고 끝에 미국 본토에 도착한다. 만감이 교차하면서 도착하자 해야 할 일들이 보랏빛 꽃향기처럼 불어온다. 한숨 돌릴 여유조차도 자신에게는 허락지 않는다. 조국이 자신의 얼굴만 쳐다보며 희망을 버리지 않고 기다리고 있다는 생각을 하면 단 1초도 헛되이 시간을 보낼 수가 없다. 오로지 조국의 독립만을 위해 시간을 써야 한다. 생각 심지에 불을 붙이며 무엇을 먼저 해야 할지를 생각한다. 미국의 고양이나 조선의 고양이나 울음소리는 똑같은 것이다. 미국의 고양이라고 영어로 울고 조선의 고양이라고 조선말로 우는 것은 아니란 말이다. 그런 똑같이 우는 고양이가 되어 대통령을 만나야 한다. 이승만은 루스벨트 대통령의 사저를 방문해야 한다는 생각을 한다. 목적은 탄원서를 전하기 위해서다. 쉽지 않은 걸음이지만 쉬운 일이면 무슨 의미가 있겠는가. 쉽지 않기에 더욱 용기를 내야 한다. 오로지 국가와 국민을 위해서는 못할 일이 없다. 스스럼없이 루스벨트를 만나자고 하자 루스벨트는 당돌하다면서 무시를 했다. 조선의 특사이니 꼭 만나게 해달라고 부탁을 하고 5시간을 버티며 간청하자 대통령을 만나게 해주겠다고 했다. 이승만은 가슴을 쓸어내리며 참아야 한다, 참아야 한다. 속으로 숨을 들이쉬면서 기다리는데 대통령이란 사람이 나타난다. 당당함을 잃으면 나라의 당당함을 잃는 것이다. 당당하게 대하자고 속으로 주문을 외면서 당당함으로 싼 탄원서를 내민다. *이 탄원서를 읽어 보고 도와 주십시오.* 루스벨트는 비아냥거리는 듯 묘한 웃음을 흘리며 탄원서를 받아든다. 이승만을 힐끔 쳐다본 루스벨트 눈알은 탄원서를 훑어보고는 가차 없이 꽁꽁 언 말을 고드름처럼 뚝뚝 부러뜨린다. *이 탄원서는 공식적인 경로를 밟지 않아서 받아들여 처리하기가 곤란하다. 공식적인 절차를 밟아서 가지고 오라.* 밀가루를 갈아 만든 빵을 먹고 살아 그런지 말이 가루처럼 풀풀 날아올랐다. 허옇게 날아오르는 말, 한 마디로 뭉개버린 그 말은 공중으로 날아가 버리고 만다. 땅바닥에 떨어지면 줍기나 하지 이승만은 중얼거린다. 미국 대통령을 만난 절호의 기회를 살리지 못함에 분통이 터지고 절망이 한숨을 끌고 나와 두 주먹을 불끈 쥐게 만든다. 이승만은 아니다, 이 정도로 물러설 내가 아니다. 이 위기를 기회로 삼아야 한다. 늘 성공은 실패 뒤에 숨어 있는 거란 걸 어느 철학책에서 읽지 않았나. 위기를 기회로 삼자. 다시 기회를 불러들이며 두 주먹을 불끈 쥔다. 두 주먹은 발걸음을 대한제국공사관으로 옮기게 만든다. 공식적인 문서 접수를 위해 대한제국공사관을 찾아간다. 설미친 대리공사는 이승만을 한 번 훑어보고는 어이없고 기가 막히게도 같은 동족을 문전박대한다. 그냥 돌아가시오. 본국 정부로부터 지령이 없는 한 이 진정서를 미국 국무성으로 보낼 수 없소. 최소한의 기대를 한마디로 짓밟아버린다. 어떻게든 방법을 찾아보자든가 아니면 제가 한 번 최선을 다해 조국을 위해 힘을 써 본다든가 그도 아니면 함께 머리를 맞대고 생각을 합해 보자든가 한 마디 도움의 말도 없이 면도날처럼 날 선 말이다. 조선의 민족이라 도움이 될 거라는 야무진 이승만의 상상을 한순간에 부숴버리는 대한제국공사관 설미친. 이승만은 루스벨트 대통령의 이 탄원서는 공식적인 경로를 밟지 않아서 받아들여서 처리하기가 곤란하다는 말보다가 더 허탈하고 배신감마저 느낀다. 루스벨트 대통령은 내 나랏일이 아니니까 까탈을 부릴 수 있다지만 대한제국공사관은 같은 조국 핏줄의 일 아닌가. 배신감이 뼛속까지 파고든 이승만은 다시 이를 부드득 갈며 주먹으로 가슴을 치며 돌아선다. 대한제국공사관 설미친은 진즉 일본과 깊은 관계를 맺고 있음을 미처 헤아리지 못한 자신의 안목에 머리를 쥐어뜯으며 미련한 쓸쓸함을 삼킨다. 타국에서까지 조국을 배반하고 일본의 노예 짓을 하고 있다니! 눈에 안개가 낀 듯 뿌옇게 흐려져 아무것도 보이지 않는다. 그럼 어떤 방법이 또 있을까? 나라를 배반하고 적군과 맞붙어 자신의 배만 두드리며 자신의 이익만을 챙기는 설미친 저 공사관 같은 버러지만도 못한 사람이 있기에 나라가 남의 나라에 지배를 받는 거라는 생각을 하며 이승만의 가슴은 자신의 몸을 태우고도 남을 불길이 활활 타올라 미쳐 버릴 것만 같다. *아! 어쩐란 말이냐? 내 가난하고 무지한 조국을 어쩐란 말이냐? 조국을 팔아 자신의 배를 불리는 저 무지하고 모자라는 기형의 인간들을 어찌해야 한단 말이냐?* 하늘이 젖도록 울부짖는다. 허탈함에 빠져 있던 이승만은 미국 사회의 문명과 모든 것을 더 익혀야 하겠다는 결심을 안고 워싱턴 DC의 조지워싱턴대학(George Washington University)에 2학년 장학생으로 입학한다. 이승만에겐 행운과 불행이 늘 쌍둥이처럼 따라다닌다. 감옥에서 한 영어 공부가 미국까지 따라와서 그에게 도움을 주고 등불이 되어주고 있다. 그렇게 학교 공부에 열중하며 미국 선진국의 모든 것을 청소기처럼 흡입하며 조국을 위해 한시라도 더 빨리 더 많은 공부를 해야 한단 결심으로 공부에 전념하고 있을 무렵 한국에 왔던 선교사가 찾아온다. 이승만에게는 굴러들어온 호박넝쿨이다. 그는 고맙고 또 고맙게도 이승만이 미국 상원의원 휴 딘스모어(Hugh A. Dinsmore), 국무장관 존 헤이(John Hay)와 면담을 하도록 해 달라는 부탁에 두 말도 하지 않고 도움을 주고 만남을 주선해주었다. 미국에 와서 첫 포근함을 느낀 것도 조국에 배신을 한 사람에 대한 원망을 견디게 하는 것도 영어이며 미국 선교사였다. 미국의 햇살 아래 아지랑이가 영어 발음으로 꼬부랑꼬부랑 날아다니는 푸른 봄날 굳건한 신앙심이 뿌리내리려면 아직도 좀 지나야 하거늘 불안불안했던지 하늘은 서둘러서 축복이라는 이름으로 세례를 받게 한다. 이승만은 세례를 받으며 생각한다. 무슨 짓이라도 조국의 독립을 위한 일이라면 불구덩이라도 뛰어들 준비가 되어 있다. 선교사나 영어의 인맥을 잡아 조국을 건지는 데 기필코 도움을 받을 것이다. 그의 생각은 적중했다. 1905년 8월 슬픈 음을 제각각 재현하며 청년들이 장중한 바이올린 연주를 하며 파티에 젖어 있는 날 태프트 국무장관 주선으로 시어도어 루스벨트 대통령을 만나기에 이른다. 이승만은 모욕을 당한 걸 생각하면 다시는 보고 싶지 않지만, 조국을 위해서는 어쩔 수 없다고 마음을 다잡으며 절호의 기회를 놓치지 말고 잘 활용해서 조국 독립을 해야 한다는 생각에 이르자 이것저것 따지지 않고 한국의 독립 보존을 청한다는 마음으로 루스벨트를 만난다. 그러나 모든 일에는 때가 있다고 했던가! 그런 절호의 기회에 때가 닿지 않았는지 놓치고 만다. 러일 전쟁을 계기로 미국은 일본을 지지하는 정책을 취하고 있던 터라 성과를 거두지 못하고 만다. 그러나 어쩌랴, 운이 아직도 조선의 편에 오지 않은 것을. 이승만은 몇 톨의 절망을 발로 짓밟아 부숴버리고 다음 기회를 위해 다시 희망의 씨앗을 심는다. 일본 해군과 러시아 주력함대의 한판 대결에서 일본은 대마도에서 큰 전과를 올렸고 8월로 접어들어 미국 대통령 루스벨트의 중재로 포츠머스 강화조약이 체결되면서 전쟁은 마침표를 찍었다. 존재해서는 안 될 존재가 존재하는 순간이다. 강화조약의 체결! 강화조약의 체결에 따라 일본은 대한제국에서 정치와 경제 군사상으로 많은 이익을 배당받는다. 특별한 이익을 보장받아 때에 따라서 남의 땅을 지도하고 보호하고 감리까지 할 수 있는 막강한 권리를 소유하게 된 것이다. 미친 일본은 대한제국을 식민지화할 수 있는 건실한 발판을 마련한 것이고 호시탐탐 노리고 있는 저 북방의 광활한 대지 대륙전출에의 원대한 꿈인 첫 단계 침략 지도를 설계하여 시공 단계에 들어선 것이다. 아무 힘도 쓸 수 없는 나약함에 억울함과 비통함에 넋 놓고 시간을 지우고 있어야만 하는 겨울잠을 자는 짐승 같은 짐승 같은 짐승 같은 날이다. 나라가 장차 어떻게 될 것인가! 우리나라의 보호 신은 모두 외출 중인가! 온 국민의 분노마저도 표시 못 하고 겨울잠을 자는 짐승 같은 날이다. 조선을 자신들의 왕국으로 만들어 더 이상 물러설 수도 다가설 수도 없이 검은 짐승처럼 앓는 밤이다. 이승만의 늑골 사이로 칼바람이 달려든다. 그렇지만 일본이 들여놓은 얼룩은 반드시 강한 표백제로 뽀얗게 표백하고 세탁해서 햇살 쨍쨍한 날 널어 말려 뽀송뽀송하게 만들 것이다. 이 페이지는 반드시 역사에서 찢어진 종이처럼 펄럭이게 할 것이다. 이 엄동설한에 봄을 기다리는 일이란 아득하다. 조선에서는 겨울 동백이 붉은 울음을 붉울음흐크 붉울음흐크 토해내고 있다. 우후죽순처럼 땅 위로 돋아나 조선을 지킬 매화향 절개를 이마에 신열이 나도록 뭉치며 억만 겁을 돌아서 태어나더라도 반드시 조선으로 되돌아가기 위한 긴긴 여행을 마다치 않으며 나라를 구할 것이다. 세상은 늘 음지만 있는 것도 아니고 늘 양지만 있는 것도 아니다. 반드시 음양이 공존함을 일본은 잊었단 말인가? 지금 햇볕이 든다고 영원히 들 거란 착각을 하고 있다. 그렇지만 '쥐구멍에도 볕 들 날이 있다'라는 속담도 모르는 저 잔악무도한 일본. 니체의 말처럼 모든 믿음이 공허한 것이 되지 않도록 하나의 정신은 얼마나 많은 진리를 견디는지 하나의 정신은 얼마나 많은 진리와 과감히 맞부딪칠 수 있는지 그것이 진정한 가치 기준이 되도록 할 것이다. 아무리 춥고 아프지만 봄은 다시 올 것이다. 겨울을 손바닥에 올려놓고 꼭 쥐어 으스러트리고 봄을 당길 것이다. 일본 너희들 대한제국을 식민지화할 수 있는 건실한 발판을 마련했다고 호시탐탐 노리고 있는 저 북방의 광활한 대지 대륙전출에의 원대한 꿈인 첫 단계 만주에도 침략 지도를 설계하여 시공 단계에 들어섰다고 좋아하고 있어라, 제발 춤만 추고 있어라. 그러는 사이 내가 반드시 그 춤판을 뒤집어엎을 것이다. 수치와 무욕이 뭉쳐진 피고름 덩이 같은 나날들. 의사의 칼로도 수술이 불가능한 난치병 중의 하나인 치욕이 백지 위에 '한일 협정서'란 명찰을 달고, 밀고 당김도 생략한 채 일본의 입김으로 일방적인 모종이 되었지만, 역사에 길이길이 붉은 낙인이 될 그 모종은 한 쪽은 겨울이고 한쪽은 봄일 것이다. 지금은 봄이라 웃음을 꽃 피우며 갈무리 해둔 병기를 꺼내 들고 가공할 고문 정치로 몸을 풀고 힘차게 달리기 위한 시동을 걸며 조선의 권세와 평화와 자유가 문풍지 떨 듯

필특필특 파르르 필특필특 파파르르 한여름에 닥쳐온 한파에 울며 조선에 똥 무더기처럼 똬리를 튼 징그러운 몸뚱이에서 붉은 혓바닥에서 찢어진 눈깔에서 희번덕거리는 독독독독 지독함에 질식할 지경이지만, 머지않아 반드시 푸르르 휙휙 푸르르 쉭쉭 휘파람을 불어 징그러운 일본의 몸을 칭칭 감아 독을 질식시킬 것이다. 죄도 없이 죄도 없이 죄 없는 것이 죄가 되어 목을 놓고 주저앉아 있는 조선을 일으킬 손오공의 요술 여의봉을 만들어 반드시 웃을 수 있게 할 것이다. 하늘 가득 고였던 물이 쏟아진다. 대한제국은 아무런 힘도 쓸 수 없는 들러리 구실만 충실히 하고 속 텅 빈 허수아비 같이 숨 한 번 크게 쉬지 못하는 처량한 몰골이 되어 슬픔 날갯짓이 아지랑이처럼 하랑하랑 날아다닌다. 러시아는 전쟁에서 보기 좋게 쓴잔을 마시고 대한제국에 어지러이 찍어놓은 발자국 하나도 수거하지 못하고 물러가고 일본은 기세등등하던 대한제국 본토와 여순을 거쳐 대련까지 파죽지세로 앞으로앞으로 손을 뻗치며 내달리며 대한제국의 식민지화를 오매불망 야심 찬 꿈으로 만드는 일본. 일본의 간에 붙어 기생하고 있는 친일파들이 참여한 일진회에 맞서 싸울 헌정연구회 소속의 주요 지휘자인 이준과 양한묵이 거칠게 저항한다. 양기탁의 대한매일신보와 황성신문도 호흡을 맞추며 일본의 침략 야욕을 강력히 규탄한다. 아무리 저항하고 몸부림쳐도 눈썹 하나도 까딱 않는 저 무도한 파렴치들의 분노에 저항은 또 다른 저항을 불러오지만 아직은 하늘이 도와주지 않고 있다. 일본의 잔악 무도한 산비탈이 얼마나 가파른지 몰라 답답한 마음에 미국 힘을 빌려 조국을 살리려는 이승만은 시 한 수를 공책 갈피에 끼운다.

투명 담장

몇 번의 도둑맞은 경험이 있거나
도둑이 넘은 담은 더 이상 담이 아니다.
나이를 먹는 만큼 담장 높이도 자란다.
밤에 어둑한 도둑을 넘겨놓은 담은
새로운 높이로 교체된다.

예전의 담과 다른 담, 어느 쪽에서 보아도 훤히 들여다보이는 살 한 점 없는 씨줄날줄 엮은 펜스
투명한 담은 넘기 전이나 넘은 후가 다 보인다.
그래서 도래하지 않은 후회까지도 미리 볼 수 있다는 것.

나뭇가지들도 씨줄날줄로 울타리를 치고 있다.
그 사이를 넘나드는 다람쥐와 열매들
어떤 나무들은 가시로 울타리를 치기도 하지만
햇빛과 바람이 촘촘 짜여있는 안과 밖은

보이지 않는 줄들이 씨줄날줄로 엮여있는 것이다.

한 번씩 배신을 당할 때마다 사람들은
담장키를 높인다.
사람마다 담장의 높이가 달라
낡은 마음을 뜯어내고 다시 쌓아올리기도 한다.

십자가나 '卍'자.
성호를 긋는 것 모두 신이 쳐놓은 울타리이듯
이쪽서 보면 인연이고, 저쪽서 보면 악연이다.

담장이 없는 밤은
밤새도록 귀가 열려 잠이 불안하다.

 조선 침략의 괴수 이토 히로부미는 완전한 식민지로 이 땅을 지배하기 위해 조약의 초안을 작성한 다음부터는 마치 자신의 땅인 양 날뛰고 다닌다. 우리나라 사람인 진저리와 전호구를 호출하여 협조해 줄 것을 어르고 달랜다. 가마솥 밥알이 노릿노릿 익어가고 뜨거운 김이 오르니 밥알은 누룽지 되고 숭늉이 되어 구수한 냄새를 풍기며 일본 식탁에 오를 거란 일본의 꾐에 진저리와 전호구는 미친 짓인 줄도 모르고 눈앞에 보이는 이익에 싱글벙글 사기를 충전한다. 꿀차 한 잔을 나누고 이토 히로부미와 진저리와 전호구는 한 형제나 된 듯 술잔을 부딪치며 이틀 밤을 함께한다. 그렇게 이틀 동안 주지육림(酒池肉林)에 빠져 있던 진저리와 전호구가 덕수궁 중명전에 고종황제를 찾아가 결재를 올렸었다. 그 과정에서 조약 초안을 꼼꼼히 읽고 난 고종황제는 노발대발주발한다. *너희들은 이걸 읽어보기나 하고 내게 결재를 해 달라고 올리는 거냐? 너희들 일본 앞잽이야 조정 대신이야! 미친 거지 발싸개 같으니라고!* 얼굴이 시커멓게 변하도록 화가 난 황제는 결재 서류를 집어 던지며 한 마디로 조약을 인정할 수 없다. 따라서 서명도 할 수 없노라. *일본 너희는 지금 우리보고 아프리카 토후국이 되라는 말이냐? 그걸 말이라고 씨부렁거리냐? 남의 나라를 너희 입맛대로 요리하려고 하는가 본데 어림없는 말 하지 말고 당장 여기서 나가지 못할까?* 활활 역정을 낸다. 진저리와 전호구가 부들부들 떨자 고종황제는 *조정 대신이란 것들이 미쳐 돌아가고 있구만, 꼴도 보기 싫으니 당장 이 자리에서 꺼지라!* 천둥 벼락을 치고 번개가 번쩍여 덕수궁이 무너질 것 같았다.

… 구름을 타고 간 계절

10

　일본은 이미 조선의 각 부처에 일본인을 3백여 명 넘게 파견하여 조선 땅에 통감부를 설치하고 외교권을 자기들이 접수하며 진저리와 전호구 같은 조정 대신들에게 꿀 묻은 사탕을 주어 포섭을 해 놓았다. 고종황제는 일본도 일본이지만 나라의 조정 대신이 일본의 노예가 되어 움직임에 분을 참지 못하고 오도둑! 오도둑! 이를 갈며 분통을 터트렸다. 숨통을 조여 오는 일본의 주리를 틀어 땅에 묻어도 시원찮을 저 만행에 조정 대신들까지 한 패가 됨에 피를 지글지글 끓였고 그렇게 조국을 팔아 배를 불리는 매국노가 이 조선을 무너뜨리고 있다는 생각에 머리가 돌 것같이 어지러웠다. 조선의 시간이 무너져 내리는데 소슬바람처럼 박자를 맞추어 조국을 시들게 할 인간들을 하나씩 야금야금 포섭했고 포섭당했기에 여기까지 오게 됨을 돌이켜 생각한 고종황제의 피 울음이 숲으로 퍼져 피 숲을 이룬다. 조정 대신들의 매국 행위에 비통함을 못 이겨 빠자작! 빠자작! 뼈가 부서지는 진통을 느낀다. 조선의 피를 빼고 일본의 피를 수혈하자 조선의 붉은 핏물이 홍수로 범람한다. 발 빠른 분노는 지름길로 달려와 조선을 장악하며 매국노 짓을 일삼으며 푸르르푸르르 역사에 먹칠을 하는 배신자 얼굴에 환멸을 느끼게 한다. 다섯 대신이 대한제국을 대표하여 조약 체결에 서명하지만 않았어도 나라가 이 지경까지 가지는 않았을 것이다. 이렇게 조선 백성인 조정 대신의 배신에 힘을 받은 일본은 사전 정치작업으로 러시아 미국 영국 등 열강들로부터 이 땅에 대한 지배권을 승인받아 노예화의 조약 체결을 성사시키고 황급히 이토(이등박문)를 이 땅에 파견하고 군대로 하여금 궁궐을 포위하고 황제와 대신들을 공갈 협박한다. 을사오적이 찬성하여 보호조약 체결에 대한제국은 충격을 받고 비틀거리고 있는 것이다. '하나, 일본 외무성이 한국의 외국에 대한 관계 및 사무를 지휘한다. 둘, 이제부터는 대한제국의 정부가 일본 정부를 거치지 않고는 어떠한 국제적 조약이나 약속도 할 수 없다. 셋, 대한제국 황제 밑에 1명의 통감을 두어 대한제국의 외교에 관한 사무를 관리한다.' 이 말도 안 되는 조약으로 인해 백성들 얼굴은 저마다 은행잎보다 노랗고 하늘은 땅속보다 캄캄하다. 물도 흐르지 않고 바람도 불지 않는다. 하루 한 번씩 문안 목적으로 오던 태양은 이 땅을 외면한다. 하늘의 별도 빛을 여의고 별스럽게 절반으로 줄어든다. 누천년 살아온 이 강토는 안절부절못한다. 오적이 찬성한 을사늑약으로 말미암아 대한제국은 기록에 파리똥을 남긴다. 역사의 오점과 오적은 일본의 찬가로 이 땅을 슬프게 빛낸다. 백성들의 입술은 시퍼렇게 물들고 땅은 중심을 잃어 꺼져 내리고 있다. 병아리를 낚아채 가는 날짐승들의 터로 변해 피를 토하는 슬픔 덩이들. 이리떼가 하얗게 이빨을 내놓고 빨빨빨빨 피 소리로 웃는다. 어디에 가면 조국을 건질 수 있는 방법을 찾을 수 있을까? 구중궁궐? 깊은 물 속에 들어가면 물고기를 평화롭게 기르는 바다에 가면 나라를 찾아 백성을 평화롭게 헤엄치게 할 비법을 전수 받을 수 있을까? 국경을 넘나들며 하늘을 비행하는 새들에게 물으면 자유롭게 날아다니는 방법을 배울 수 있을까? 백성들의 입술은 경련을 일으키며 허둥지둥 잠시 헤맸지만, 다시 조국을 찾기 위한 고심을 하는 애국지사들이 있으니 그나마 하늘은 묘한 웃음을 웃는다. 하늘은 조선을 빨갛고 파란 색실로 애국수를 놓은 보자기에 싸놓고 먹이를 주어 살려내려 힘쓰고 있다. 보자기에 수를 놓는 애국지사들은 아직 제자리를 지켜야 한다는 애국정신에 다 구겨지고 찢어져 진흙 구덩이에 처박혀 있으면서도 또 다른 희망을 수놓으며 날아가지 않고 보자기에 머물고 있다. 두 손 모아 찢어져 너덜거리는 숲을 깁고 있다. 다시 조선이 휘파람을 부는 날이면 휘파람을 따라나설 것이다. 불굴의 생명으로 다시 태어날 것이다. 일제의 압박으로 조선이 뿌리까지 없어지지 않으며 일제가 끊임없이 들이켠다고 조선의 한강 물이 고갈되지는 않는 법이다. 일제가 아무리 도끼로 위협하며 열 번 찍어 안 넘어가는 나무 없다며 찍어내고 잘라내도 조선의 뿌리는 봄이 되면 다시 무성한 잎사귀가 돋아나 푸른 숲을 만들 것이다. 조선은 죽어도 또 다른 이름으로 조선임을 온 세상에 알릴 것이다. 일제의 의술이 아무리 뛰어나도 고민할 일은 없다. 곰보딱지 같은 마음을 가지고 아무리 교묘하게 화장을 한다고 해도 곰보는 화장을 지우면 곰보이지 곰보딱지 마음이 정상으로 돌아올 수는 없는 일이다. 곰보는 영원한 곰보일 뿐. 심보가 다 얽어 천연두를 앓은 것처럼 곰보인데 겉으로 웅변술이 아무리 뛰어나서 유창하게 말 줄기를 키우며 말더듬이를 무시하고 짓밟아도 말더듬이에게 절망은 없다. 말이 모자라 말더듬이가 아닌 할 말이 너무 많아 더듬거릴 뿐 말더듬이가 더듬더듬 자라 더듬거리는 촉수로 유창한 말 줄기를 먹어치울 날이 기필코 오고 말 것이니까. 일제의 저 시커먼 뱃속을 조명술로 하얗게 칠해준다고 해서 하얀 배라고 우기고 으스대고 있지만 시커먼 뱃속은 물 한 모금으로 다시 시커멓게 변해 자신의 본 모습을 드러낼 것이다. 영원히 하얗게 변하지는 않는다. 시간이 지나면 자연은 다시 자연스럽게 시커먼 뱃속이 만천하에 드러나게 할 것이다. 일제의 아무리 뛰어난 조작술이 주위 나라들의 여론을 바꿔 잠시 좋은 평판을 받아도 원래의 나쁜 평판이 조작술로 좋아질 수는 없다. 말머리에 거짓 탈을 씌워 주위를 동원술로 옭아맨다고 주위가 바람을 따라 잠시 휜다고 거짓 탈이 진짜가 될 수는 없는 일이다. 탈이란 언젠가는 벗을 때가 있는 법이다. 늑대에게 양의 탈을 씌운다고 양이 되는 것은 아니다. 일제의 만행들아 조선의 의지를 우습게 봐라. 우습우습우습우습 우습을 자꾸 연달아 하다 보면 우숲이 되는 법. 바보고 언청이고 귀머거리고 벙어리며 어리석다고 우습게 보고 거드름스러운 승리를 당겨 만들어라. 하늘에 올라가 어느 신에게 조선에 마음대로 날아다닐 허가증 하나 따 가지고 올 궁리나 해 두거라. 거짓들은 평생 참을 이기기 위해 몸부림쳐야만 한다. 으르렁컹컹 드르렁컹컹 짖어대고 물어뜯고 꼬리를 흔들지 않으면 살아갈 수 없는 운명을 가진 것이기에. 참보다 훨씬 충성스러워 보이는 거짓은 어디를 가든지 활개를 치는 것처럼 보이지만 아무리 당당한 곳에서도 거짓은 꼬리를 쳐야만 하는 것이다. 가정에서도 사회에서도 정치에서도 국제에서도 어디서든 거짓은 참을 이기기 위해 거짓을 거름더미처럼 쌓아 올렸지만 무너지는 한순간인 것이다. 캬르르룽캬캬 캬르르룽캬캬 목에서 피가 솟아나도록 쉼표 하나 찍을 여유도 없이 끊임없이 짖고짖고짖고짖고 꾸짖고 우짖고 앉아짖고 서서짖고 참을 거짓으로 짖고 기짓을 참으로 짖고 없는 일을 있는 것으로 짖고 있는 일을 없는 것으로 짖고 겨자씨만한 일을 수미산만하게 짖고 수미산만한 일을 겨자씨만하게 짖고 까만 밤을 하얀 밤으로 짖고 하얀 밤을 까만 밤으로 짖고 입을 똥구멍으로 짖고 똥구멍을 입이라 짖고 바람을 모래라 짖고 모래를 바람이라 짖고 진실을 허위로 짖고 허위를 진실로 짖고 왜곡을 확대를 축소를 조작을 날조를 짖고짖고짖고짖어 부패와 타락의 나라로 만들어 찢어져 너덜거릴 때까지 짖다가 되돌아갈 것이다. 조선의 착취와 약탈을 위해 주위 나라에 꼬리를 흔들어 귀염을 받아 거짓을 위장하고 개뼈다귀 같은 위장을 부르짖어 위장을 가득 채워야지. 참으로 환상적이고 몽환적인 거짓을 짖어대며 살다 아귀 지옥으로 끌려가야지 거짓 일제야. 피비린내가 이 강토를 집어삼킨다. 조선은 거짓 조약 반대 노래를 지어 부른다. 나 품고 나 낳아준 이 강산에 어디서 왔느냐 무엇 하러 왔느냐 붉붉혁명 붉붉혁명 붉붉혁명 붉붉혁명 횡포와 타도에 우리는 뭉쳤다. 자유 평화 나라 위해 내 한 몸 다 바치는 투사가 되리. 나 먹이고 나 키워준 이 강산에 어디서 왔느냐 무엇 하러 왔느냐 붉붉혁명 붉붉혁명 붉붉혁명 붉붉혁명 주권과 나라 위해 우리는 뭉쳤다. 해방 광명을 위해 내 한 몸 다 바치는 투사가 되리. 장안에 일본 군사를 풀어놓고 조약에 찬성할 수 없는 백성들을 모조리 잡아다 쇠고랑을 채우고 가두지만 물 샐 틈은 있는 법. 국민들은 잠시도 긴장을 늦추지 않는다.

마
침
내

일본의 뜻대로 을사늑약 아니다, 이 땅을 톱날로 쇠뭉치 자르는 소리 같은 을사늑약 체결 때문에 조선의 숲은 빛없는 한겨울 그늘이 되었다. 조선에 들어와 남의 둥지를 차지하고 앉아 먹이를 낚아채는 뻐꾸기처럼 날름날름 남의 먹이를 다 낚아채며 둥지를 독차지하려는 저 파렴치. 치욕스러운 조약 체결의 끈을 자르기 위한 연장을 찾아 여기저기 뛰어다니는 애국지사가 있는 한 절대로 빼앗기지 않는다. 분통이 뼛속까지 침범한 안중근은 삼흥학교를 세우고 돈의 학교에서는 직접 교사로 발 벗고 나서서 칠판에다 혈서로 글을 쓰며 학생들에게 의미 있는 문장을 조국을 지키기 위해 남과 다른 생각을 가르친다. 반드시 새로운 시각과 사실과 현실을 깊이 들여다보고 깨닫게 해준다. 각성의 글 밭에 하늘에서 반짝이는 별들을 따서 문장마다마다에 이랑을 타고 심어두어 반짝이게 한다. 애국 재료를 귀로 눈으로 마음으로 넣어준다. 싱그러운 젊음으로 교육의 열정을 쏟으며 조선인에게 둥지를 찾아주는 독립을 하기 위한 교육을 시킨다. 통증이나 질병이 아픔을 주는 신호라고 생각하지만 잘 들여다보면 나 여기가 안 좋으니 어서 치료해 달라고 건강을 지키기 위한 신호이듯 지금의 이 위기를 기회로 삼아 건강한 마음과 건강한 몸을 유지하자고 목소리 심지를 올리며 슬픔과 억울함과 억장 무너지는 소리를 삭제할 약을 구하러 다닌다. 두 해를 목이 터져라 울어대던 안중근은 연해주로 떠난다. 의병에 스스로 이름을 올리고 외로운 길을 간다. 안중근의 야심 찬 희망의 샘

물줄기는 그의 몸속에서 살풍당살풍당 솟아난다. 조약 체결 앞장 서서 쾌재를 부르던 나라를 말아먹은 다섯 오적은 앞날의 자리가 탄탄하게 보장되어서 흥분을 감추지 못한다. 역사적 인물로 우뚝 설 다섯 오적은 사자후를 토한다. **대한제국의 주권은 모두 일본의 손에 넘어갔다.** 매국노의 입이 대표주자로 나서 천추의 한이 될 소감을 피력하며 빛나는 울음을 울먹인다. 사나이가 흘려서는 아니 되는 썩은 냄새가 진동하는 눈물을 쯔쯔쯔쯔 쪼다 쯔쯔쯔쯔 쪼다 슬퍼서 서러워서 가슴 아파서 울었다면 자손만대 영웅이 될 그 오적들은 자신들 앞에 놓인 하얀 쌀밥에 감격해서 기쁘게 빛나는 눈물을 흘리고 있다. 조국을 팔아서 겨우 자신의 쌀밥에 울다니 어이없고 기가 찰 노릇이다. 아프리카 초원지대에 사는 블랙맘바는 맹독을 가지고 눈빛을 쏘아대며 발가락 한 개도 없는 뱀이 치타보다 빨리 달려 아프리카 사자를 잡아먹는 살무사다. 일본은 블랙맘바처럼 입안에 검은 독을 잔뜩 품고 살무사처럼 우리나라를 삼키려고 하지만 어림 반푼어치도 없는 소리다. 일본이 블랙맘바 살무사라면 조선은 벌꿀오소리와 뱀잡이수리인 걸 모르고 하는 말이다. 잠시 일본을 밀어내기 위해 힘을 비축하고 있을 뿐, 이 비축이 끝나면 블랙맘바는 힘 한번 못 쓰고 사냥당하고 말 것이다. 지금 우리나라가 울고 있는 건 악어의 눈물이지만 일본은 피눈물을 흘려야 함을 잊어서는 안 될 것이다. 백성들을 위해 벌꿀오소리와 뱀잡이수리의 수장들이 힘을 비축하기 위해 몸을 낮추고 있을 뿐인

데 일본은 우리나라를 지지리 못나고 가난한 나라라고 무시하고 얕잡아본다. 하지만 머지않아 누추를 벗어나 문명국가로 새 옷을 입고 당당히 우뚝 세울 길을 찾기 위해 내심으로 뭉치고 있음을 모르는 것이다. 그렇지만 슬픈 일은 참으로 한심하기 짝이 없는 정신 빠진 생각을 하는 무리가 있다는 것이다. 미꾸라지 한 마리가 온 웅덩이를 흐리듯 이들 때문에 나라가 더욱 혼란스러울 뿐이다. 을사늑약이 공표되는 날 울분을 참지 못해 여기저기서 백성들이 목숨을 끊었다. 산천초목도 목 놓아 울었고 그 울음을 신호탄으로 이 나라는 암울한 식민지화의 시대가 왔고 무시무시한 군사적 폭압 정치가 가해지고 있다. 황성신문은 '시일야방성대곡(是日也 放聲大哭)' 사설로 크게 뽑아 피 끓는 울음을 쏟아내며 세계만방에 알린다. 2천만 동포는 노예가 되었다고 나라와 백성의 장래에 검은 구름이 뒤덮임에 울분한 장지연의 피로 얼룩진 용감한 분노에 국민들의 눈에는 피눈물이 뚝 뚝 떨어졌고 세계만방에 초목도 강물도 바람도 구름도 한 몸으로 소나기 쏟아지듯 쏟아내는 눈물. 그러나 황성신문은 그날로 사형대 올라 폐간되고 만다.

민영환 ★★★★★★★★★
홍만식 ★★★★★★★★★
조병세 ★★★★★★★★★
이상철 ★★★★★★★★★

을사늑약의 부당성을 항거하다 하나뿐인 목숨을 끊은 이들의 어깨에 달린 9성 계급장은 천추만대를 빛낼 이름들이다. 눈이 부셔 눈을 바로 뜰 수 없는 이름들. 이름이름이름이름마다 영원히 지지 않을 별빛이 온 지구를 비출 이 세상에는 없는 천상(天上) 최고의 계급이 될 것이다. 먼 후일 이 나라가 반석 위에 오를 때 제발 이들의 목숨값인 줄 알고 귀하고 숭고하고 존엄하게 돈수백배(頓首百拜) 하며 살아야 할 이름들이다. 이들은 하나뿐인 목숨을 끊어 을사늑약의 부당성을 항거하며 잔악하고 교활한 잔인무도한 일본과 맞붙어 투쟁에 나서며 목숨으로 나라를 지켜냈고 최익현은 조정에 *아니 되옵니다.* 젖은 목소리로 상소를 쉬지 않고 올리며 일본에 대항할 의병 동지를 모았다. 임병찬의 엄호 아래 태인에서 일본군을 때려 부수고 순창을 수호하며 조국을 위해 투쟁을 하다가 대마도로 귀양을 갔다. 강원도에서는 유인석 경상도에서는 신돌이 의병을 모아 일본군과 죽기 살기로 대척했으나 힘이 모자라 이렇다 할 열매를 거두지 못해 나라의 운명은 늦은 가을날 나뭇잎처럼 갈색으로 물들고 시들해져 한 잎 두 잎 거리 위에 떨어지기 시작하고 있었다. 목숨을 내놓고 나라를 지키려는 의사들, 계절은 적어가다 말고 생각한다. 훗날 후손들이 이렇게 선조들의 목숨값으로 나라를 지켰다는 걸 알기나 할까? 아니 너무 무리한 요구인지도 모른다. 현 시점에서 나라를 일본에 가져다 바치는 선조들을 더 원망할지도 모른다. 어쨌거나 지금의 조선은 혼란한 국물에 피 묻은 밥을 말아

먹으며 목숨을 연명하고 총칼과 군홧발로 무장한 꼭두각시의 숲에 싸여 눈 감고 아웅 하는 저 악랄한 일본이 남의 땅에 파놓은 굴속에서 빛 한 줌 안 들어오는 어둠에서 수많은 목숨이 이슬처럼 사라지며 땅을 지키기 위해 애국지사들이 여기저기서 몸부림치다 죽었음을 후손들이 눈곱만큼이라도 기억해 줄까? 중요한 건 백성들의 목숨을 버려가면서 후일을 도모하고 백성들 가슴에 또 다른 희망의 뿌리를 내릴 수 있게 나라를 위해 몸을 버렸다는 일이다. 일본에 수탈당해 땅바닥에 떨어진 칼자루를 다시 한번 잡고 패배를 땅에 묻어버리고 승리 지팡이를 짚고 일어설 날을 기다리며 환장할 날들을 무덤처럼 조용히 견디고 있었기에 해방된 오늘이 온 것이다. 속으로속으로 비장의 무기를 갈고 벼리며 저항의 불사조가 되어 조선 숲에 솟대를 세우고 푸드득 푸드득 홰를 치며 날아오를 때를 기다리며 싸웠고 명분이야 독립 보전에 대한 미국의 지원을 호소하는 고종의 밀사 자격이었으나 이승만은 더 넓고 더 크고 더 깊은 세상에 가서 넓고 크고 깊은 사상을 배워와 반드시 나라를 구해야 한다는 생각이 더 컸기에 해방된 오늘이 온 것에 계절은 한숨을 내뱉고 다시 써나간다. 긴 여정에 지치고 피곤하기도 했지만, 이승만은 지치고 피곤한 정도는 잘 견뎌야 한다며 열 손가락을 꽉 굽혀 쥐었고 무리를 견디지 못한 주먹에서 힘이 조금씩 빠져나가 정신이 마구 헝클어져 몸살을 앓았다. 물 한 모금 마시지 못하고 며칠을 앓아누웠는지 기억조차 정신이 혼미하던 어느 날이었다. 갑자기 방안에 푸른빛이 돌더니 수염이 허옇게 휘날리는 할아버지가 나타난다. *네가 바로 이승만이구나!* 수염이 허옇게 휘날리는 할아버지 목소리는 깊은 산사의 종소리처럼 은은하게 온방에 울려 퍼진다. 무엇에 홀린 것처럼 이승만은 자신도 모르게 두 손을 합장한다. 위엄이 가득 서린 할아버지는 어디서 많이 본 듯 낯이 익었다. 옥빛이 감도는 도포를 입은 할아버지의 눈빛은 마치 수천 미터 물속같이 깊게 보였다. 멍하니 있는데 *나는 너의 할아버지다.* 이승만은 얼른 몸을 일으켜 공손히 절을 올렸다. *기독교에서는 절을 하지 않는데 너는 기독교를 믿으면서 무슨 절이냐?* 한다. 이승만은 그건 나라를 건지기 위한 방도이지 조상한테 절 올리지 말라고 한다고 안 올릴 만큼 무작정 믿는 것은 아닙니다. 하고 말하자 할아버지는 껄껄 웃으며 *기특하구나!* 하면서 천천히 걸어와 이승만 앞에 앉는다. 그러곤 이승만의 두 손을 할아버지가 손자의 손을 잡듯 다정하게 잡는다. *네가 하려는 일 나도 잘 알고 있다. 조국을 일본의 손아귀에서 다시 찾으려는 애국정신이지. 그걸 내가 왜 몰라 어찌 모르겠느냐?* 이승만의 동공이 활짝 열린다. 할아버지는 웃으면서 말을 잇는다. *조선은 오랜 세월 조상들이 지켜온 신령한 기운이 흐르는 땅이고 앞으로 후천 미륵 세상이 오면 종주국이 될 나라다. 반만년을 기다려온 조선 땅에 이제 후천 세상으로 넘어갈 진정한 깨달음의 나라가 세워질 것이니 이는 하늘의 뜻이라 하겠다. 힘들고 아프고 분통이 터지더라도 잘 참고 나라를 구하거라.* 방안에 갑자기 은

행잎처럼 노오란 기운이 환하게 비친다. 이승만은 눈에서 눈물 둑이 터져 철철 물 흐르는 소리가 방안에 가득하다. 할아버지는 다음 말을 이어간다. 그래 울어라, 실컷 울어. 어린 나이에 천 리 먼 타향에 와서 얼마나 외롭고 힘들겠느냐! 오늘 이 할애비한테 실컷 울고 다시는 울지 마라. 니가 울면 나라도 운다. 니가 울면 조선의 땅도 절로 젖어. 그러니 오늘만 울고 울지 말아라. 그리고 이 꼴이 뭐냐. 이렇게 누워서 정신을 놓고 있으면 나라는 어쩌라고. 앞으로 이것보다 더한 시련이 너의 앞에 태산같이 쌓였는데 너는 하늘의 뜻을 실천하러 이 세상에 내려온 만큼 조국을 다시 세우는 일이 단순한 일이 아님을 알아야 한다. 이는 후천 미륵 세상으로 넘어가기 위한 훈련으로 깨달음을 주기 위한 나라이며 그만큼 시련도 많이 따를 것이다. 어떤 시련이 따른다는 말씀입니까? 이승만이 팔꿈치로 눈물을 쓰윽 닦으며 묻자 할아버지는 측은한 눈빛으로 큰 시련이 있을 것이다. 첫째는 자연의 시련이다. 폭풍우와 천둥·번개 가뭄 같은 시련이 있으니 잘 이겨야 할 것이다. 둘째는 인간의 시련이다. 탐욕과 미혹에 빠진 자들이 수시로 조선을 위협할 것이니 인간의 시련을 잘 이겨내야 하고 동족끼리 싸워야 할 일도 있으니 슬기롭게 이겨내야 한다. 셋째는 너의 마음의 시련이다. 너 자신에게 끊임없는 의심과 두려움 추위와 한계라는 것이 바글거릴 것이니 잘 이겨내야 할 것이다. 하늘과 너의 선조들이 너를 도와주리라. 믿고 울지 말고 조국을 지키거라. 할아버지의 말씀에 이승만은 너무나 공감이 가서 큰절을 올린 다음 고개를 드니 할아버지는 절만 남겨두고 어디론가 가고 없었다. 이승만은 땅바닥에 절을 했나? 생각하고 주위를 둘러보니 아무것도 없다. 그러나 마음속에는 이 목숨 다하는 날까지 조국만 위해 살라는 깨달음을 얻었다. 손꼽아 보니 나흘 동안 아팠는지 잠을 잤는지 알 수가 없다. 이승만은 벌떡 일어나 냉수 한 잔을 마시고 다음으로 해야 할 일을 생각한다. 어지럽다. 하늘이 빙글빙글 돈다. 그래도 정신을 차려야 한다. 할아버지 말씀이 귀에서 벌처럼 윙윙 날아다닌다. 그래 뛰다가 죽더라도 다시 일어나서 뛰자. 조국은 아차 하면 일본 손에 넘어가게 생겼는데 일단 조국이 처한 오늘의 현실을 만방에 알려야 한다. 어서 기자들을 만나 기자회견을 열어야 한다. 그리고 아픈 몸을 이끌고 백방으로 뛰어다니며 힘쓴 끝에 일본의 잔악무도한 만행을 폭로하고 규탄하는 인터뷰를 했다. 거짓말처럼 몸살 앓은 사람 같지 않고 목소리엔 싱싱한 결의가 묻어 대나무 같은 꿋꿋함과 피 끓는 청년의 얼굴엔 갓 세수를 하고 나온 어린아이 같은 해맑음이 빛을 받아 반짝이고 있었다. 많은 사람이 감동하고 그의 펜이 되었다. 이승만은 이 나라의 위대한 정신 가장 짧은 역사에 미국처럼 이렇게 성장할 수 있는 비결을 배우려면 학교에 입학해서 모든 위대한 문화와 정서와 역사까지 섭렵해야 한다는 생각을 하고 학교를 알아보았고 기왕이면 명문 학교에 가야 많은 정보와 지식을 답습해 고국을 지키는 데 일용할 양식이 될 것이라는 생각을 하고 학교를 찾아다니다 드디어 워싱턴 대학교 2학년 장학생으로 입학하게 되었던 것이다. 워싱턴 대학교에서는 *이승만의 영어 실력에 한 번 놀라고 성경의 해박함에 한 번 놀라고 나라를 지켜야겠다는 강한 의지에 한 번 놀라고 세 번 놀랐다*며 장학생으로 입학을 허용했을 때 남들이야 뛸 듯이 기뻐했겠지만, 이승만은 기쁨보다는 어떻게 해서 이 학교에 있는 모든 지식과 경영과 정신을 빨대로 쪽쪽 빨아들일 수 있을까?라는 생각으로 기쁨은 빨대 속에 빨려 들어가고 남아 있지 않았다. 한시가 급하다. 지금 내 조국은 일본에 짓밟히고 고종은 참새가 날아와 쪼아도 참새를 쫓지 못하는 허수아비에 불과할 뿐이고 국민들은 글도 배우지 않은 사람이 대부분이어서 한여름 더위에 숨이 막히듯이 말이 안 통하고 그러다 보니 일면의 지식도 없이 노예처럼 어떻게 하면 주인에게 잘 보여 연명할까?에만 긍긍하는 처지라 일각이 여삼추(如三秋) 같은 암울한 터널 속에 갇힌 것 같아 마음이 깜깜할 뿐이다. 이 마음에 빛이 들게 하는 게 최우선이란 생각에 장학생으로 입학을 허용받은 만큼 그는 오직 조국 생각에 명문인지 장학생인지 하는 생각은 사치란 생각이었다. 다만 이 학교에 적을 둠으로써 조국의 독립에 필요한 인맥을 만나기에 수월하고 그렇게 높이 서서 교제해야 높은 이상을 배우고 그 이상으로 나라를 찾는다는 생각뿐이었다. 이승만은 이듬해 한국에 선교사로 왔을 때 알았던 미국 상원의원 휴 딘스모어를 찾아간다. 여기서 다시 만나 반갑습니다. 당신이 한국에서 보여준 친절 고맙게 생각하고 이렇게 또 조국을 건져야 하기에 당신에게 도움을 요청하러 왔습니다. 반갑습니다. 그 요청이란 게 무언가요? 예 그리 어려운 부탁은 아닙니다. 반드시 도와주시리라 믿습니다. 존 헤이 미국 국무장관을 만나 면담하게 해 주시오. 하고 이승만이 말의 뿌리와 잎을 잘라 버리고 말토막을 내밀자 휴 딘스모어는 너무 당당하게 청유도 아닌 명령 같은 말에 도리어 황당해 할 말을 잊고 *알았습니다*. 하고 말하고 말았다. 그리고 나오면서 후회했다. 아니 저런 무례한 인사를 내가 왜 만나게 해주어야 하나? 그런데 바보같이 왜 만나게 해주겠다고 약속은 했나? 남자 체면에 번복을 할 수도 없고 그래 속는 셈 치고 무례함에 괘씸하기는 하지만 같은 하나님을 믿는 처지에 따질 수도 없고 만나게 해주자. 그렇게 마음을 굳힌 그는 국무장관에게 면담을 요청했고 이승만에게 약속을 잡았다고 말했다. 존 헤이 미국 국무부장관과 40여 분간 면담하면서도 이승만은 오히려 허세에 가깝게 말을 당당하게 했다. 그의 말을 다 들은 존 헤이 장관도 우리가 저들의 설득을 들어 줘야 할 이유는 없지만, 이승만이 내세운 주장 중에 1882년 미 수호 통상 조약의 거중 조정 조항(제8조)에 따라 한국 독립에 협조하겠다는 약속을 뒤집을 수는 없으니 한국 독립에 협조하겠다는 약속을 하고 만다. 이승만은 말로 하는 건 *의미가 없으니 기록으로 남겨 주시오*. 하고 명령 같은 말을 하자 장관은 어이가 없어 다시 파기하고 싶었지만, 장관의 자존심이 허락지 않아 때를 봐서 적당히 다시 무마할 작정으로 그냥 넘어갔다. 그러나 존 헤이 장관의 죽음으로 그가 기록해준 것도 적당히 봐서 없었던 걸로 하려던 것도 모두 허사가 되고 말았다. 이승만은 국무장관의 만남이 이렇게 수월한 건 선교사와 자신이 같은 종교를 믿는다는 이유로 거절하지 못할 걸 알고 작전을 시작했다. 그 작전은 워싱턴 D.C 커버넌트장로교회의 루이스 햄린 목사로부터 세례를 받기로 결심까지 하게 했다. 그는 거기서 인맥을 넓힐 생각으로 가슴이 풍선처럼 부풀어 둥둥 떠다녔다. 1905년 4월 23일 허풍선을 높이 날려 나라를 구하기 위해 세례를 받았었고 그의 생각은 적중했다. 4월에 세례를 받고 8월에 윌리엄 태프트 육군 장관이 루스벨트 대통령의 딸 앨리스와 미 의원 워즈워스를 대동하고 아시아 수행 길에 하와이 호놀룰루를 지나간다는 소식을 접했다. 기회라는 동아줄이 하나씩 내려옴을 직감한 이승만은 호놀룰루의 한인 선교부를 책임지던 와드먼 박사를 만나 *윌리엄 태프트가 여기를 지나간다니 그 기회에 내가 만나게 해 주시오.* 하고 당돌하리만큼 말을 하자 와드먼 박사는 속으로 이런 무례함을 보았나, 아무리 같은 형제라지만 이리 무례한 부탁을 들어주는 것이 옳은 일인지를 망설인다. 이를 알아챈 이승만은 다시 그에게 *형제라면서 형제의 나라가 도탄에 빠지고 빼앗기게 생겼는데 당신들은 말만 형제입니까? 재고 자시고 할 시간이 제게는 남아 있지 않습니다. 이렇게 형제라면서 이런 일에는 뒤로 물러나 앉는다면 형제나 남이나 다를 바가 무엇입니까?*라고 더 당당하게 말하자 그는 혼잣

말처럼 형제? 형제라? 하고 중얼거리며 서성거린다. 그래 이승만의 말도 맞지, 아무리 무례해도 사랑으로 보듬어줘야지 그러면 언젠가 다시 사랑으로 무례가 빛을 발하고 말겠지라고 생각하고 월리엄 태프트와 만나게 해주기로 마음을 굳히고 알았소. 단답형 대답만 남기고 일어서는 와드먼 박사에게 이승만은 *당신에겐 그리 중요하지 않겠지만 내겐 조국의 장래가 달린 문제니 꼭 만나게 해 주시오. 우리는 형제잖소.* 하고 뒤통수에 말을 덧붙였다. 와드먼 박사는 이승만의 말이 뒤통수를 따라오자 당돌하고 저돌적인 말이 기분을 나쁘게 했으나 그것이 자신의 이익이나 출세를 위함이 아니라 조국의 장래를 위한 일임에 그 애국심에 감동을 받는다. 그리고 장관을 만나게 하는 자리를 만들어준다. 장관을 만난 자리에서 이승만은 밑도 끝도 없이 당당하게 *내가 당신을 만나자고 한 이유는 대통령을 만나야 하기 때문입니다. 그러니 대통령을 만날 수 있도록 도움을 주시길 바랍니다.* 장관은 무례하다는 듯 와드먼 박사를 쳐다본다. 어이가 없다는 말이 얼굴에 흐른다. 와드먼 박사는 눈빛으로 주파수를 쏘며 고개를 두어 번 끄덕인다. 그러자 장관은 알았다며 그 자리에서 추천장을 써준다. 이승만은 추천장을 받아 시어도어 루스벨트를 만나기로 약속이 되자 와드먼 박사는 *당신 대통령 앞에 가서도 그렇게 말에 힘을 빳빳하게 줄 것입니까?* 하고 묻는다. 이승만은 무슨 이야기인지 모르겠네요. 우리 한글은 이렇게 말하는 게 최대한 예의를 갖춘 말입니다.

구름을 타고 간 계절

11

영어에 익숙하지 못해 당차고 무례하게 보였다면 용서하시오. 이건 말과 문화의 차이지 무례라는 말을 난 잘 모르오. 그리고 역지사지(易地思之)란 말 아시오? 당신이 나라면 부탁을 하면서 무례하게 하겠소? 하자 와드먼 박사는 지구가 기울듯 고개를 갸우뚱한다. 맞는 말 같기도 하고 아닌 것 같기도 하고 한국어를 한국 문화를 알아야 확실하게 이해를 하지 젠장! 혼잣말처럼 중얼거리지만, 이승만이 못 알아들을 리 없다. 이승만은 그렇게 어렵게 생각하실 필요 없습니다. 우리는 형제 아닙니까? 형제간에 의심하기 시작하면 어찌 같은 하느님 제자인 형제라고 할 수 있습니까? 제가 조금 서툴러도 이해해 주시오. 하고 말한다. 이승만은 한 보 양보하고 백 보 앞으로 나아가려는 생각이다. 대통령을 만나는 일이 무산된다면 조국을 살리는 일은 요원해지므로 한 걸음 양보한 것이다. 이승만은 자신이 어떤 부탁을 할 때 당당하지 못하면 조국에 죄를 짓는 기분이 들어 누구를 만나도 자신이 조국을 대변한다는 생각에 아주 당당하게 기죽지 않는다. 조국의 기를 살린다는 생각으로 말한다. 우리나라는 군자의 나라다. 우주의 균형과 조화를 나타내며 하늘 땅 물 불을 상징하는 사군자(四君子), 매화 난초 국화 대나무, 그것이 우리 조상의 시조부터 간직해온 역사와 전통이 숨 쉬는 군자의 나라다. 사군자는 우리 조상들이 가장 먼저 쓰던 말이다. 매화는 눈 속에서 꽃을 피우며 어떤 추위에도 향기를 팔지 않고 그 향기에 반해 동박새마저 매화 향기를 찍어 그림을 그리는 고매함을 말하고, 난은 깊은 산속 골짜기 척박한 모래나 자갈땅에서도 굴하지 않는 기품과 고고함을 지녀 허공을 가르며 날아오르는 백학의 우아함으로 깔끔하면서도 명료한 선을 지닌 자태로 완벽한 시공간에 여백의 미를 뿜으며 그윽한 향기를 날려 세상을 아우르고, 국화는 찬 서리가 하얗게 내릴 때 당당하게 꽃을 피우며 달 밝은 가을밤에 찬 서리 맞으며 날아가는 기러기들이 고단한 날개를 쉬며 즐겁게 노래를 부를 수 있도록 조건 없는 향기를 내어주고, 대나무는 강렬하고 굳건하고 강건하고 꼿꼿한 기개를 가지고 있어 군자의 지조와 절개로 봉황새조차 날아들어 사계절 내내 잎이 한결같이 푸르게 간직하듯, 선조들이 그 기상을 지녀왔기에 자신도 그 기상으로 마음을 다하며 괴로우나 즐거우나 나라에 충성을 다할 것을 어릴 때 이미 서당에서 배웠기에 어디서 누구를 만나도 조금도 기죽지 않고 당당했다. 삼국유사에 나오는 **만파식적(萬波息笛)**은 대나무가 천지의 오묘한 운행을 다스렸음을 말해주는 예이다. '신라 31대 신문 대왕 때 동해에 작은 산이 물에 떠서 왔다 갔다 하고, 그 산 위에 대나무가 있었는데 낮에는 둘이 되었다가 밤에는 합쳐서 하나가 되는 신기한 현상을 보였다. 이때 용 한 마리가 나타나서 왕에게 말하기를, '두 물건이 합치면 소리를 만들게 되는 법이니, 왕께서 이 대나무로 피리를 만들어 불면 그 소리로 천하가 잘 다스려질 것입니다'라고 했다. 그 말을 들은 왕은 그 대나무로 피리를 만들어 부니, 적군이 도망가고 질병이 치유되고 가뭄에는 비가 내리고 장마는 개이고 바람은 멎고 파도는 잔잔해지는 위력이 나타나 이 피리를 '만파식적'이라고 이름 지었다. 그 뒤 이 신적(神笛)에 이름을 '만만파파식적(萬萬波波息笛)'이라 붙여 주었더니, 하늘의 별들이 좋아하면서 반짝반짝 눈물이 글썽이도록 더욱 빛을 발했다라는 이야기를 읽었다. 대나무는 왕대밭에 왕대 나고 조릿대밭에 조릿대 난다는 말처럼 조선은 왕대 나라이기에 왕대의 결기를 잃을 수 없다는 생각으로 늘 댓잎처럼 날 선 말로 감히 상대가 조선을 얕잡아 보지 못하게 위엄이 번쩍번쩍 빛나는 말을 했다. 그러니 보기에 따라 거만하고 무례하게 보일 수도 있다. 그렇게 와드먼 박사의 주선으로 루스벨트 대통령과의 만남을 위해 8월 4일 뉴욕시 동부 루스벨트 대통령 별장으로 향하는 이승만은 *이제부터 시작이다. 당신 미국이란 나라의 힘을 등에 업고 우리나라*

의 국력을 키워 반드시 이 치욕을 씻고 우리나라를 당신의 나라보다 더 부강하게 만들 거야. 중얼거렸다. 생각만 해도 저절로 휘파람이 달려왔다. 이승만은 세수를 하며 휘파람을 불다 하마터면 벌러덩 넘어질 뻔하다 젊은 순발력으로 몸을 가누며 앗싸! 이건 잘 될 징조야, 하늘이 우리나라를 버릴 리 없지. 그래 이제 출발이다. 이렇게 나처럼 벌러덩 넘어질 뻔한 나라를 우리 애국지사들의 순발력으로 바로 세운다는 예시야. 그럼 그렇지! 그렇게 신이 나서 끼니도 잊은 채 시어도어 루스벨트 대통령을 만나러 가는 길이다. 별장에 도착하자 대통령이 응접실에서 기다리고 있다. 으리으리한 별장에 압도당할 만도 하지만 이승만은 조금도 기가 질리지 않는 얼굴로 아주 정중하게 밀서를 내보이자 대통령은 밀서에 호의적인 반응을 보인다. 이때를 놓칠 리 없는 이승만은 제발 우리나라를 한 번만 도와주십시오. 은혜는 우리나라가 미국보다 잘살게 될 때 반드시 갚겠습니다. 화무십일홍(花無十日紅)이라 했습니다. 지금 꽃이 활짝 피었다고 영원히 피지 않습니다. 조선이란 거목 속에 얼마나 많은 꽃봉오리가 들어있는지 당신들이 알지 못해서 그렇지 조선이란 나무에 꽃이 피면 그 향기는 세상을 덮을 것입니다. 그러니 나무속에 거미 알보다 더 많은 꽃봉오리가 있음을 아시고 그 꽃봉오리가 세상을 덮는 날 미국이 어려움에 부닥쳐 있다면 반드시 이자에 이자를 보태서 갚겠다고 내 약속하리다. 우리 조선이 미국보다 더 잘살 날이 있다는 걸 못 믿겠거든 몇 가지 예를 들어 드리겠습니다. 첫째 우리나라는 우리의 글인 한글이 있고 우리의 말이 있습니다. 뿌리가 세계 어느 나라보다 튼튼합니다. 둘째, 우리 조상들의 저력을 당신들이 잘 모르나 본데 이순신 장군은 12척의 배로 300여 척의 일본을 보기 좋게 격파한 저력이 있는 나라입니다. 그리고 세계 각국이 우리나라를 아무리 침범해도 꿋꿋하게 나라를 지켜온 선조들의 굳은 기상이 우리의 피에 흐르고 있습니다. 당신들이 우리의 피를 갈아 넣기 전에는 우리나라를 그렇게 함부로 대하다가 먼 후일 당신의 후손들이 낭패를 당할 수 있으니 보험을 든다고 생각하고 잠시 불운이 먹구름처럼 몰려 비를 쏟아낼 때 그 비를 피할 수 있게 도와준다면 먼 후일 당신의 후손들에게 이 은혜를 반드시 갚겠습니다. 이승만의 너무나 당차고 야무진 말에 루스벨트 대통령은 이승만을 빤히 쳐다본다. 왜 무엇이 잘못되었습니까? 하자 루스벨트는 기가 찰 만큼 그 폐기가 당당한 젊은 이승만을 보며 섬뜩함을 느낀다. 루스벨트는 자신도 모르게 말한다. 당신의 그 당당한 폐기에 내가 반했소. 귀국을 위한 일이라면 무슨 일이건 할 용의가 있으니 말씀하시오. 다만 외교적인 일은 담당 부서가 있으니 이렇게 나에게 전달하지 말고 워싱턴 한국공사관을 통해 도움받을 일을 제출하시오.라고 했다. 또 공사관을 통해서 올리라는 말, 그 말 외엔 할 말이 없습니까? 공사관을 거쳐서 할 일이라면 왜 이렇게 번거롭게 찾아와서 전하겠습니까? 이 나라가 언제부터 원리원칙만 따지는 나라가 되었습니까? 그렇게 원리원칙만 따진다면 알겠습니다. 당신이 미국 대통령이지만 구걸은 하지 않겠습니다. 다시 공사관을 통해 올리지요. 그 대신 반드시 도와주리라 믿어도 되겠지요? 절차를 밟는다면 그리하지요. 그렇게 이승만은 뒤도 돌아보지 않고 밖으로 나와 당시 공사에게 도움을 요청하기 위해 공사관으로 갔다. 다행스럽게 공사 담당관이 설미친이 아니라 희망을 품게 했다. *잘 해결해 주겠다*며 친절을 베풀었다. 그렇게 그 친절을 믿은 이승만이 그 공사관 역시도 설미친처럼 일본에 포섭되어 있다는 걸 아는 데 그리 오래 걸리지 않았다. 이승만의 요청을 잘 해결해 주겠다고 하고 시간만 질질 끌자 이승만은 공사관의 아들을 설득하며 공사가 마음을 되돌려 조국을 도울 것을 간절하게 부탁하였으나 끝내 거절했다. 하늘은 먹구름을 잔뜩 머금고 떫은 감을 씹은 듯 떨떠름한 표정을 짓고 있어 꼭 공사의 얼굴을 닮았다는 생각을 한다. 그러나 나는 여기서 물러나지 않는다. 포기하지도 않는다. 하려고 하면 길이 생기고 안 하려고 하면 핑계가 생기듯이 길이 막히면 또 다른 길을 내면 될 것이다. 걱정하고 실망하는 시간에 길을 찾아 나설 것이다. 생각 한 줌을 머리에 뿌린다. 누구를 찾아가 도움을 청할까? 생각으로 미국인 하나하나를 떠올리자 자신에게 세례를 주었던 워싱턴 커버넌트장로교회 루이스 햄린 목사가 머릿속에 깃발처럼 꽂혔다. 이승만은 무릎을 탁 쳤다. 그래 그 목사님이라면 내 말을 들어줄 거야. 생각에 꽃을 피운 이승만은 용수철처럼 몸을 튕겨 목사를 찾아갔다.

목사님 저 좀 도와주십시오. 아주 중요한 국가를 위한 일이라 꼭 도움을 주셔야 합니다.라고 예를 갖추었으나 목사는 이런 공적인 일은 정식으로 외교 경로를 통해야지 이 국가적인 일을 목사인 내게 청하면 나로서는 어떤 도움도 줄 수 없네! 그리고 1882년 조미조약은 형식적인 것이 아니고 미국 정부와 대통령은 일본의 편에 서서 도와준다는 사실을 기억하게. 얼음장처럼 차가운 말을 내뱉는다. 그리고 보니 목사의 말이 맞았다. 처음 주미 조선 공사관을 소개해준 조지 워싱턴 대학 총장인 찰스 W. 니드햄 박사도 역시 이런 중대한 문제는 공사 단독으로 처리할 수 없으므로 본국에 먼저 서류를 올리고 지시를 기다리는 것이 자신들이 할 일이라며 공사도 믿지 말고 단념하는 것이 맞다며 이승만에게 단념하라고 말했었다. 그렇게 죽 이어지는 줄기 끝을 찾아가 보니 역시 미국뿐 아니라 조선인도 조국을 배반하고 일본 편에 서서 꽃잎 한 장만도 못 한 눈앞의 이익에 나라를 배반하고 일본의 편의 서 있다는 것을 알고 이승만은 다시 한번 거대한 바위를 만난 듯 좌절감이 밀려왔다. 이 거대한 난간을 어찌 뚫어낼 수 있단 말인가? 아니다. 부정 타는 생각은 하지 말자. 긍정으로 생각하고 노력해야 하늘도 도와주지 않겠는가. 어떤 방법으로라도 이 거대한 바위를 치우고 가야 한다. 치우지 못한다면 망치로 깨부수고라도 가야 한다. 이승만은 이 암담한 상황을 대한제국의 황실 시종무관장인 민영환에게 알리며 방법을 찾아야 한다는 편지까지 동봉했었다. 민영환은 소식을 듣고 침울하고 비통함을 감추지 못했고 이 시국에 희망이라곤 이승만밖에 없다고 오로지 이승만에게 좋은 소식이 오기만을 기다리고 있던 민영환은 이승만의 소식에 머루 껍질처럼 까맣게 물드는 느낌이 들어 낮 하늘도 까맣게 보였다. 그러나 애국심 빼면 허수아비인 이승만이 타향에서 홀로 실망하고 있을 생각을 하니 면도날로 베인 것처럼 가슴이 쓰렸다. 어쨌거나 다시 희망은 이승만밖에 없다. 혼자 이리저리 돈도 없이 뛰어다닐 이승만 생각을 하니 미안하고 가슴이 아려 잠이 오지 않아 밤새도록 위로의 편지를 써서 편지와 함께 300달러의 경비를 보내고 이승만은 고국에서 보낸 달러와 편지를 받고 다시 힘을 내어 나라 찾을 생각에 뛰었지만, 희망이 보이지 않아 두 손을 모아 간곡하게 기도했으나 하늘도 기어이 대한제국의 편을 들어주지 않았다. 민영환 역시 조정에 얼빠진 배신자들이 득실거리는 데 분노하고 일본이 한국의 외교권을 빼앗는 다섯 조문으로 된 을사오조약을 맺자 실의에 빠졌지만, 이승만이 미국에 건너갔으니 희망 꽃 피는 소리가 곧 들려올 것이라 오매불망 기대를 걸고 기다리다 이승만의 답장에 검은 절망 꽃 소식을 접하고 울분을 참지 못하고 자결하고 말았다. 민영환의 자결 소식을 들은 이승만도 하늘이 무너지는 것 같고 가슴이 답답해 울분을 밥으로 삼키고 절망을 베고 뜬 눈으로 하늘을 원망했다. 어쩌자고 나라를 *빼앗아 가십니까? 하느님! 이건 아니지 않습니까? 왜 나라를 찾으라고 두지 않고 민영환 같은 인재를 빼*

앗아 가버린단 말입니까? 이제 조국은 누구를 믿고 버티라는 말입니까? 오직 민영환이 버티고 있어야 여기서 조국의 독립을 위해 마음 놓고 뛸 수 있는데 어쩌자고 우리나라가 무슨 큰 죄를 지었기에 이리 잔인하단 말입니까? 조정에는 매국노만 득실거리는데 조국은 어쩌란 말입니까? 절규하다가 쓰러졌다. 눈을 뜨니 선교사네 사택이었다. 선교사는 놀랐는지 이승만이 눈을 뜨자 후유! 하고 긴 한숨을 내쉰다. 이승만은 마음이 삭정이처럼 뚝뚝 부러질 것 같다. 선교사가 끓여다 주는 미음을 먹고 겨우 기운을 차리고 나니 시어도어 루스벨트 딸 앨리스 루스벨트가 대한제국을 방문한다는 소문이 이승만의 귀로 들려왔다. 이승만은 선교사에게 루스벨트 딸을 만나게 해 달라고 졸랐다. 이보시오 나는 꼭 루스벨트 딸을 만나야 하오. 아니 이 몸으로 지금 누구를 만난다는 말이오? 하자 이승만은 그를 만나러 가다가 쓰러져 죽는 한이 있어도 이 기회를 놓칠 수 없소. 부탁하오. 하고 애원하자 선교사는 저렇게 사경을 헤매면서도 오직 조국만 생각하는 이승만이 딱하고 측은하게 생각되어 이승만의 청을 들어주었다. 알겠소. 하더니 혀를 끌끌 찼다. 그렇게 만남이 이루어졌다. 이승만은 그에게 조국의 지금 상황을 설명하며 도움을 요청하였으나 미국은 이미 일본 편에 서 있어 소용이 없었다. 소용이 있으리란 기대보다는 만에 하나라도 티끌이라도 잡고 일어서야 한다는 절박감으로 부탁을 했다. 그러나 이승만의 노력에도 불구하고 고종을 예방한 앨리스 루스벨트는 조선의 독립에 우호적인 판단을 할 것이라는 고종의 생각에 먹물을 끼얹었다. 그녀는 융숭한 대접만 받고 가버렸다는 소문에 이승만은 다시 시어도어 루스벨트를 만나기 위해 백방으로 노력했으나 끝내 이승만을 만나주지 않았다. 그도 그럴 것이 미국은 이미 일본 총리 가쓰라와 식민지 분할에 합의한 뒤였기에 이미 해는 기운 뒤였다. 그들의 가쓰라 태프트 밀약은 미국은 필리핀을 식민지배하고 일본은 대한제국을 식민지배하기로 상호 양해협정을 하고 4개월 후 1905년 11월 17일 일본이 대한제국에 을사늑약을 강요하고 체결할 때 미국이 눈을 감아주기로 한 극비리에 진행된 밀약인 일본 총리 가쓰라 다로와 미합중국 전쟁 부장관 윌리엄 하워드 태프트 사이에서 이루어진 가쓰라와 태프트 밀약의 진실을 알아낸 이승만은 이 몹쓸 미국이란 나라가 대한제국을 일본에 팔아넘겼다는 생각에 머리가 돌아버릴 것 같았다. 가쓰라는 필리핀에 어떤 침략도 관여도 않고 태프트는 대한제국 문제에 관여 안 한다는 땅따먹기를 가위바위보도 없이 통째로 삼키기로 약속을 했다는 것에 동의한 것은 미국이 대한제국을 일본에 팔아먹은 것이나 다를 바 없다는 것을 생각한 그다음부터 이승만은 미국에 대해 붉은 돋보기를 사 쓰고 바라보며 미국이 하는 한반도 정책에 모든 부분을 세밀하게 살피기 시작했다. 자신의 끊임없는 노력에도 밀사 활동 실패에 실망한 이승만은 이번에는 범람하는 거대한 황하강이 눈앞에 놓였다는 생각이 들었다. 저 광활한 황하강을 넘어야만 조국을 구할 수 있다. 일주일을 한 가지 일에만 골몰하다 자신이 묵고 있는 이 나라조차 일본과 한패를 먹고 조국을 갈라 먹으려 벌건 아가리를 벌리고 있다는 사실에 이승만은 깜깜한 먹물이 온몸을 감싸는 느낌이 들어 아무것도 떠오르지 않았다. 머릿속이 맥문동 열매같이 새까맣게 달렸다. 그렇게 며칠 밤을 지새우면서 내린 결론은 그렇다면 한발 물러서서 사태를 관망하자. 미국과 일본 사이를 어떤 비단 끈이 저렇게 곱게 묶었는지, 미국의 힘을 얻으려면 일본의 비단 끈보다 더 곱고 빛나는 끈을 미국에 내밀어야 한다. 일본의 비단 끈을 잘라내고 우리나라의 끈으로 다시 묶을 수 있는 방법을 찾아야 한다. 그렇게 일본보다 고운 끈을 구하기 위해서는 일단 미국의 움직임을 살피는 것이 중요하다. 움직임을 살필 가장 빠를 방법은 일단 미국에 남아 미국 최고의 학교에 가서 공부를 해야 한다. 미국과 일본 두 나라 비단 끈을 잘라내고 우리나라와 미국을 묶을 끈을 만들 공부를 하자고 생각을 굳힌다. 그러자면 잠자고 먹는 시간도 아껴야 한다. 숨 쉬는 시간조차 아껴야 한다. 이제부터 시작이다. 당장이 아니라 조금 시간을 가지고 힘을 비축하자. 그래서 일본으로 흐르고 있는 물을 우리나라로 물꼬를 틀 방법을 연구하고 배우자. 그때까지만 이 더럽고 비루하고 짐승 같은 아가리를 벌린 미국의 아가리에서 공부를 해야 한다. 호랑이를 잡으려면 호랑이 굴에 들어가야만 한다. 미국과 일본은 악어와 악어새처럼 악어는 악어새의 도움을 받아 입 청소를 하고 악어새는 악어의 찌꺼기를 먹으며 서로 친구처럼 살아가려는 속셈이지만 그렇지만 그들은 그것을 모를 것이다. 시간이 지나 수컷 악어가 나타났을 때 비켜주지 않으면 잡아먹히고 만다는 진리를. 내가 수컷 악어가 되어 모두를 위협할 수 있는 악어가 될 때까지 공부를 해 힘을 기르자, 그렇게 결심하였다. 이승만은 조지 워싱턴 대학교에 재학하면서 방학이 되면 선교사들을 후원하던 오션 그로브에 위치한 보이드 부인 집에서 기거하였다. 그것도 계획적이다. 거기에서 정보를 가장 많이 얻을 수 있기 때문에 그 집을 택했다. 그렇게 다짐을 키우던 때, 그리스도인 회보에서 A. B. 레오나드의 연설 기사를 읽고 신문을 발기발기 찢어서 공중에 날려 버렸다. 말도 안 되는 말을 어떻게 이렇게 버젓이 광고처럼 회보에 실을 수 있단 말인가? 그 회보에는 *일본이 한국을 영원히 통치할 것을 바란다*는 쥐가 고양이 잡아먹는 소리가 실려 있었던 것이다. 회보를 발기발기 찢어 공중에 날려버려도 화가 풀리지 않자 이승만은 냉수 한 대접을 다 마시고 조용히 눈을 감고 생각했다. 아! 나의 이 분노를 그들이 보지도 않는데 나 혼자 미친 짓을 했구나. 그래 방법을 찾아야지. 생각을 한겨울 주목에 매달린 붉은 열매처럼 동글동글 돌리면서 까만 분노를 깨끗이 씻어줄 방법을 생각했다. 곱고 바알갛게 익은 붉은 주목 열매 위에 흰눈이 사뿐하게 내려앉아 절경을 이루듯 곱고 바알갛게 익은 생각이 몽실몽실 피어났다. 그 생각은 레오나드에게 장문의 항의서를 보내야 한다는 생각이었다. 이승만은 항의서를 썼다. 당신들은 늘 강자 편에서만 글을 싣고 인터뷰를 하는 사람들이요? 진정한 진실과 정의는 모두 가리고 세계정세의 여론몰이 같은 사건들만 인터뷰하고 실어주는 언론이 어찌 언론이라고 말할 수 있단 말이요. 진정한 언론이란 강자의 편이 아닌 공명정대한 것이 진정한 언론이 아니오? 그런데 당신들은 햇빛이 비친 곳만 따라다니는 그들의 꼭두각시가 되어 춤을 추고 있지 않소. 당신들은 언론이 아닌 강대국들의 말만 들어주고 기사를 싣고 인터뷰를 하는 자존심도 없이 그들에게 빌붙어 먹고 사는 기생충이나 다름없는 사람들 아니오? 이 지구상에 미국이란 세계 최고의 진정한 언론이라면 세계 최고 언론답게 진실을 파악하고 정의로 불태우는 언론이 되란 말이오. 아무리 햇빛이 강해도 반나절이 지나면 달빛이 지구를 선점한다는 걸 당신들은 진정 모른다는 말이오. 지금 해가 영원히 빛을 발할 수 있다고 생각하면 그건 위대한 착각임을 모른다는 말이오. 머지않아 달이 떠서 이 깜깜한 밤을 비출 때 부끄럽지 않은 언론이 되란 말이오. 그것이 정의로운 언론이요 세계 최강국의 자존심이란 걸 잊지 말고 우리에게도 기회를 주시오. 그렇지 않는다면 당신들의 앞날에 하나님이 축복은커녕 저주를 줄지도 모로오. '수고하고 무거운 짐 진 자들아 다 내게로 오라. 내가 너희를 쉬게 하리니'(마태복음 11:28)라는 하나님의 복음도 모르면서 어찌 하나님을 믿는 국가라며 우리 조선까지 선교사를 파견한 것이 진정 부끄럽지도 않소. 어찌 말을 손바닥

뒤집듯 뒤집으면서 하나님을 속인단 말이오? 그 선교가 진정 하나님의 말씀을 전하는 것이라면 무거운 짐을 지고 일어나지 못해 끙끙 지푸라기라도 잡으려는 형제의 나라를 발로 걷어차서 쓰러지게 만드는 행세를 할 수 있다는 말이오? 당신들의 이율배반적인 처세를 하나님은 잘한다고 할까요? 저주를 내릴까요? 잘 판단하시오.
이승만의 항의서를 받은 언론사들은 부끄러운 생각이 들었는지 인터뷰 요청을 들어주었다. '에즈베리 파크'의 기자에게도 함께 글을 보내며 인터뷰를 요청하자 그들은 앞다투어 이승만에게 인터뷰를 해 주겠다고 했다. 이승만의 유창한 영어 실력이 다시 한번 빛을 발하는 순간이었다. 이승만은 인터뷰에서 우렁차고 당당하게 강력히 항변했다. 미국과 일본은 한패를 먹고 나라를 나눠 가지자는 천인공노할 밀약을 맺고 남의 나라를 제 나라 팔듯이 팔아먹고 있다. 아니라면 어디 아니라고 항의를 해 보라. 그리고 주위의 열강국들은 미국의 감정을 상하게 해서 상업상 권익이 방해될 것을 걱정해 동조하고 있다. 그러나 아시아 전체가 일본에 독점되어 가고 있다는 것을 귀가 없어 못 듣는가? 눈이 없어 못 보는가? 약소국에 대한 불의를 보고 자신의 나라에 이익이 있다고 해서 적당주의를 넘어서서 한패가 되어 나라의 국익을 챙긴다면 민주주의의 평화는 결코 영원하지 못하고 패망하리라. 그리고 하나님을 믿는 한 형제라고 조선에까지 와서 옥바라지해준 건 하나님을 가장한 위선이고 거짓이었단 말인가? 나는 미국 선교사들이 하는 말을 진심으로 믿고 형제라고 생각하고 미국까지 왔는데 겨우 형제의 나라를 이용해 자국의 이익을 위해 장사를 했단 말인가! 하나님을 팔아 진정 장사를 했단 말인가? 미국은 각성하고 진정한 형제애를 보여주길 간곡하게 주장하는 바이다. 조선인은 사람이라 미국 당신들의 행동에 힘이 없어 벌을 주지도 못하고 있지만, 천벌은 면하기 어려울 것이니 천벌을 두려워하길 바란다. 분명 하나님은 약한 자들에게 희망을 주는 믿음과 사랑과 소망을 설파했지 당신들처럼 약소국을 팔아 장사를 하라고 말씀하지는 않았다. 미국이 그토록 열강하고 믿는 성경 어디에도 일본과 짬짜미해서 조선을 팔아먹으란 말은 없으니 하나님이 계신다면 당신들에게 천벌을 내릴 것이란 걸 명심하길 바란다. 늘 모든 죄에 대한 벌은 하나님께서 심판하시나니 명심하길 바란다. 하고 말해 인터뷰를 허락한 기자가 황급히 수습하는 사태가 일어났으나 미국 대통령은 이승만의 이 말을 가볍게 넘기지 않고 무서움으로 바라보았다. 조국을 미국과 일본에 빼앗길 위험에 처하자 이승만은 더욱 공부와 미국 사회에 대한 관심을 가지고 노력하는 것도 미리 조사해서 알게 된 미국 대통령은 이승만을 무서운 청년이라고 예의 주시하고 있었다. 이승만은 잠을 반납하며 독립운동과 학교 공부를 한 결과 조지 워싱턴 대학교 콜롬비아 학부를 졸업하며 학사 학위를 받았다. 1907년 6월이었다. 그러나 숨을 돌릴 틈도 없이 이승만에게 네덜란드 헤이그에서 제2회 만국평화회의에 스물여섯 나라 대표가 참석해 열린다는 소식이 전해진다. 우리 대표단은 대표국으로 참석하길 간곡히 협조를 요청한다. 그리고 을사늑약은 대한제국 황제의 자주적인 입장에서 승낙한 것이 아닌 일본의 일방적인 협박으로 체결된 것이므로 무효화해 줄 것을 주장하고 회의에서 의제로 상정시키고자 대한제국 대표단은 다시 지혜를 불러 모은다. 고종은 황궁에 유폐 당한 상태여서 누구를 만나고 어떤 말을 했는지 일본 통감부가 감시하고 있었기에 이준으로 결성된 특사들은 모두 은밀하게 움직였다. 나라를 되찾기 위한 헤이그 특사들을 만나는 과정은 한 편의 비밀 첩보 영화 같았다. 이위종은 종열관으로 전 주, 러시아 공사관 참사관으로 을사늑약 이후에도 러시아에 버티고 있던 주, 러시아 대한제국 공사 이범진의 아들로 7개 국어를 구사했고 특히 러시아어 프랑스어 영어에 능통했으므로 통역관으로, 부사(副使) 이준은 전 평리원 검사며 법관 양성소 1회를 졸업한 조선의 검사이자 외교관 이준은 외교관으로 선택됐다. 의정부 참판이며 당시 용정에서 서전서숙이란 학교를 운영했는데 일제가 강제로 문을 닫게 하자 그는 27세에 성균관장 겸 박사를 지냈고 조선에서 처음 만국 공법을 공부한 국제 정치 국제법 전문가이기도 한 이상설을 보내기로 하고 이들을 보호할 보호자로서 고종황제가 믿고 신임하던 호머 헐버트를 일제의 특사로 위장시켜 연막작전을 펼치도록 먼저 출국해 특사 활동을 돕도록 했다. 헐버트는 일본을 거쳐 시베리아 횡단철도로 러시아를 거쳐 스위스에 도착했고 헤이그 특사들의 파견을 숨기기 위해 자신이 고종의 밀명을 받아 헤이그 평화회의에 참석하게 되었다고 하자 일본은 헐버트에게 신경을 곤두세우자 네덜란드 헤이그에 합세한다는 소식을 이승만에게 연락한 것이다. 만국평화회의에 특사를 파견한 것은 을사늑약은 강제성이며 무효임을 만천하에 알리기 위해서다. 조선의 특사들이 헤이그에 도착했을 때는 이미 제2차 만국평화회의가 개최 중이었고 일본의 집요한 방해 공작과 열강의 냉담한 반응으로 어렵게 되었다. 이승만은 다시 영국 미국 프랑스 독일의 대표위원을 만나 유창한 언어를 구사하며 지원을 호소했으나 모두 두부 자르듯 뭉턱 잘라버렸다. 이승만은 또 한 번 좌절감에 머리가 돌아버릴 것 같았다. 대한제국 통감이던 이토 히로부미는 헤이그에서 특사가 목격되었다는 전보를 받고 눈알을 가을 단풍처럼 붉게 물들이며 고종에게 따졌다. 고종은 이토 히로부미에게 우리의 권리를 우리가 찾는데 당신들이 무엇이길래 참견을 하느냐. 언제까지 우리나라를 마음대로 할 수 있다고 착각하지 마라! 어서 너희 나라로 모두 철수하는 것이 신상에 좋을 것이다. 쥐도 궁지에 몰리면 고양이를 문다는 속담을 **뼛속 깊이 새겨라!**고 대차게 나오자 이토 히로부미는 속으로 겁을 먹는다. 혹시 강대국들이 도와준 것인가? 그렇지 않고 어떻게 고종이 저렇게 큰소리를 치지? 생각한 히로부미는 헤이그로 전보를 쳐 조선의 특사들을 철저히 차단하라고 밀명을 내린다. 만국평화회의에서의 참가 요청은 전권위원으로서 자격이 있으나 히로부미의 밀명을 전해들은 일본 대표 고무라의 방해 공작으로 뜻을 이루지 못하고 만다. 러시아 대표 넬리도프는 을사늑약 체결이 국제적으로 승인돼 버린 상황에서 의제를 또다시 상정시킬 수 없으므로 대한제국의 대표는 참석이 불가하다면서 거절한다. 거절 의사를 건네받은 조선은 온통 비통에 젖다 못해 먹구름으로 가득하다. 조선 땅은 초목까지 울었다. 이승만은 주먹으로 벽을 마구 친다. 불한당 같은 놈들! 어서 힘을 길러야지. 정의가 불의의 말날에 맞아 패배하고 불의가 만세를 부르며 뽐내고 거드름을 피우는데 언제까지 울고불고 목 놓아 부르짖을 수가 없다. 이승만은 생각한다. 불의가 승리했는가? 승리했다. 그럼 불의가 승리하면 정의가 되는가? 불의가 승리한다고 정의가 되는 건 아니다. 불의는 죽어도 불의니까. 그럼 정의가 승리했는가? 실패했다. 그럼 정의가 실패했다고 불의가 되는가? 정의가 실패했다고 불의가 되는 건 아니다. 정의는 죽어도 정의이니까. 그렇다면 불의의 승리가 승리인가? 아니다. 그렇다면 정의가 실패했다고 정의가 아닌가? 아니다 실패를 해도 정의는 정의다. 인류의 역사는 늘 없는 길을 만들어 그 길을 통해서 발전되어 왔다. 소금 장수의 길에서부터 비단길이라 일컬어지는 실크로드 소크라테스의 철학의 길 사과가 떨어지는 길 벌레가 기어간 길 황금 길과 석유 길 그리고 정치의 길. 때에 따라 천당행 길과 지옥행 길 일본처럼 남의 나라를 탐내는 야만 길 예수처럼 사랑의 길 부처처럼 깨달음의 길 수직의 길 수평의 길 입신양명(立身

揚名)의 길 고행(苦行)의 길 득도(得道)의 길 산티아고 길 바이칼 호수의 자작나무 숲길 동네 둘레길 지름길 에움길 수많은 갈래길로 발전했으니 이제 나는 힘을 길러 세계 모든 나라가 다 잘사는 평화의 길을 만들 것이다. 닫힌 세계를 열어 세계로 통하는 길 그 길을 만들어야겠다.

구름을 타고 간 계절

_12_

　너도 행복하고 나도 행복한 길을 개척해야겠다. 예수님의 나라는 바벨탑 같은 성을 쌓지 않는다. 누구든 예수님의 나라로 들어오라며 길을 연다. 하나님 나라의 길을 안내하며 예수님 말씀을 전하는 것이 바로 전도요 선교이고 하나님 나라의 길을 닦는 것이며 하나님 나라의 길을 안내하는 것이며 부처님 말씀을 전하는 것이 바로 포덕이며 포교이다. 움켜쥐려는 길은 쇠하고, 나누는 길은 흥한다. 옳은 길을 닦는 자는 흥하고 나쁜 길을 내는 자는 망한다. 모두를 위해 좋은 길을 닦는 자는 승리할 것이고 욕심을 위해 길을 막고 성을 쌓는 자는 망할 것이다. 이것이 인류의 길이고 본보기가 되는 성인들의 말씀이요 경전이고 고전인 것이다. 여기까지 생각한 이승만은 가슴을 쥐어짜며 빨간 지혜나무 열매 한 알을 물도 없이 꿀꺽 삼킨다. 뜻을 굽히지 않고 길을 가다 보면 반드시 정의가 승리할 길이 생길 것이다. 하느님, 을사늑약은 무효입니다. 조선의 대표단은 각 대표국의 신문에다 일본의 야만적 침략 행위를 규탄하고 폭로하며 대표들의 눈물겨운 노력에도 불구하고 길을 열지 못해 자신들이 서 있는 곳이 부끄럽고 화가 치밀어 올라 치욕감이 온몸을 침범하더니 기어이 울화병을 앓다가 그곳에서 목숨을 던져 분사하는 열사들이 보이지 않습니까? 이 상황을 하느님 보고 계십니까? 정의의 길이 승리할 수 있게 도와주십시오. 그 길이 예수님을 통해서든 부처님을 통해서든 좋습니다. 조선이 독립할 수 있는 길을 사방으로 내주십시오. 이승만은 술 한 방울도 마시지 않고 술 취한 술병처럼 비틀거렸다. 고래도 없는 방에서 고래고래 소릴 지르며 불도 들어오지 않는 얼음장 같은 방고래 등에 올라앉아 꺼이꺼이 눈물로 바다를 만든다. 일본 정부가 조국의 황제를 문책합니다. 더욱 부끄러운 건 나라를 훔쳐 팔아먹은 대역적 매국노들과 내통하며 내각회의를 소집한다는 것입니다. 남의 나라에 조국을 팔아먹는 갈팡질팡 곰팡, 똥인지 된장인지도 모르고 허둥거리는 꼬락서니는 장작으로 개 패듯이 패서 불에 태워 석탄보다 더 검은 진폐증 속으로 던져버려야 합니다. 가죽보다 질긴 심줄을 가진 일본은 드디어 황태자의 섭정을 진언하고, 황제는 일제가 불에 달군 철판 위에 올려놓고 위압적 태도를 가하는 바람에 끝까지 버티지 못하고 굴복하며 풀풀 타오르던 불꽃은 낮 하늘에 빛 한 줌 없는 저주의 낙인을 찍었습니다. 일본의 뜻대로 조서를 하달하고 황태자의 섭정을 공식적으로 발표했습니다. 간교한 일본은 고삐를 더 조이고 목에 가시로 여기던 황제를 몰아내고 모든 권력의 정점에서 제멋대로 휘젓고 있습니다. 황제의 심신 위로 밤이면 달빛이 몰래몰래 왕의 침실로 내려와 이불이 되어주고, 낮이면 햇살이 내려와 옷이 되어주지만, 갈증을 해소할 시원한 물 한 모금도 마실 수 없는 뜨거운 일본의 입김만으로 목숨을 연명합니다. 궁내로 몰려다니는 황사 바람은 황제의 숨에서 뿜어져 나오는 한숨입니다. 황제 눈물은 가시처럼 목구멍에 걸려 내려가지 않고 싸울 기회도 없이 패배한 한이 서리서리 하얗게 쌓입니다. 드르륵드르륵 맷돌에 갈아버리고 싶은 일본을 왜 하나님은 보고만 있습니까? 이승만은 하느님께 기도하며 울음을 밖으로 흘러보내고도 시원한 구석이 없어 일본의 만행과 악행을 모두 발라내어 이불을 만들어 둘둘 말아 자신과 함께 불 속으로 뛰어들어 태워버리고 싶다. 할 수만 있다면 한 몸으로 백성들을 살릴 수만 있다면. 황당하고 위급함에 입술이 바싹바싹 말라 들어간다. 일제의 그 흉측한 입김에 자신의 혼을 빼앗겨 투명한 유리벽에 갇힌다. 아무것도 할 수 없는 무능력과 비정함에 몸서리치고 있는 나날들. 잘 익어가고 있는 조선 장독대 된장 항아리를 호시탐탐 노리던 구더기가 꾸물거린다. 얼룩소 턱밑에 진드기가 붙어 소의 살을 파먹는다. 쌀가마니 속에 바구미가 쌀의 살을 파먹으며 까망까망 바글거린다. 조선 땅에 일본이 독충으로 기어들어와 조선의 살을 야금야금 파먹는다. 이 독충들을 모두 퇴치할 방도를 찾으며 거대한 꿈을 만들어가고 있지만 언제나 가능할 것인지 암담하다. 조국에서는 일본의 행패에 폭발한 민심은 태풍의 눈으로 회오리치며 대지를 뒤덮는다. 분노한 군중은 곳곳에서 일본인을 목격 즉시 댕그랑댕그랑 목을 잘라버리고 싶은 분노가 조선 전체를 덮고 있다. 폭압의 바람에 맞서서 밤으로 낮으로 골목으로 냇가로 가시덤불로 발바닥에 티눈알이 딱딱하게 굳도록 뛰어다니며 활활 타올라 군중들은 마음을 쇠스랑처럼 벼린다. 가슴속에 처박혀 빈둥거리는 고역을 모두 쇠스랑으로 찍어낸다. 군중들은 벌떼같이 들고 일어나 외친다. 벌떼들의 몽둥이에 걸리면 모두 두들겨 맞아 죽는다. 세상에 남의 나라에 침범해 자유를 박탈해 버리고는 제 명대로 살아갈 수 없음을 행동으로 옮기기 위해 몰려다닌다. 한입에 와그작꿀떡 와그작꿀떡 씹어 삼켜버려도 시원찮을 일제의 행패에 환장환장환장한 조선 백성들. 일본놈들을 땅속에 매장매장매장을 해도 시원찮을 증오의 눈알과 증오의 주먹과 증오의 심장으로 피투성이가 되도록 격정적으로 싸워 반드시 지킬 것이란 결기에 기대를 걸어본다. 이승만은 나는 조국의 기둥이 되고 햇불이 되어 어둠을 비추며 죽음에 항거할 것이다. 싸움이란 결국 냉정한 판단을 하는 사람이 이기게 되어 있다. 나의 분노와 증오는 일본에 결핍함과 간을 보여주는 창이 될 뿐이다. 상대에게 우리나라의 간이 얼마나 큰지 작은지 보여주면 일본에 우리의 약점을 간파하게 할 뿐이지 일본과 싸워 이길 수 있는 무기가 되는 것은 아니다. 철저하게 냉정함을 유지해서 일본이 우리를 더 이상 얕잡아보고 우리의 깊이를 알지 못하게 하는 성숙함을 보여주어야만 이길 수 있다. 분노와 증오로 맞서면 일본이 원하는 대로 움직이는 꼴이 되고 만다. 분노와 증오는 쓰레기통에 넣어야 한다. 우리나라가 일본이 던진 쓰레기를 받지 않으면 그 쓰레기는 일본의 것이 되지만 그 쓰레기에 분노하고 증오하면 비싼 힘을 낭비할 뿐이다. 그건 사치스러운 감정일 뿐이다. 분노하고 증오해봐야 아무 의미도 도움도 없고 허공의 메아리가 되어 사라질 뿐이다. 내 소중한 시간과 에너지를 그렇게 헛되이 낭비하며 허공의 메아리가 되어 사라지게 하는 것은 철저하게 어리석은 짓일 뿐 나라를 찾는 데 아무런 도움이 되지 않는다. 우리나라는 대인배고 일본은 소인배다. 남의 나라를 짓밟는 소인배들에게 주눅 들 필요가 없다. 일본 소인배에 분노하고 증오하면 똑같은 수준이 될 뿐이다. 우리는 배외민족 단군의 자손이다. 진정한 강자는 싸우지 않고 이기며 속을 보이지 않는다. 분노와 증오는 순간의 무모함으로 시작해 후회만 가져올 뿐이다. 그 순간을 잘 참고 대응할 방법을 찾는 것이 나라를 찾는 지름길이 되는 것이다. 그러니 화를 눈처럼 펄펄 뿌리지 말고 철저하게 무시하며 방법을 찾자. 아무리 신선한 재료도 시간이 지나면 변하게 되어 있다. 철저하게 속으로 숙성시키고 변해서 그들이 우리나라를 먹으려는 입속에 독이 퍼져 그 나라가 스스로 드러눕게 만드는 것이 진정한 승리일 것이다. 세월은 늘 출렁이며 흐른다. 흐르는 세월에 출렁이며 흐르는 세월에 매달릴 것이 아니라 한번 흘러간 물은 되돌아오지 않듯이 지금 고통의 시간도 곧 흘러가 버리고 맑은 샘물이 솟아날 것을 생각하고 샘을 파야 한다. 수많은 세포도 수많은 실패와 숙련 끝에 완벽한 비책을 만들어 내듯 내 한 몸도 단련하고 숙련해 일본을 이길 재료가 되고 동족의 먹이가 되고 살이 되고 피가 될 각오를 적는다. 강대국들의 평가와 힘에 평가에 매달리지 말자. 아무리 좋은 사람도 호부(好否)가 갈린다. 일본을 보는 강대국들 눈도 호불호가 갈릴 것이다. 그들의 힘이 언제까지 우리나라를 지배하기만 하도록 하늘이 그들의 편에만 있지는 않을 것이다. 행운을 모조리 싸리 빗자루로 쓸어다 우리나라에 뿌려야지. 행운을 쓸어내면 저들에겐 불운만 남겠지. 힘 있는 나라들의 평가에 좌우지되면 우리나라 본연의 삶을 잃고 결국 진정한 본연의 나라를 잃게 된다. 그들을 무시할 비법을 개발해서 만백성들의 사다리가 되어 숨을 쉬게 하고 귀를 열게 하고 희망을 보게 하고 해방의 참맛을 보게 하고 자유로운 숲에서 자유를 마음껏 누리게 할 것이다. 일제가 조선 백성 발밑에 무릎을 꿇고 이마를 땅바닥까지 조아리며 용서를 구걸하게 할 것이다. 이 용감한 고통의 이름으로 반드시 자유를 쟁취할 것이다. 강인하고 굽힐 줄 모르는 투지로 추위도 배고픔도 모두 물리칠 것이다. 정의로움의 싱싱한 깃발을 펄럭이며 유혈 투쟁을 한 이름으로 영원히 살아남을 애국지사들은 매국노 이쌍놈의 으리으리한 위선과 거짓이 살고 있는 저택을 와작와작 태워 저주의 검은 연기로 날려버리고 산발을 한 시커먼 연기는 허공에 유언장 하나를 펜 흘림체로 휘갈긴다. 국민의 분노 불길이 치솟자 일본은 더욱 악랄한 한일 신협약을 맺는다. 일본 통감이 내정을 간섭하고 일만 명 남짓한 병력이지만 방위 능력도 없는 이름뿐인 대한제국의 군대를 해산시킨다. 이에 더욱 분노한 군중은 곳곳에서 일본인을 목격 즉시 죽이자고 외친다. 파릇파릇 돋아나는 싹들에 모두 절망 약을 살포하는 일본. 이승만은 이 정도로는 조국을 건지기 어렵다는 판단에 워싱턴 대학교를 졸업한 해인 1907년 9월에 하버드 대학교 석사과정에 입학하였다. 이승만은 노력에 노력을 거듭하고 뜻을 구천 궁보다 더 높게 이상은 역발산기개세보다 크게 세우고 밤낮으로 공부를 한 결과로 한 치의 오차도 없이 오직 조국의 독립을 이루고 말 것이란 다짐을 책상 위에 적는다. 그리고 자신의 머리맡에는 베토벤의 글 한 구절을 붙여놓고 매일 읽는다. '무한한 정신과 유한한 육체를 가진 인간은 숙명적으로 슬픔과 환희를 겪기 위해 태어났어요. 슬픔을 이겨내고 환희에 도달한 사람만이 위대한 인간으로 칭송받을 수 있습니다.' 현실은 참담할 정도로 절망적이고 희망이 없다지만 반드시 그 어둠을 걷어내고 빛을 비추리라는 비장한 각오로 그 어렵고 까다롭기 끝이 없다고 모두 겁을 집어먹는 조지워싱턴대학에서 학사 학위를 수여 받고도 나라의 독립에 어떤 도움도 되지 않자 독립을 하기 위한 지식이 부족하다는 생각이 들었다. 이승만의 머릿속엔 오직 독립이란 생각만 바닷물처럼 출렁인다. 오로지 독립이라는 글자에 한 번 건 시동은 꺼질 줄 모르고 속도를 질주한다. 우주의 물이 다 마르고 우주가 늙어 죽거나 다 닳아 없어지더라도 결코 꿈을 포기할 수는 없다. 더 정진하고 정진해서 반드시 내 목표를 향해 가야 한다. 내 목표가 가는 길에 어떤 장애물이 앞을 가로막아도 장애물을 꿋꿋하게 치워가면서 앞으로 앞으로 조금의 흔들림도 없이 앞만 보고 달릴 것이다. 조국의 독립을 위해 떠나는 길에는 수많은 맹수가 우글거린다. 길을 떠나는 순간부터 맹수들과의 싸움은 시작된다. 그 맹수들이 보이면 잡기라도 하지 내 안의 어둠 속에 숨어서 나를 조정하는 맹수들과 마주하며 싸워야만 한다. 스스로 걸어왔던 수많은 발자국을 뒤돌아보며 앞으로 나아갈 길에 수북하게 웃자란 풀들을 낫으로 베어내며 바람에 흔들릴 때마다 뼛속까지 녹아들어 결심을 소멸하려는 맹수 앞에 고요한 침묵의 다리를 건너 기도라는 횃불을 켜 들고 한 걸음 한 걸음 나아가야 하는 생에는 시작도 끝도 아닌 거미줄처럼 가느다란 희망을 겹겹이 꼬아 호랑이를 잡아야만 하는 순간들이다. 끝도 없는 영원의 틈새로 자꾸만 좌절의 바람은 불어오고 삶은 그저 앞으로만 달리고, 죽을 것 같은 고비마다 길 위에 놓인 단 한 방울의 희망을 부여잡으며 이승만은 자신에게 다짐 주사를 놓는다. 이 짧은 생 나라를 위해 살지 않으면 무슨 의미가 있단 말인가? 끝나지 않은 이 길에 시원한 대답은 어디에도 없지만, 처음부터 질문이 없었으니 답도 없음을 깨닫고 일심으로 기도하고 또 뛰어야 한다. 생의 길 위에서 만난 고통과 슬픔은 숙명이다. 슬픔의 무게가 무거울수록 힘은 더 세게 작동해 슬픔을 밀어 올릴 것이고 그 언덕 너머 어딘가에 끝없는 희망 꽃이 피어있을 것을 알아야 내가 존재하는 나이거나 허물어지는 나이거나 새로워지는 나이거나 비로소 이 세상에 살아있음을 확인하는 길일 것이다. 그 길이 곧 나이고 이 세상에 태어난 이유일 것이다. 그 빛을 따라 걷다 보면 그 끝 어디엔가 나라를 구할 비책을 숨겨 놓고 나에게 보물찾기를 하듯 미로찾기 놀이를 시키는 것이다. 그러니 그저 묻지도 따지지도 말고 힘들고 고통스럽다고 호소하지도 말고 앞으로 앞으로 조국이라는 보물을 찾기 위해 걸어가야 하리라. 가다가 지치면 어머니의 다듬이질 소리에서 흘러나오는 정겨운 리듬을 생각하며 우리 전통 속에 흐르는 노래를 부르며 한 가닥 바람처럼 세월을 타고 외발로 굴러가는 굴렁쇠를 생각하며 독립이란 바퀴를 굴리며 한국의 희망과 자부심이 되어 전 세계로 달릴 길을 내야지. 그 소리가 자자손손 이어가며 조선의 혼을 멈추지 않고 굴리게 해야지. 어둠이 깊을수록 밝음이 가까워지는 것이다. 어둠 속에서 빛을 발하는 별빛처럼 지금 어둠 속에서 빛을 발하는 사람이 되어 조국의 상처를 치유하는 빛이 되어야지. 철통같은 의지로 나라를 찾아야지. 저 하늘에 달도 자신의 몸을 헐어 밤마다 자신을 다 닳게 하지 않는가? 절망 같은 건 저 나뭇가지 꼭대기에 휘날리도록 걸어놓고 기필코 가야 한다는 야심 찬 결심을 하고 드디어 하버드대학(Harvard University)에서 석사학위라는 역에 도달한다. 조국을 빼앗긴 사람들의 분노는 그칠 줄 모르고 여기저기서 터져 나온다. 저 분노를 하루빨리 삭힐 방책을 찾아야 한다. 시가 급하다. 주어진 시간은 하루 24시간밖에 없다. 하나님은 왜 내게 하루 단 1시간이라도 더 주지 않는지? 원망해도 소용없다. 원망할 시간조차도 아껴야만 한다는 생각에 밤잠을 줄이고 오직 분노를 등불로 켜고 공부를 한 결과 이듬해인 1908년에 수료했다. 그런데 '1908년 3월 23일 시계탑에서 암살사건이 벌어졌다. 장인환 의사가 스티븐슨을 저격한 사건이다. 스티븐슨은 일본의 외교관으로 일했다. 그는 일본의 통치가 조선인들에게 얼마나 행복한 일인지 아느냐? 일본의 통치 덕분에 조선인에게 행복이 무엇인지 알게 해준 것이다. 선전하며 한인들에게 분노를 자아내게 하고 있었다. *황인종이 백인 외교관을 쐈다!*라는 소리가 어디선가 크게 들렸고 *감히 황인종 놈들이 백인을 쏘다니!* 하는 소리가 여기저기서 들렸다. 한국인을 그렇게까지 멸시하고 천대하더니 기어이 말의 대가로 목숨을 대신하는 극적인 사건이 벌어진 것이다. 그것도 황인종이 백인 외교관을 쏘았으니 삽시간에 500여 명이 넘는 인파가 구름처럼 몰려들었다. 이 사건은 재미동포(在美同胞)를 결집시키는 계기가 되었다. 일제 침탈에 항거한 독립투사 장인환과 전명운 두 열사를 위한 대대적인 모급 활동을 펼친다. 그리고 재판 준비에 착수해야 하지만 이승만이 아니면 아무도 할 사람이 없자 이승만을 찾아 도움을 청한다. 하지만 이승만은 샌프란시스코에 와서 형편을 살피고 통역하기를 거절했다. *나는 예수교인 신분으로 살인사건 재판의 통역을 원하지 않는다.* 당시 국내외 조선인들에게 열기를 불어놓고 더욱 화나게 한 사건이지만 이승만의 생각은 달랐다. 미국인들의 여론을 살펴야 하는데 쥐를 잡으려다 항아리를 깨버린 결과다. 두 명의 한국인이 루스벨트 대통령의 친구인 스티븐스를 사살하였다. 이 살해 사건은 일본의 선전기관들이 한국 사람들을 흉도이고 최악의 악당이라고 묘사하는 데 대대적으로 이용되었다. 지금 가장 필요한 건 나라를 되찾는 것이다. 이승만은 이 사건에 대해 미국의 여론을 악화시킬 뿐 조국의 독립을 자꾸만 멀어지게 하는 것 같아 불안했다. 안중근 의사 사건이 벌어졌을 때도 그는 미국 여론의 악화를 걱정했다. 안중근이 일본의 거물 정치가 이토 히로부미를 사살하였다. 그렇게 되자 미국 신문에 한국인들은 살인마이며 무지몽매하다는 기사들이 가득 실리곤 하였다. 미국 학생들은 한국인인 이승만과는 물론 한국인과 이야기하는 것조차 두려워했고 교수조차 이승만을 무서워해서 만나주지 않았다. 이들은 일본 제국주의를 향해 장렬하게 싸웠다지만 이승만은 기존 독립운동가들의 저런 행동은 세계 여론뿐 아니라 미국에도 점점 더 나쁜 감정만 가지게 해 우리 힘으로 어려워 미국의 힘을 빌려 독립하려는 일에 악영향만 끼칠 뿐이라는 생각을 했다. 우리나라 사람이지만 방법이 너무 하수라는 생각이 들었다. 어떤 전쟁에서 이기려면 하수를 써서는 이겨도 이긴 것이 아님을 우리 조선 독립운동가들이 모르는 것 같아 참으로 답답했다. 저렇게 겉으로 모든 것을 노출해 속을 보여 버리면 점점 일만 어려워질 뿐이다. 조용히 겉으로는 태풍 전야처럼 고요하면서 힘을 길러 지혜롭게 싸우지 않고 이기는 법을 선택해야 이기고 나서도 당당한 것인데 답답하고 한심하다는 생각이 들었다. 현재 독립운동가들의 행동에 이승만은 황당했지만 그렇다고 손 놓고 있을 수도 없는 노릇이었다. 생각은 한심하고 답답하지만, 그래도 일단 내 조국 동포가 저지른 일이니 이 일을 진정시키는 것이 우선이라 마음먹고 선교사들을 찾아다닌다. 이리저리 뛰어다니며 아무리 설득을 해보아도 설득은커녕 오히려 눈초리만 더 차갑게 만들 뿐이었다. 안중근의 이토 히로부미 저격 사건과 전명운 장인환의 더럼 W. 스티븐스 암살 사건이 일어나자 미국 사회가 친일적일 때라 이승만에게 냉대의 눈빛이 가는 곳마다 차가웠고 교실에도 가득했다. 그뿐 아니라 미국인 교수들까지도 이승만을 홀대하며 더 이상 학업을 이어가기 어려울 정도여서 버티고 또 버티었지만, 학업을 계속하기 어려웠다. '전명운 장인환은 대한제국의 외교 고문으로 활동하던 조선인이라'며 대서특필했다. 조선인을 악마화시키고 거리에서도 피해 다닐 정도가 되었다. 조선인은 자칫하면 사람을 암살하는 살인자라며 미국에서는 매의 눈으로 조선을 바라보았다. 일본은 자신들이 한 짓은 나라를 통째로 빼앗아도 괜찮고 사람 하나 죽인 것이 무어 그리 대단하다고 미국과 편을 짜고 신랄하게 비난하고 다녔다. 이승만은 그냥 있을 수 없어 법정에 서기로 했다. 이 사태를 수습하기 위해 미국 법정에서 이승만은 남의 민족에 먼저 총부리를 겨누고 나라를 통째 침범하는 파렴치에 우리 민족은 그 총부리를 맞아 죽어도 괜찮고 일본과 한패가 되어 자국의 이익을 꾀하면서 조선 사람을 말로 죽이고 짓밟는데 짓밟혀 죽어야 한단 말입니까? 짓밟혀 죽지 않으려고 미국사람을 방어하다 죽인 건 죄가 됩니까?

우리 속담에 지렁이도 밟으면 꿈틀한다는 말이 있습니다. 하다못해 나무도 나무꾼이 톱을 들이대면 우는데 어찌 사람이 방어도 해서 안 된다고 저렇게 야유를 퍼붓습니까? 죽지 않으려는 목숨에 대한 정당방위를 인정해 주시길 바랍니다. 당당하게 말했다. 미국 법정이 술렁거렸다. 말이야 맞지만 일본에 주권도 빼앗긴 조그만 나라에서 무얼 믿고 저렇게 당당하게 나오냐며 꼬부랑말로 술렁거렸지만, 이승만은 그 꼬부랑말을 다 알아듣고 일어서서 관중을 향해 여보시오 당신들은 역지사지(易地思之)란 말도 모르오? 당신들은 누가 죽이려고 덤벼들어도 아무 대항도 하지 말고 가만히 맞고만 있어야만 한다고 생각하오? 황인종이나 백인종이나 다 같은 존엄성을 가진 사람들인데 피부색이 다르다고 그렇게 함부로 인권을 무시해도 된다고 생각하오? 당신들이 황인종을 무시하면 우리는 백인종을 무시할 것이오. 하나님은 모든 생명을 똑같이 여기지 당신들처럼 편을 가르지 않는데 하나님을 믿으라고 조선까지 와서 선교 활동을 하는 미국이란 나라의 실체가 이거란 말이오! 가슴에 손을 얹고 하나님께 한 번 고개를 들 수 있나 생각해 보길 바라오! 아무리 강한 폭우도 그칠 날이 있다는 걸 잊지 마시길 바라오! 당신들 백인이나 우리 황인종은 모두 똑같은 하나님의 아들이란 걸 잊지 말길 바라오! 입으로만 하나님을 찾고 행동은 전혀 하나님 말씀에 어긋나는 일만 한다면 하나님도 반드시 당신들께 죄를 물을 것이니 명심하고 정신 똑바로 차리란 말이오! 술렁이던 관중석이 밤중처럼 고요했다. 이승만은 관중석 사이를 지나오면서 일부러 어깨를 몇 단 올리고 고개를 빳빳하게 들고 나왔다. 모두의 시선이 그를 향할 뿐 그렇게 멋대로 말하고 술렁이던 사람들은 다 어디로 가고 텅 빈 것 같은 생각이 들 정도로 조용했다. 이승만은 잘못은 했지만, 애국심에서 한 일이니 미국 여론에 앞서 애국지사들을 구해놓고 봐야 한다고 마음을 돌렸다. 다행스럽게도 미주의 한인들은 조국에 대한 의식이 깨어 사건이 일어나자 전명운과 장인환을 변호하기 위해 십시일반 이들의 재판을 도와주었다. 이승만은 법정 통역에서 이렇게 떳떳하게 말하고도 화가 덜 풀려 나의 독립운동 전략은 미국에 의한 외교독립론이었는데 정작 미국인이 한국인에게 암살되었으니 난처한 처지였지만 그렇다고 하더라도 그건 조국의 독립을 위해 일하는 방법이 달랐을 뿐이고 또 자신처럼 미국에서 체계적인 공부를 하지 않았기에 그 방법이 옳다고 여겼기에 안타깝지만, 그들을 이해해 주는 방법밖에 없다고 생각했다. 이승만은 미주 한인들에게 모금한 전명운과 장인환의 변호비용 3,000달러를 주면서 미국 변호사 당신들의 선임비가 6,000달러라는 것은 익히 안다. 하지만 우리 민족이 애국심으로 모은 푼돈이 이만큼 모아졌으니 이건 당신들의 6천 달러에 비교하면 우리에겐 6만 달러나 마찬가지이니 돈을 더 요구하면서 변호를 거부하는 건 미국답지 못한 행동이다. 변호란 강한 자가 약한 자를 위한 일 아닌가? 미국이란 나라는 변호란 직업보다 돈을 우선시하는 나라는 아니라고 생각한다. 그러니 우리 민족을 잘 변호해 주길 바란다.라고 하자 미국 변호사는 아무 말도 못 하고 변호해 주었다. 이 말을 들은 한인 동포들은 자존심이 상해 미주 본토, 하와이, 멕시코, 국내, 연해주, 만주, 중국 등지에서 기금을 마련해 7,390달러를 모았고 미주 한인들은 이승만에게 가져갔다. 이승만은 한인들의 눈물 어린 정성에 아직 희망이 있음을 보고 울컥, 목이 복받쳤으나 아직은 울 때가 아니다. 울음을 접어 목 안으로 집어넣고 생각한다. 그래 우리 민족은 아직 희망이 있어. 이 거대한 미국을 어떤 방법으로든 우리 편으로 돌려놓을 궁리를 해서 우리의 우방을 만드는 것만이 힘없는 우리 대한제국이 다시 살아갈 수 있는 희망이야. 꽃을 피우자 마음의 꽃을 피우자. 무궁화를 삼천리 방방곡곡에 심어 무궁무궁 꽃피고 새우는 나라로 꽃피우자. 진달래가 피고 복숭아가 피고 목련이 피어나 아름다움에 슬품을 느낄 수 있는 여유를 반드시 후손들에게 물려 주자. 이 한 몸 아끼지 말자. 이승만은 고목 아래로 간다. 고목이 온몸을 흔들며 이승만을 반긴다. 새들이 종알종알 말을 걸어온다. 새들에게 두 손을 모은다. 새들아 초목아 냇물아 누구라도 우리 대한제국을 다시 일어서서 꽃피울 수 있게 힘을 보태줘. 먼 후일 자자손손 후손들이 너희를 위해 시를 짓고 글을 쓰며 세계를 활보하며 평화롭게 살 수 있는 터전을 지켜 주길 부탁한다. 미국이 일본과 한패를 먹었지만 나는 자연인 너희와 손잡을 것이다. 자연, 너희들이 나에게 기를 북돋아 주리라 믿는다. 세상 사람들은 생긴 것이 다르듯이 생각도 다 달라 자신의 안위만 생각하는 사람도 있고 남을 위해 희생하는 사람도 있으니 그걸 탓할 수야 없지만, 조국을 위한 일에 모두 몸을 사린다면 남의 나라에 주권을 내어주고 조국이 무엇인지도 모르고 남의 나라 노예밖에 되지 못함을 알지 못하니 더욱 한심한 노릇이다. 그래서 슬프다. 자연, 너희들이 내게 힘을 줘. 내 이 몸도 자연 너의 기운으로 태어나 살고 있으니 너의 기운을 우리 조국의 독립을 위해 도와줘. 나도 사람이지만 나는 사람을 믿을 수가 없다. 그렇지만 자연, 너는 나를 낳은 어머니잖아. 그러니 어머니의 힘이 필요해. 도와줘. 조국의 독립을 위해 온 세계로 날아다니며 기를 공중에 뿌려줘. 훗날 조국을 찾으면 반드시 자연 은혜 잊지 않을게. 너희가 도와줘서 나라를 구하고 내가 죽으면 반드시 우리 후손에게 너희들 덕분에 이 나라를 구했다고 너희들을 푸르고 아름답게 살 수 있는 환경을 만들어 주라고 부탁이 아닌 유언으로 남기고 너희 곁으로 돌아갈게. 꼭 우리나라가 독립되도록 도와줘. 간절하게 부탁하자 초목이 알았다며 온몸을 흔든다. 새들도 폴폴짹짹 폴폴짹짹 나무와 나무 사이를 날아다니며 알았다고 답례를 한다. 이승만은 누구에게 한 말보다 더 후련하고 믿음이 가고 자연이 도와줄 거란 확신 한 가마니를 얻어 낑낑 지고 집으로 돌아온다. 아주 오랜만에 식물성 잠을 푹 잔다. 이승만의 부탁을 듣고 조국의 이익이 되게 할 수 있는 사람도 샌프란시스코에 와서 형편을 알아보고는 예수교인의 신분으로 살인 재판의 통역을 하고 싶지 않다고 거절하는 사람이 더 많았다. 다섯 명이 왔다가는 되돌아갔다. 이승만은 어떤 방법으로라도 조국의 이익을 위해서는 해야 한다는 생각이 들었다. 그리고 자연이 도와줄 거란 확신을 새들이 물고 오고 있다는 환청마저 들렸다. 이승만은 감정적으로 사람을 죽이는 것은 오히려 서구 국가를 적으로 돌리게 되어 그들이 일본과 더더욱 밀착해 일본을 돕는 꼴이 되며 독립에 도움은커녕 해악이 되지만 운동을 하다 보면 어찌할 수 없는 예외의 상황도 일어나는 법이라고 합리적인 생각을 했기에 재판은 무사히 끝났지만, 결과는 장담할 수가 없었다. 조국을 위해 생각을 바꾸고 통역을 했는데도 공립협회를 주도하던 북인들은 이승만의 말에 반기를 들며 배척하기 시작했다. 어찌 되었건 미국의 외교관 더럼 스티븐슨의 시신은 기독교식으로 장례를 치른 후 안치되었다가 워싱턴 D.C. 공동묘지에 안장되었다. 시어도어 루스벨트 대통령은 조화(弔花)를 보냈다. 일본 정부는 메이지 천황의 조화와 조문 사절단을 워싱턴에 파견하였으며 훈1등의 훈장을 추서했다. 이승만은 생각했다. 저 조화(弔花)의 의미가 무엇인가? 저 조화가 죽은 사람이 향기를 맡을 수 있게 코를 벌름거리게 하지도 못할 것이고 꽃이 예쁘다고 눈을 뜰 것도 아니며 산 사람의 눈에 잠시 보였다가 시들어버릴 일인데 아니 살아있는 사람조차도 상갓집에 꽃을 좋아하지 않고 다만 그 꽃이 달고 있는 이름에만 눈길을 보내며 죽은 자의 위치를 가늠하는 척도가 될 뿐 시신과 함께 합장도 못 하는 꽃을 보낸다는 게 사치라는 생각을 한다. 더럼 스티븐슨의 유족에게는 위로금 및 조의금을 지급하였다. 시체 팔이 같다는 생각이 든다. 죽은 후에 주는 조의금은 살아있는 사람에게 주는 것이지 망자에겐 단 1원도 주는 것이 아니다. 인간들은 왜 이리 어리석은 짓을 하고 있는 것인지 모르겠다는 생각을 하다가 머리를 좌우로 흔든다. 두 나라가 손잡고 조국을 삼키려는 야심에 대한 나쁜 감정이 극에 달해 이승만은 그들이 하는 짓거리들이 하다못해 손가락이 다섯 개인 것도 기형으로 보일 정도로 곱게 보이지 않았다. 이 사건이 일어나고 하와이 한인합성협회와 안창호의 공립협회는 서로 통합하기로 하고 국민회라는 이름으로 다시 태어나는 계기가 되었다. 그런저런 회오리가 미국과 일본을 강타하고 쓰나미가 밀려간 후 수습하기에 바빴던 시간이 지나가고, 정작 자신에 관한 학위는 늦어지는 줄도 모르고 지내다가 1910년 2월에 가서야 하버드 대학교에서 석사(Master of Arts) 학위를 받았다.

구름을 타고 간 계절

13

　냉대와 박해와 홀대로 새끼를 꼬아 만든 참혹하고 황홀한 박사 학위였다. 비웃음과 멸시와 슬픔을 밥으로 먹으며 견딘 탕아의 강인함이었다. 조약돌에 하얗게 핀 물살의 얼룩처럼 어떤 거센 풍파에 얼룩져 피투성이가 되더라도 이겨내야만 하는 인내를 마음 상자에 질문지로 넣고 뚜껑을 덮고 눕는다. 누워서 잠을 청했지만, 몸은 천근만근 무거운데 잠은 어디로 가고 질문지의 궁금증을 못 참아 마음 상자 뚜껑을 다시 연다. '이승만, 너는 깜깜해 아무것도 보이지 않아 칠흑 같은 바다에 파도가 맹수의 이빨을 하고 사납게 휘몰아치는 등대 하나 없는 망망대해에서, 밑을 보면 아찔한 낭떠러지고 위를 보면 까마득한 절벽이라 올라가지도 내려가지도 못할 진퇴양난(進退兩難)에서 조국의 독립을 위한 길을 찾을 수 있나? 모래로 새끼를 꼬아낼 수 있는 지혜를 발휘할 수 있나? 개 꼬리처럼 물음표를 던지며 질문지가 마음속에서 꼬리를 살랑이고 모래는 바닷물에 몸을 굴리며 답을 구하라' 요구하고 있다. 그래 아무리 막다른 골목이라도 길은 있을 것이고 모래로 새끼를 꼬아내는 방법을 분명 하늘은 어딘가에 숨겨 두었을 것이다. 원인 없는 결과는 없다. 그래 그 길을 찾아내야만 조국의 독립을 이룰 수 있고 후손들이 내 조국에서 미래를 향해 맘껏 달릴 수 있다. 길을 찾도록 의식을 단련시켜야만 한다. 마음에 총과 칼을 차고 기세 당당한 장군이 되어 팽창하는 주파수를 찾아 달려야 한다. 낯선 주파수를 쓰르락쓰르락 맞추어 이 지구상에 있는 알 수 없는 무한 가능성 시간의 사건을 미리 만드는 지혜를 얻어야 한다. 알렉산더 대왕은 348㎢, 히틀러는 219만㎢, 나폴레옹은 115만㎢, 칭기즈칸은 이 모두를 합친 682만㎢보다 더 많은 40여 개국, 7백여 민족의 땅 777만㎢를 정복했다. 알렉산더 대왕도 히틀러도 나폴레옹도 칭기즈칸도 모두 나와 똑같이 눈 두 개 귀 두 개 콧구멍 두 개 입 하나 손가락 열 개 발가락 열 개를 가진 사람들이다. 그런데 나는 왜 그들과 똑같은 외모를 가지고 저렇게 많은 영토를 넓히기는커녕 내 나라 하나도 못 지키고 이렇게 절절매고 있는 바보 천치란 말인가? 그래 한 폭의 명화도 한두 번의 붓질로 완성되지 않는다. 수천수만 번의 붓질이 스칠 때마다 미세하게 터치되어 쌓이고 조화를 이루고 그렇게 수천 점을 그려 망치고 또 망친 후에 하나의 위대한 작품이 탄생한다. 지금 세상 끝에 서 있다고 힘들다는 탓을 하는 이 시간에도 강물은 흘러가고 바람도 흘러가고 나도 달이 닳듯 닳아 가고 있다. 이 한 몸 그냥 다 닳아 없어지게 할 수는 없다. 독립된 한 문장을 위해서도 목적어와 주어를 일치시켜야 하고 또 일치시 키기 위해서는 내가 나를 믿고 할 수 있다는 용기를 가져야 하고 내가 나에게 잘할 수 있다고 응원을 하며 토닥여 주어야 하고 내 가 쓴 문장 모든 글은 내가 책임을 져야 한다는 각오와 용기로 수 많은 독서와 습작을 해야만 가능하다. 온전히 독립된 문장 하나도 많은 외로움과 고독과 싸우면서 나를 견뎌낼 때 독립 문장이 되고 그 문장이 잘 다듬어지면 내가 나를 포옹하며 행복해하는 것인데 하물며 강적에 맞서 나라의 독립에야 얼마나 많은 목적어와 주어 를 썼다 지웠다 해야 할 것인지 생각해 봐야 한다. 석사 학위를 받 은 날 저녁 달빛을 바라보며 간절하게 손을 모으는 이승만. 밝은 빛을 우리 모국의 독립에 비추어 주소서. 세상에서 가장 멋진 주 어와 목적어를 잘 직조해 낼 수 있는 능력을 주소서. 지금은 비정 상 기온이고 비정상 기후이고 비정상 시대입니다. 어서 정상 기온 과 정상 기후와 정상 시대를 만들어 주소서. 내 조국을 지키겠다 는 이 간절함을 외면하고 미국과 일본을 돕는다면 아무리 하나밖 에 없는 달이라지만 달이 아니고 안달이라고 부를 것입니다. 나라 의 독립을 위한 비방을 주어 안달복달하는 이 마음에 빛을 내려주 소서. 마음에서 안달을 걷어가게 하시고 빛을 발하는 딸에게 안달 이라고 부르는 무례함을 범하지 않고 복달이라고 부를 수 있게 복을 주소서. 간절한 기도를 올리느라 밤이 새는 줄도 모르다가 새벽에 잠이 들자 달빛이 살며시 그를 덮어 주었다. 그동안 누적된 피로로 나무 밑 바위에 앉은 채로 잠이 든 것이다. 그렇게 잠을 바쳐 기도를 올렸건만 이튿날 이승만은 분노할 소식을 듣는다. 1908년 3월 21일 미국인 호킹 딜러와 일본인들이 한패가 되어 샌프란시스코에 와서 헛소리를 퍼뜨리며 한 마디로 일본예찬을 한다는 것이다. 일본이 대한제국 내정에 간섭한 이래로 백성들의 살림살이가 더 안정되고 윤택해졌다고 무슨 청부업자 같은 목소릴 떠벌리고 다닌다. 보통 백성들은 일본의 보호 정책을 반가워하고 감사히 생각하며 일본의 식민지화 정책을 고무 찬양한다. 이런 전봇대로 이빨을 쑤시는 헛소리에 격노가 부글부글 끓어오르고 분노가 하늘에 닿은 교민들은 거칠게 반항한다. 일제의 찬양 발언을 취소하고 사과하라, 대한제국을 모독한 미국인과 일본인을 처단하라. 울분을 참지 못한 교민들의 손에 스티븐스는 제 명을 다 살지 못하고 고꾸라졌다는 소식이다. 스티븐스가 죽은 것은 두 애국지사의 목숨 건 애국이었다면 미국인 호킹 딜러와 일본인을 죽인 것은 교민들의 애국이었다. 그리고도 분이 풀리지 않은 교민들은 거리로 나와 웅성거렸다. 남의 나라를 함부로 모독하고 짓밟는 저 인간을 어떻게 해야 할까? 두말하면 잔소리지. 지금 나라가 침몰될 위기인데 저 언청이 같은 말을 듣고 보고만 있을 수 없지 않나? 자 그럼 우리가 그 언청이가 내뱉는 거짓말 달인의 입을 꿰매주어야겠지.

엄지와 검지로 입술을 쭈욱 훑어 나가면서 지퍼 닫는 시늉을 하며 그래 거짓으로 혹세무민하는 일이 어떤 것인가를 알게 해 주어야지. 누구든 우리 조국을 함부로 거짓 선동하는 움직임이 보이면 즉각 뾰족한 바늘로 온몸을 찔러 소나무에 매달 것이다. 평생 소나무에 매달려 하늘을 깁는 벌을 받게 할 것이다. 어디 교회 선교사 중에 호킹 딜러와 일본인이 망발을 하고 다니는 사람이 있다는 소문이 있는데 그 두 인간의 동선을 확인할 계획을 세우자. 그 동선 확인은 내가 알아봄세. 그래 그건 어렵지 않게 아는 방법이 있어. 그래 알아보고 다시 연락 주게. 그날 오후 그들은 다시 만나 일을 추진한다. 그래 알아냈는가? 내일 마침 기차를 타고 어디로 간다는 정보를 입수했으니 역에서 기다리다가 입을 꿰매주세. 그래, 내일의 승리를 자축하며 짠! 짠! 짠! 애국시민 손지식과 조국애가 의기투합하고 다음 날 입수한 정보대로 기차역에서 내리는 호킹 딜러와 일본인을 기다린다. 그 알량한 주둥이를 가진 호킹 딜러와 일본인을 향해 손지식과 조국애는 어둠을 닦아내며 자신들의 손에서 놀고 있는 탄알을 장전한다. 어제처럼 변함없이 새벽이 뚜벅뚜벅 군화를 신고 걸어온다. 하지만 오늘 새벽은 안개가 자욱자욱 곁눈질을 한다. 호킹 딜러와 일본인 입을 총구로 틀어막을 준비를 한다. 울컥울컥 울화를 토하는 탄환을 달래고 달래며 총의 몸속으로 밀어 넣는다. 낚싯바늘처럼 물음표를 만들며 미끼도 없이 총의 몸속으로 들어간다. 어둠 속으로 찢어진 달그림자가 바람을 타고 펄럭인다. 하나둘 셋, 어둠 속 달그림자가 나무 밑까지 걸어 나올 때 숨을 잘 펴서 고른다. 방아쇠를 당길 손가락에 격려를 건넨다. 어깨에 힘을 빼라! 다독다독다독. 이런! 책을 많이 읽으란 말이 아니다. 정조준하라는 위로다. 탕! 탕! 탕! 방아쇠가 총알의 엉덩이를 밀어내자 총알은 한 마디의 반항도 없이 머리로 날아가 박힌다. 임무를 끝낸 탄환이 그의 머릿속에 있다가 흘러나온 핏덩이에게 조용히 말한다. 머릿속에서 시퍼렇게 펄럭이며 우리 조선을 삼키려는 죄를 모두 긁어모아 주먹을 불끈 쥐고 처단했다. 거짓선전을 떠벌리고 다닌 죄, 거짓말은 또 다른 폭력으로 자라나는 걸 모르는 죄, 당신의 머릿속에서 날뛰고 있는 죄를 꺼내 단벌을 내리는 심판을 했을 뿐이다. 탕! 탕! 탕! 이건 죄를 처단하는 법정의 망치 소리다. 법정엔 정의의 망치는 없고 솜방망이만 있으니 정의의 망치로 너희 죄에 벌을 내렸을 뿐이다. 저승으로 가거든 제발 정의를 위해 살아라. 비겁하게 살지 말고. 총은 주인의 명령을 충실히 수행해 준다. 충실한 신하 총알 덕분에 더러운 주둥이는 간단히 꿰맨다. 대한제국이 당신을 죽이지 않았다. 다만 그 거짓 망발을 뿌리고 다니는 그 입술을 꿰맸을 뿐이다. 그러게 왜? 거짓 입술을 놀리고 다녔나? 가만히 계셨으면 중간쯤은 되어서 당신의 입술이 꿰매지는 일은 없었을 것을. 원망하지 말고 좋은 곳으로 가거라. 너희의 죄는 우리가 벌했으니 천당으로 갈 것이니 우리에게 고마워하거라. 허벌허벌허벌 허벌나게 허벅허벅하던 호킹 딜러와 일본인 입술은 그렇게 벌겋게 익은 죄를 쏟아내고 잠긴다. 국내 신문들은 손지식과 조국애 두 사람의 저격 행위를 대서특필하고 애국지사로 이름 지으며 항일 정신을 고취시킨다. 한 치 앞도 보이지 않는 안개 자욱한 나날이다. 이승만은 자세한 이야기를 듣고 붓뚜껑을 열어 시 한 수를 짓는다. 이승만에게 시는 조국을 찾을 힘이고 자신을 키우는 자양분이었다.

□

저 조그만 네모 하나에 모든 목숨들이 다 빨려 들어간다

먹다·굶다가 한통속으로 들어가거나 나간다
밥 먹고 욕먹고 일도 시켜 먹는다
녹을 먹고 나라를 말아먹는다
먹는 것 입 꾹 다물면 굶는 것도 끝난다
때론 한주먹거리도 안 되는 굴레를 쓰고 사람을 가두어 囚人이 되게도 하는 □
하루의 끝이 꾸역꾸역 모여 잠을 볼모로 잡고 있는 □

조금 먹은 놈은 도둑이라 하고 많이 먹은 놈 영웅이라 하는 저 □

끝내 삼킨 것 다 뱉어내고 저 조그만 속 □로 들어가 꽝꽝 못질
당하는

살도 뼈도 수식어도 없는 막대기 네 개
저것 안에 4주가 들어 있고 4방이 들어있고
온갖 사연 다 들어있어 죽음까지도 4망이라 한다면
저 □는 모든 비밀 다 틀어쥐고 있는 것 아닌가

우리 모두 저 네모 안에 들어가기 위해
오늘도 꽃도 새도 나비도
끊임없이 태어나 날고 있다

이승만은 다음 어떤 일을 해야 할지 생각할 시간도 없이 1908년 7월 10~15일 열리는 콜로라도주 덴버 감리교회 애국동지대표자회의(愛國同志代表者會議)에 대표로 참석한다. 어떤 행사든지 조국에 도움이 된다면 잠을 버리고라도 참석해야 한다는 생각에 그는 지친 몸을 이끌고 참석했다. 이승만은 애국동지대표자회의에서 *정치가들이 정치를 하는 것이 아니라 자신의 이익을 찾기 위해 혈안이 되어 있다. 미국과 일본이 어깨동무하고 우리나라를 삼키려 해도 우리나라는 지구에서 사라지지 않음을 명심하길 바란다. 정치인들은 하늘을 보고 부끄럽지도 않은가? 모름지기 정치인이란 약자*

를 돕고 전 지구촌의 평화를 위해 노력해야 하거늘 자신의 배 채우기에 혈안이 되어서야 어찌 이 지구촌이 평화롭고 살기 좋은 천국이 되도록 하나님께서 도와주겠는가! 형제자매들이여 우리 조국은 지금 너무나 큰 고통 속에 신음하고 있다. 형제자매들이 함께 우리를 도와준다면 저 정치인들의 검은 야욕도 물리칠 수 있으리라 생각한다. 형제자매들이여 우리에게 조금만 힘을 보태주길 간곡히 부탁한다. 이 간절한 연설은 각지로 퍼져 나갔지만 그래도 힘은 여전히 부족했다. 늘 강자는 강자의 편을 든다는 말이 미국이 일본 편에 섰다는 걸 알고부터 더욱 명확해졌다. 우리 조선이 살아남으려면 우리 스스로 힘을 키워 강자가 되어야 한다. 그렇다면 미국을 움직이는 인맥을 쌓아두는 것이 가장 중요하다. 내 몸으로 인맥을 쌓아서 반드시 일본 편에 있는 미국을 우리 편으로 돌아서게 하고 말리라. 이를 부드득 갈고 다음 일을 실행하기 위해 일어선다. 정신을 말끔하게 빗질하고 프린스턴 대학교 박사과정에서 함께 공부하던 친구들을 찾아가야겠다는 생각에 벌떡 일어선다. 나라가 고기 그물에 걸려 악몽 같은 시간을 파닥거리고 있다. 하지만 이 상황을 이승만은 자신이라도 헤쳐나가야 한다는 생각으로 명문대학에서 만났던 지인들을 찾아 나선다. 이승만은 박사과정을 밟을 때 생각이 비디오처럼 돌아간다. 정치를 공부하는 과에 들어가야 정치인을 만날 수 있다는 생각에 박사과정은 정치학과 국제법을 전공하기로 생각하고 과를 정했을 때였다. 하늘은 스스로 노력하는 자에게 복을 주는지 지도교수로 우드로 윌슨 총장(나중에 제28대 대통령)을 만났었다. 이승만의 눈에는 한눈에도 지도교수가 평범한 사람이 아니란 걸 알 수 있었다. 이승만은 절호의 기회로 생각하며 그를 존경하며 가까이 다가섰었다. 그의 노력이 가상했는지 지도교수인데도 자신의 가족과도 친밀한 관계를 유지하도록 특별한 감정으로 이승만을 대해주었다. 이승만은 프린스턴 대학교에서 미국이 잘 살 수밖에 없는 많은 점을 공부했지만, 박사과정에서도 이루 말할 수 없는 많은 공부를 하게 되었다. 공부하면서 대한인국민회에도 가입해서 나라를 위한 강의를 했었던 것은 미국의 대학교에서 지도교수인 우드로 윌슨 총장의 말에 많은 영향을 받았었던 덕분이다. 정치 제도 자체가 잘 살 수밖에 없도록 하는 데 놀라 '영세 중립론'이란 논문을 써서 박사학위를 받게 되기까지 누구도 후원해 주는 사람도 없었고 학비를 대주는 사람도 없어 몸이 열 개라도 모자랐다. 그러나 오히려 그렇게 바쁘게 뛰어다니느라 가난이란 말 자체도 생각할 시간이 주어지지 않았다. 막노동 일을 하고 식당에 가서 접시를 닦고 남들이 모두 꺼리는 곳으로 가서 아르바이트를 해서 학비를 벌었다. 그건 아르바이트라기보다 조국을 찾기 위해 하는 견습이라고 생각하니 이승만은 힘이 났다. 늘 피곤함에 지쳐 살았지만 꿈이 있는 한 힘들다는 생각을 해서는 안 된다고 그날도 빵과 우유로 끼니를 때우고 학교에 간 어느 날 지도교수가 불렀다. 이승만은 가슴이 두근거렸다. 일본과 손잡고 신성한 학교에서조차 부당한 퇴학을 주려고 하지나 않을까? 가슴을 졸이며 지도 교수실에 들어가자 지도교수는 의자에서 일어나더니 테이블 위로 와 앉았다. 심각한 표정이었다. 이승만은 가슴이 두근거리는 걸 간신히 가라앉히고 조용히 지도교수를 따라 앉았다. 지도교수는 제법 우유처럼 부드러운 음성이다. 자네 고생이 이만저만이 아니라며? 우리 과 학생이 자네가 어떻게 사는지를 내게 소상하게 알려 주었네. 지금 자네 나라도 그렇고 여기 생활도 녹록지는 않을 거야. 그래도 잘 견디게. 자네처럼 뛰어난 천재가 있는 한 자네의 조국은 반드시 다시 일어설 거야. 내 장담하지. 그리고 내 학교에 요청해서 장학금과 박사학위 출간 비용(그 당시 박사 논문 제본비용 80달러)을 내가 도와주겠네. 자네가 잘 쓰는 말, 이다음에 자네 나라가 잘 살면 갚는 거로 하고. 그러나 이승만은 바로 자리를 차고 일어서며 호의는 고맙지만, 필요 없습니다. 제힘으로 하겠습니다. 이다음에 조국을 위해 도움을 요청할 때 그때나 도와주십시오. 하고 일어서 나가자 지도교수는 흐뭇한 미소를 지으며 조선에 저런 인재가 있다니! 조선은 앞으로 희망이 있는걸. 대견하고 기특해. 저 나이에 저런 패기와 조국의 독립을 위해 이리 뛰고 저리 뛰는 저 용기를 가진 자가 내 제자라니. 내 지금까지 본 어느 사람보다 대단한 인물이야. 미국에 남게 해서 미국을 부강하게 만드는 데 기용(起用)해도 좋을 인물이야. 그렇지만 애국심이 저리 강하니 미국에 머물 사람은 아니고 어쨌거나 대단해. 하고 중얼거리며 의

자에 다시 철퍼덕 앉았다. 이승만은 큰소리는 쳤지만, 지도교수가 어떤 조건으로 장학금을 준다고 할지 알 수 없는 상황이라 미리 거절한 것이었다. 그때 생각을 하니 지금도 은근히 그때 잘했다는 자부심 같은 것이 가슴속에 차오른다. 그러나 지도교수 말대로 미국에서 독립운동을 하면서 공부를 하고 아르바이트를 겸한다는 것이 그리 녹록지 않았었다. 그렇지만 조국을 생각하며 아무리 힘들어도 참고 노력했다. 그렇게 노력해서 감옥에서 집필한 '독립신문'을 책으로 냈다. 로스앤젤레스에서 첫 출판 본을 낼 때 감옥에서의 생활이 그립다는 생각이 들었다. 이런저런 이유로 미처 돈을 준비하지 못해 2년 후인 1912년에 논문이 출간되었다. 이승만은 다른 학교인 프린스턴 신학교에서도 강의를 들을 정도로 열성이었다. 그리고 조국을 위한 일을 할 때 영문도 필요하단 생각으로 이름을 쓸 때 성보다 이름을 앞에 써 승만 리라고도 썼다. 그 당시 박사가 귀한 시절이었지만 그는 당당하게 박사였다. 조선에서는 박사란 없던 시대였다. 이승만은 박사를 따기 위해서가 아니라 나라가 박사학위를 가진 나라가 되기 위한 첫걸음이라 생각하고 아무리 힘들고 어려워도 버텼다. 양파껍질처럼 겹겹이 비밀을 숨기고 남의 나라를 넘보는 저 심보는 무엇일까? 둥근 것이라고 모두 구르는 것은 아니다. 달도 해도 둥글지만, 그들은 하늘이란 곳에 뿌리를 내리고 온 지구에 골고루 빛을 뿌려주지 땅으로 굴러떨어지지는 않는다. 양파처럼 뿌리 잎 다 잘라버리고 코를 톡 쏘는 매운맛으로 이웃 나라를 기만한다고 절대로 영원하지는 못할 것이다. 너의 일본은 양파의 나라라 눈물이 많을 것이다. 반드시 겹겹의 저 사악한 생각을 벗기는 날이 오리라. 이승만은 어디를 봐도 시원한 구석이 없어 눈물이 자꾸만 앞을 가려 어릴 적 엄마가 양파를 깔 때 쪼그리고 앉아 눈이 매워 울던 생각이 나서 일본을 양파에 비교해 생각해 본다. 그리고 무엇이라도 해야 한다는 생각에 독립운동가들을 모두 모아놓고 애국심을 강의하면서 주제를 우리나라 태극기에 대해서 설명해준다. 모두 애국지사들이라 이승만의 눈 속으로 빨려 들어갈 듯 조용히 듣고 있다. 태극기는 오행의 상생을 뜻하는 다섯 가지 색깔로 되어 있습니다. 흰색 빨강 파랑 검정 노랑은 오행의 원리를 나타냅니다. 흰색은 평화와 순수 백의민족의 혼으로 만들었으며 태극 문양 중심에 물결무늬 빨간색과 파란색은 빨간색은 태양인 양, 파란색은 달인 음을 나타내며 두 가지의 조화는 우주의 만물과 모든 존재가 서로 조화롭게 균형을 이룸을 상징하고 또 지금은 사라진 청인종과 홍인종의 넋을 추모하는 인간 존중 사상의 뜻을 넣어 만든 것입니다. 각 모서리에 위치한 괘, 즉 건곤감리(乾坤坎離)는 하늘 땅 물 불의 의미를 말합니다. 건은 하늘 힘 창조를 그리고 계절은 겨울을 나타내고 방향은 북쪽을 상징하고, 곤은 땅 수용과 배려와 성장과 두터운 덕을 상징하고 계절은 여름을 나타내며 방향은 서쪽을 상징합니다. 감은 물 지혜와 삶의 기운을 상징이고 계절은 가을이며 방향은 동쪽을 상징하고,

리는 불 밝음과 열정을 의미하고 계절은 봄 방향은 남쪽을 상징합니다. 태극기에는 음양의 조화와 우주의 원리와 평화 조화 창조적 에너지 밝음 지혜 등 우리나라 전통적 가치와 철학을 담고 있습니다. 이건 제가 어디선가 읽은 듯한 생각이 스치지만, 어디에서 읽었는지 기억이 안 나는데 (천상에서 세종대왕으로 있을 때 읽은 책이란 건 까맣게 잊는다) 어찌하든 어디선가 읽은 기억에는 원래 상제님께서 인간을 만들 때 청(목)파랗게 만들었다 너무 차가워 보여서 다음엔 불에 다시 구워 빨갛게 구워 홍(화)인종이 되었다고 합니다. 그러나 그것도 마땅치 않아 다시 장작불을 피워 너무 구워서 흑(수)인종이 되자 다음엔 조금 덜 구웠더니 백(금)인종이 되었답니다. 그래서 불의 온도를 신경 써서 맞추었더니 적당히 노릇노릇 구워진 인종이 황(토)인종이 되었답니다. 청색(목), 붉은색(화), 노란색(토), 하얀색(금), 검은색(수) 상화(심포 삼초)는 금빛이 번쩍번쩍하는 색이고, 이 모든 색을 합하면 투명한 색이 됩니다. 상화라는 것은 생명력을 뜻하며 몸의 오행 기운을 순환시키고 열 임파 신경 수분 등 생리작용에 기운을 순환시키는 역할을 한다고 합니다. 오행의 순환이 제대로 되지 않으면 병이 들고 시간적 공간적 열의 불균형이 발생한다고 합니다. 상화는 화에 해당하는 성질을 가지고 있기에 화의 상극인 금과 수리를 과도하게 섭취하면 해로운 현상의 원인이 되기에 삼포 삼초에 문제가 생기면 곡식이나 음식으로 중재하며 휴식을 취하고 운동을 해 기의 순환을 원활하게 하는 것이

좋다고 합니다. 하늘에서 만든 청인종은 지중해 연안과 아프리카의 이집트 쪽에서 살다 수만 년 전에 종의 기원마저 사라졌다고 하고 청인종은 백인보다 훨씬 크고 돌칼, 돌창 같은 유물만 지중해 연안에 있다고 합니다. 그들은 머리가 작고 몸집이 큰 백인들에 의해 사라지고 말았다고 합니다. 그들은 백인이 아니면 미개하게 생각하고 잔인하게 무고한 자들을 괴롭히고 죽이는 것을 아무렇지도 않게 생각했다고 합니다. 빨간 사람 즉 홍인종은 남미에 살았는데 스페인, 포르투갈 정복자들인 백인의 금기가 강해 오랜 세월을 거쳐 지구상에서 사라졌다고 합니다. 황인종은 수만 년 전 인류 태초부터 있어 흙(土)에서 쇠(金)가 생겨서 황인의 문명이 백인에게로 전해진 것이랍니다. 오늘의 태극기는 1882년 5월 22일 제물포에서 '조미수호통상조약' 조인식이 있을 때 미국 측 전권대사는 해군 제독 로버트 슈펠트(Robert Shufeldt, 1822~1895)였고 조선 대표는 신헌과 김홍집이었는데, 당시 청나라 특사인 마건충은 조선은 청의 속국이니 청나라 황룡기와 닮은 청운 홍룡기를 게양해야 한다는 개뼈다귀 같은 말을 하자 슈펠트는 이것이 조선을 독립국으로 인정하려는 정책에 어긋난다며 조선의 국기를 제정해서 사용하는 게 좋겠다고 머리카락을 자르듯 단숨에 싹둑 잘라버렸고 김홍집은 그의 말에 얼굴에 매화처럼 고운 미소를 피워올리며 역관 이응준(1832~?)에게 국기를 그리라고 지시했다고 합니다. 이응준은 미 군함 스와타라(Swatara) 함선에서 태극기를 그렸으며 태극기는 5월 22일 제물포에서 열린 조미수호통상조약 조인식에 게양됐다고 합니다. 태극기는 로버트 슈펠트의 도움으로 조선이 독립국으로 다시 태어나게 했으며 조선이 중국의 속국이 아닌 독립국가임을 선포하는 독립선언문과 같은 상징이 되었습니다. 그러니 태극기는 그냥 태극기가 아니라 우리 국가의 독립을 떠올리게 하는 징표입니다, 여러분. 이승만의 강연이 끝나자 모두 일어나 기립 손뼉을 치며 대한민국 만세! 대한민국 만세! 대한민국 만세!를 외쳤다. 그렇게 나라의 독립을 위해 미국에서 뛰어다니는 이승만은 이제 고국으로 돌아가 사태를 살펴야 함을 깨닫고 귀국을 결심한다. 중국 상해 불란서 조계지에서 열린 임시정부 수립 대표 회의에서 참석자들은 국호를 '대한민국', 관제를 총리제로 택한 뒤 국무총리 인선에 착수해 이승만을 국무총리로 뽑자고 제안하였다. 무장 독립운동을 벌여온 인사들은 여기에 반대 의사를 피력하고 나섰다. 특히 독립운동단체인 '농제사'에서는 이승만은 위임통치를 제창하던 자이기 때문에 국무총리로 신임키 불능하다며 이승만은 이 쌍놈보다 더 큰 역적이다. 이쌍놈은 있는 나라를 팔아먹었지만, 이승만은 아직 나라를 찾기도 전에 팔아먹은 놈이라고 강하게 비난하였다. 그러나 그건 그들의 검은 속이 따로 있어서 하는 말이었다. 이승만의 활동을 탐탁지 않게 생각하고 이제는 자신들이 나라의 대표가 되고 싶다는 야심들이 서로의 가슴에 불타오르고 있었다. 야심이 불타는 만큼 강하게 이승만을 공격하기 시작했다. 이승만은 미국이란 나라에서 선진국에서 선진 문화를 배우고 선진 정치를 배웠지만, 그들은 정치에는 아무런 조예가 없고 독립운동만 해온 자들이어서 답답했다. 이승만은 더 이상 그들에게 휘둘러서는 안 되겠다는 생각이 들었다. 그때부터 의도적으로 우편엽서와 홍보물도 만들고 직함에도 대통령이라고 썼다. 당시 임시정부에는 대통령이란 직함이 없었다. 임시정부 요원들은 격분했고 안창호가 사태 해결을 위한 편지를 보낸다. 이승만 각하 임시정부는 국무총리 제도이고 어느 정부에나 대통령 직명이 없으므로 각하는 대통령이 아닙니다. 헌법을 개정하지 않고 대통령 행사를 하시면 헌법 위반이며 신조를 배반하는 것이니 대통령 행사를 하지 마시오. 이승만은 이 편지를 받고 진정 조국을 위한 길이 어떤 길인지 판단이 서지 않아 서성이다가 자신의 박사학위 지도교수였던 우드로 윌슨 총장을 찾아간다. 이승만의 이야기를 다 들은 우드로 윌슨은 자네 진정으로 조국을 위한다면 이대로 이리저리 들풀처럼 흔들리면 나라는 오합지졸이 되고 만다는 생각은 안 하는가? 대통령에 욕심을 내라는 이야기가 아니라 자네처럼 이 강국인 미국의 선진 문명을 공부해서 세상을 통찰하는 힘을 가진 자가 누가 있는가? 일본과 맞서 싸우려던 그 열정은 어디 가고 편지 한 통에 이리 들풀처럼 흔들린단 말인가? 어느 나라에도 굴복하지 않으려면 강대국인 미국의 인맥을 이용해야 하는데 자네 말고 조선에 누가 미국의 정세와 문화를 알 것이며 누가 자네만큼 인맥을 가진 사람이 있다면 당장이라도 그를 도와 조국을 구하라고 하겠지만 지금 자네 나라는 자네 같은 인재가 뒤로 물러서면 영원히 일본에 먹히고 마네. 그러니 자네라도 미국의 총알받이가 되어 조국을 구해야겠다는 단단한 결심을 하고 미국 하와이에서 대통령 취임 축하 행사를 하고 대통령이란 직함을 밀어붙이게. 자네가 대통령 명의로 각국에 국서를 보냈으니 지금 대통령 명칭을 변경하면 자네 나라는 우스운 꼴을 보이고 마는 일이 될 것이네. 만일 자네의 조국이 아직도 조선 시대에서 못 벗어나고 그 하찮은 나라의 명칭 하나로 자네끼리 떠들어서 행동이 일치하지 못한 소문이 세상에 전파되면 독립운동에 큰 방해가 있을 것이며 당신들은 어쩌면 영원히 일본의 간섭을 받아야 할지도 모른다는 것을 명심하게. 내가 어떻게 될지 모르나 나도 정계에 꿈이 있으니 그때 내가 대통령이 된다면 자네 나라를 도와준다면 나의 제자인 당신 이승만을 위해 도와주는 것이지 내가 조선에 무슨 희망을 보고 그 먼 나라를 도와주겠는가?

구름을 타고 간 계절

14

　자네가 만일 대통령이 된다면 내가 도와주겠네. 이유는 단 하나 미국이 자네 나라를 도와주는 이유는 나의 제자이기에 가능하다는 걸 잊지 말고 마음 굳게 먹고 박사 시절 그 당찬 기개와 혈기로 해나가게. 어려움이 많은 걸 아네. 내 무시하는 건 아니지만 자네의 조국 조선은 모두 너무 무식해. 한글이 있어도 한글을 못 쓰고 못 읽는 문맹률이 90%가 넘으니 자네가 얼마나 힘들 거란 걸 몰라서 하는 말은 아닐세. 일본 선교사가 하던 말이 나는 아직도 귀에 쟁쟁거려 잊을 수가 없네. '조선이란 나라는 글도 모르는데 무식하고 애국심도 없어 툭, 건드리기만 해도 일본으로 넘어오는 비렁뱅이들이라 조선 같은 나라는 사탕 몇 개 주며 살살 부추기면 거의 다 넘어올 자들'이라고 해서 나도 그렇게 믿었던 적이 있었지. 아! 조선 국민성이 나라를 위하는 마음은 없고 그저 동물처럼 자기 밥그릇만 챙기는 후진국 중의 후진국이라서 늘 지배를 당하고 또 당하는 민족이구나 그렇게 생각했었지. 그러나 그 생각을 바뀌게 한 건 자네를 만나면서지. 정말 조선 사람이 맞나 의심을 했지. 그래서 자네와 함께 박사과정을 밟던 로버트 프로스트에게 자네가 어떤 사람이냐고 물었더니 자네가 살아가는 모든 걸 다 이야기해 주었네. 그래서 내 생각을 바꿨지. 조선 사람이라고 모두 그런 건 아니구나 생각하고 자네를 지켜보았네. 그리고 자네를 보면서 일본이 하는 말을 다시 생각했지. 일본이 조선을 저렇게 보다가는 자네 같은 사람에게 언젠가는 당하겠다는 생각을 했지. 그러니 자네 조국 조선이 사는 길은 자네가 대통령이 되는 길이야. 그래야 미국인 우리나라의 인맥을 이용해 자네 나라가 도움을 받을 수 있음을 명심하길 바라네. 내 스승으로서 제자에게 해줄 말은 여기까지네 판단은 자네에게 있네. 잘 가게. 숨도 쉬지 않고 일필휘지로 말을 갈겨놓고 우드로 윌슨은 뒤도 안 돌아보고 뚜벅뚜벅 걸어 나간다. 이승만은 그런 스승이 참으로 고맙다는 생각이 들었다. 제자의 나라를 걱정해 주는 스승이 던져놓은 말에 또 눈물이 주르르 흘렀다. 꼼짝도 하지 않고 그 자리에 앉아 스승의 말을 되뇌며 생각을 한다. 분명 독립운동가들의 반발이 만만치 않을 것인데 어찌해야 하나 걱정이 들었다. 스승의 말을 곱씹어 보니 말이 맞고 틀리고 문제가 아니었다. 미국의 도움이 없이는 아무것도 할 수 없는 현실 앞에 저렇게 자신이 도와주겠다고 명확하게 말하는데 편지 한 통에 흔들린 자신의 꼴이 우스웠다. 다시 정치 구상을 하자 임시정부는 대항했다. 이승만은 선진국이며 강대국인 미국에서 배운 모든 지식과 지혜를 통해 조국을 잘 다스려야 하지만 국가를 대표하는 명칭부터 아직 조선 시대에서 벗어나지 못한 독립운동가들을 보며 막막함에 긴 한숨을 쉬었다. 9월이 되자 이승만은 마음 갈 곳을 잃어버려 쓸쓸함이 자꾸 밀려온다. 하늘은 하늘 귀퉁이에 붉은 구름과 흰 구름과 먹구름, 색색 구름을 경작하고 있다. 9라는 숫자가 수상하다. 나라를 구하라는 9일까? 그것이 아니라면 세상을 향해 구원의 손길을 뻗으라는 걸까? 절룩이는 마음들이 이미 고국으로 달려간다. 고국에 가면 무슨 일인가 나라를 위해 할 수 있을 것 같은 예감이 든다. 그러나 한편 독립운동을 했던 애국자들조차도 조선 시대의 문명에 젖어 있어 이들과 함께 나라를 일으킬 생각을 하니 간담이 서늘해진다. 다시 고목 아래로 가서 고국에 가면 무엇부터 어떻게 해야 할지를 눈을 감고 생각한다. 이승만은 나무에 대한 경외심이 대단했다. 환웅천왕이 신단수 아래로 내려와 신시를 열면서부터 자손 대대로 마을마다 신목(神木)을 만들어 제사를 지내면 동네 사람들에게 재앙을 막아주고 복을 주는 목신으로 추앙받아 왔기도 했지만, 고목 아래 서면 무언가 형언하기 어려운 서기 같은 것이 자신의 몸으로 전해짐을 어려서부터 느꼈다. 자신 속에 신앙 같은 것이었다. 나무는 하늘로 솟아 있기에 하늘과 통하는 연결고리라는 생각이 들었다. 신이 있다면 땅으로 강림하는 통로가 되기도 할 것이고 언제라도 인간이 힘들 때는 모든 걸 말없이 들어주기 때문이다. 이걸 미신이라고 취급한다는 건 말도 안 된다는 생각이 들었다. 특히 우리 민족은 나무에 대한 외경심이 대단하여 서낭제를 지낸다. 지금도 많은 곳에 존재하고 있는 당산나무, 서낭나무 그리고 나무가 잎, 꽃, 과일을 맺는 힘 역시 주술적인 힘이 있는지도 모른다. 삼국유사에도 나무를 신격화한 이야기가 있다. 수로부인을 빼앗아간 해룡(海龍)에게 버들가지를 꺾어 노래 불러 되찾았다는 기록이 있고, 벼락 맞은 대추나무에 벽사의 의미를 부여하여 부적을 만들거나 그 나무를 그냥 몸에 지녀도 나쁜 기운이 사라진다고 믿었고, 소나무 또한 사기(邪氣)를 물리친다고 믿었기 때문에 비녀나 칼자루, 단추 등을 만들어 몸에 지니고 다녔으며 값도 아주 비싸게 거래되었다고 한다. 그뿐 아니다. 집안에 심으면 안 된다는 나무도 많아 담장에 찔레나무를 심으면 호랑이가 다칠까 걱정했다. 호랑이를 산신이라고 믿었기 때문이다. 또한, 복숭아나무는 조상의 영혼까지 쫓는다고 집안에 심지 않았다. 부부간의 애정이 좋아진다는 자귀나무나 나쁜 귀신을 물리친다는 엄나무 자손을 많이 볼 수 있다는 석류나무는 집안에 심기를 권장했다. 또한, 제사와 무속·불교의 종교의식은 향나무 가지를 잘라서 향불을 사르며 시작된다. 향을 살라 냄새를 피워 영혼이 향내를 맡고 찾아오게 하고 또한 신이 강림하여 좌정할 수 있는 순수공간을 만들어 주었다. 신과 소통하며 통신하는 수단으로 향의 냄새를 이용했고 또한 오염된 마음을 정화하는 의미가 있어 씻김굿이나 송장 염할 때도 반드시 향물로 씻어내고 염을 했다. 그 이유는 이승에서 미처 털어내지 못하고 묻어 따라온 번뇌와 미련을 모두 씻어내는 의식으로 향물은 정화능력이 있다고 믿었다. 또 초상 치른 가족이나 상가에 다녀온 사람에게 향물을 뿌리면 상문살, 즉 나쁜 기운을 막는다고 뿌리거나 목욕을 하기도 하고 제사 전에 땅이나 사물에 뿌려 정화하기도 했다. 우리나라뿐 아니라 악취가 심한 인도에서 많이 쓰였다고 한다. 사찰이나 당 종묘 등 향의 연기와 냄새를 피우는 공간은 신성한 곳임을 나타내고 향냄새는 악취를 잘 흡입해 액과 부정을 막을 수 있다고 믿었다. 향을 얼마나 신성시했는지 말해주는 일화도 많다. 그중 알렉산더 대왕이 사랑하는 자신의 연인에게 향을 선물하기 위해 인도까지 진격할 정도였다고 하니 향을 얼마나 귀하고 소중하게 여겼는지를 잘 말해준다. 사철 푸른 향나무 잎사귀는 바늘처럼 뾰족하기에 사귀를 쫓는다고 생각했기에 사찰이나 무덤 앞에 향나무를 많이 심었다. 그뿐 아니라 약용으로도 많이 쓰였다. 피부병 비듬 백설풍 습진 무좀 동토병과 주당살 상문살(喪門殺) 등 향나무를 사용하여 물리친 병들이 많았다. 환웅천왕이 하늘에서 3천의 무리를 이끌고 신단수 나무 아래로 내려와서 신시를 열었을 때 그 신단수(神壇樹)의 '단'은 바로 향나무를 의미하는 자단, 백단이 있다. 제왕운기(1287년)에 보면 단군을 박달나무 단(檀)으로 기록한다. 박달은 밝다는 뜻이고 달은 땅이라는 뜻이다. 햇빛이 비치는 곳을 양달이라고 한다. 박달은 해가 뜨는 밝은 땅을 말한다. 단군은 밝은 땅을 다스리는 임금인 것이다. 한민족을 뜻하는 배달(倍達)도 박달(朴達) 혹은 백달(白達)에서 유래한다. 박달나무는 재질이 단단해서 다듬이 방아 절굿공이 수레바퀴 등 농경사회의 필수품인 농기구를 만드는 나무였다. 한민족의 시작을 알리는 것은 박달나무 쑥 마늘(달래) 등이 있으며 박달나무는 성장이 느리고 깊은 산속에서 자란다. 그러나 쓰임이 많아 대부분 베어 내 보기 어렵다. 그러나 물박달나무는 야산에도 흔하다. 물박달나무는 자작나무처럼 기름 성분이 많고 자작자작 잘 타서 자작나무라고도 한다. 물자작나무에 물자가 붙은 것은 나무에 수분이 많기 때문이다. 자기도 박달나무라고 우기는 나도박달나무도 있고 까치박달나무도 있다. 또 오동나무는 봉황이 내려앉는 나무라고 여겨 상서로움의 상징이었다. 또 우아한 선비의 상징으로 여겼기 때문에 서당과 서재 부근에 심었다. 우리 민족은 아들을 낳으면 선산에 소나무를 심고, 딸을 낳으면 텃밭 두렁에 오동나무를 심었다. 오동나무는 가볍고 물에 잘 젖지 않는 고급 목재여서 거문고를 만들고 장롱을 만들기도 했다. 우리 조상들은 아버지상(喪)을 당하면 대나무 지팡이를 짚고, 어머니상을 당하면 오동나무 지팡이나 버드나무 지팡이를 네모로 깎아 짚었다고 한다. 그 이유는 아버지상 때 짚는 대나무 지팡이는 둥글어서 하늘을 상징하고 하늘은 양을 상징했기 때문이고 어머니상 때 오동나무나 버드나무를 사각형으로 깎아 짚는 것은 땅, 즉 음을 뜻하기 때문이다. 또 부모님 상중에는 작은 미물 한 마리도 죽이지 않아야 한다는 지극한 효심을 가졌기에 대나무는 속이 비어 있고, 오동나무나 버드나무는 가벼워 벌레가 깔려도 죽지 않아 이를 이용해 지팡이를 만들어 짚었다고 한다. 삼국유사에 전해오는 대나무 이야기에는 '신라 14대 유리왕 때, 이서국의 침략을 받았는데, 난데없는 구원병이 나타나 승리로 이끌었다. 이 구원병들은 모두 대나무 잎 신인(神印)을 달았는데, 전투가 끝나자 모두 사라져서 어리둥절해 유리왕이 아버지 미추왕 능 앞에 가보니 대나무 잎사귀만 소복했다.'라는 기록이 있다. 또한, 신라 신문왕이 이현대에 거동을 했는데 거북 같은 산 위에 솟은 한줄기 대나무가 낮에는 둘이 되고 밤에는 하나로 합해졌다. 용신(龍神)인 문무대왕과 천신인 김유신 장군이 합심하여 나라를 지키는 큰 보물을 내리라는 심부름을 보내서 왔다는 용은, '이 대나무를 잘라 만든 피리를 불면 나라가 화평할 것이다.'라고 하였고 이 대나무로 만든 피리가 바로 신라 호국의 신물인 만파식적(萬波息笛)이다. 이 피리를 불면 적병이 물러가고, 병도 물러가며, 가물 때 비가 오고, 비 올 때는 개이며, 성난 파도는 잠잠해졌다라고 기록되어 있다. 상고시대의 피리는 단순한 악기가 아니고 신물과 도량형으로 많이 등장한다. 만파식적이 승화되어 범종의 음관(음통)이 되었다. 강릉 낙산의 관음굴에서 7일 기도 끝에 동해 용으로부터 여의주를 얻고, 다시 7일 기도로 부처님 진신(眞身)을 보며 계시를 받았고 부처님께서 손가락질한 곳에 쌍죽(雙竹)이 솟았고, 그곳에 절을 지으라는 전설이 낙산사 창사연기(創寺緣起) 쌍죽의 계시였다. 대나무는 무교에서 가장 많이 사용하는 신목(神木)이고 신대이다. 마디를 만들며 죽죽 솟아 하늘로 접근하는 주력과 생기, 신과 통신하는 교통수단으로 생각했다. 특히 남쪽 지방의 무당들은 굿을 할 때 반드시 대나무를 신과 접신하는 도구로 사용한다. 또 무당집 대문 앞에 천왕대라고 하여 대나무를 길게 세워두고 색색의 천을 매달아 두기도 한다. 지금은 우리나라에서는 많이 사라진 풍경이지만 일본은 널리 퍼져있는 정초의 행사로 귀신을 쫓고 복을 받기 위해 첫새벽에 문밖에서 대나무를 세워두거나 태우는데 이유는 속이 비어 불에 타면서 요란한 소리를 내기 때문에 귀신이 달아난다는 것이다. 중국에서는 이것이 폭죽으로 변하였다. 불교에서 댓가지는 관세음보살 자비의 상징이고 수행자의 경책 신호용인 죽비로 사용한다. 구불구불한 소나무 모습은 마치 용이 하늘로 승천하는 모습 같고 그 잎은 바늘이 빼곡하게 꽂힌 것 같다. 어디에 꽂아두어도 잘 살아나는 버드나무가 이 지구상에 가장 먼저 생겨났고 그다음에 소나무라고 한다. 사람들에게 영험함의 상징으로 많은 사랑을 받아 산신목(山神木)으로도 쓰이고 마을을 수호하는 수호신으로도 쓰였으며, 또한 잎이 바늘처럼 생겨 귀신이 접근 못 하는 신성한 나무라고 생각해서 소나무 관으로도 쓰였다. 신성한 나무라 여겼기에 무당들이 신과 접신하거나 부정을 물리칠 때 소나무를 많이 사용했다. 이렇게 소나무는 액막이와 정화의 나무다. 동신제(洞神祭) 때에는 신당·술도가·공동우물·마을 어귀에 왼 새끼줄을 꼬아 백지와 솔가지를 꿰어 금줄을 친다. 반들반들 윤기가 나며 바늘처럼 뾰족한 솔잎은 잡귀나 부정을 막아 제(祭)의 공간을 깨끗하게 정화하고, 신성화시켜 주기 때문이다. 동지에 팥죽을 쒀 삼신과 성주신께 빌고 솔잎에 팥죽을 묻혀 사방에 뿌리며 정월 대보름 전후에는 솔가지를 문에 걸어놓는다. 아기를 낳으면 금줄을 치는데 이 금줄에도 숯 고추 소지(燒紙)와 함께 솔가지를 끼워서 치고 장독에도 마찬가지로 금줄을 친다. 아기가 아프면 삼신할머니께 빌기 전에 정화수를 바가지에 떠서 솔잎으로 방안 네 귀퉁이에 뿌리는데 이 의식은 황해도 굿에서도 널리 행해지며 이를 천수치기라고 한다. 천수치기란 부정한 것을 물리치고, 건강과 행운을 기원하는 것으로 여러 나라에서 널리 행하여지고 있다. 물을 신선하다 여겼고 하늘로 올라간 물을 천상수 땅으로 내려온 물은 감로수라고 했다. 무덤가에 죽 둘러 세운 도래솔은 무덤 속의 영혼을 고이 잠재우고 키가 큰 도래솔을 타고 하늘나라로 잘 가라는 의미로 절과 무덤 주변에도 많이 심었다. 또, 소나무는 십장생 중의 하나이기도 하고 도교에서는 장생불사, 유교에선 의인·절개·지조를 나타내기도 하고 성주풀이의 성조신도 소나무다. 소나무는 우리 민족의 참되고 변하지 않는 마음의 본체를 의미한다. 또한, 이 지구상에 처음 생긴 나무라고 하는 버드나무는 생명력이 강해 물가 어디서나 잘 죽지 않고 자라는 생명력이 끈질긴 나무다. 버들잎은 날카롭기가 칼날처럼 뾰족해 장군의 칼과 같다고 하여 벽사의 의미가 있다고 믿어 왔다. 또, 옛날 선조들은 학질에 걸리면 버들잎을 환자의 나이만큼 따서 편지봉투에 넣고 유생원댁(柳生員宅) 입납(入納)이라 적어서 큰길에 버리면 큰길을 가던 사람이 그 봉투를 줍거나 밟는 사람이 대신 병을 앓고 병을 앓던 사람은 병이 낫는다고 했다. 청명이나 한식에 버드나무를 깎아 불을 피워 각 관청에서 나눠주었다. 재생·벽사의 버드나무로 불을 댕겨 요사스러운 귀신을 물리치고 새봄을 맞이하려는 뜻이다. 또, 여인의 섬세하고 아름다움을 닮은 수양버들을 화류(花柳) 여인이라고 했다. 노류장화(路柳墻花), 즉 길가의 버드나무와 담장의 꽃이라는 뜻으로, 누구라도 꺾을 수 있는 버드나무나 꽃 같은 창부(娼婦)를 의미하기도 했다. 고구려 동명성왕의 어머니 이름도 유화(柳花)였고 김삿갓이 양반집 상가에서 유유화화(柳柳花花), 즉 버들버들 떨다가 꼿꼿이 죽었다는 뜻으로 지어준 시(詩)도 있다. 그렇지만 울안에 심는 것은 금기시했다. 그 이유는 수양버들이 치렁치렁 늘어진 물가에는 도깨비가 자주 나타나고 그 모습 또한 상(喪)을 당한 여인의 풀어헤친 머리가 연상되게 하기 때문이다. 그러나 버드나무를 신목으로 섬기는 나라도 있다. 바로 몽골 같은 나라다. 불교에서도 대자대비 관세음보살 33 현신(現身) 중 제1위가 양류관음이다. 오른손에는 버드나무 가지를 들고 있고 왼손을 왼쪽

가슴에 대고 있다. 이는 버들가지가 실바람에 나부끼듯 미천한 중생의 작은 소원에도 귀 기울여 듣는 보살의 자비실천 의미이기도 하며 관세음보살 정병 속의 감로수를 버들가지로 중생들에게 뿌린다는 것이다. 옛날부터 오리발 나무라고 불리기도 했는데 그 이유는 오리는 하늘을 날고, 땅을 걸으며 물을 가르기에 삼계(三界)를 왕래하는 영물로 믿었기 때문이다. 과거에 급제한 사람을 위해 마을 어귀에 높이 세우던 붉은 장대나 농가에서 섣달 무렵에 새해의 풍년을 바라는 뜻으로 볍씨를 주머니에 넣어 높이 달아매는 장대나 솟대쟁이가 올라가 재주를 부리는 장대를 상징하는 솟대 위의 새가 바로 오리다. 오리는 삼신을 상징하는 영물이다. 새 중의 새라고 믿어온 우리 선조들은 오리를 한자로 압(鴨)이라 했다. 이 압자를 풀어보면 새 조(鳥)자 앞에 육십갑자의 첫 글자인 갑(甲)을 붙인 것이다. 고구려의 주몽도 험한 홍수를 우리말 즉 압마(鴨馬)로 타고 넘었다고 한다. 솟대가 서 있는 곳은 오리가 앉아 있기에 신성한 곳을 의미하기에 천지신명께 제사를 모시거나, 불교의 각종 제를 모실 때는 은행알은 반드시 세상에 올리는 이유는 바로 은행은 오리를 상징하고 오리는 바로 삼신을 의미하기 때문이다. 또, 은행나무잎이 오리발처럼 생겼기에 신과의 매개체 연결고리로 생각했기 때문이다. 불교도 부처님의 손과 발이 오리·기러기발이라고 32상 80종호에 나온다. 부처가 인간과 다른 모습을 지닌다는 믿음 아래 부처의 형상을 표현한 32가지 모습과 80가지 외적 특징을 가리키는 불교용어. 삼십이상 팔십종호(三十二相八十種好)는 부처가 인간과는 다른 모습을 하고 있다는 믿음에서 비롯되었다.

부처님 32상(相)이란

1. 발바닥이 평평한 모습(足下平安立相)
2. 발바닥에 2개의 바퀴가 있는 모습(足下二輪相)
3. 손가락이 긴 모습(長指相)
4. 발꿈치가 넓고 평평한 모습(足廣平相)
5. 손발가락에 갈퀴가 있는 모습(手足指網相)
6. 손발이 유연한 모습(手足柔軟)
7. 발등이 복스러운 모습(足趺高滿)
8. 어깨가 사슴 어깨와 같은 모습(伊泥膞相)
9. 손이 무릎까지 내려간 모습(正立手摩膝相)
10. 말의 성기처럼 성기가 감추어진 모습(陰藏相)
11. 몸의 넓이와 길이가 같은 모습(身廣長等相)
12. 터럭이 위로 향한 모습(毛生上向)
13. 모든 구멍에 터럭이 있는 모습(一一孔一毛生)
14. 몸이 금색으로 된 모습(金色相)

15. 신체주위에 광채가 빛나는 모습(丈光相)

16. 더러운 흙이 몸에 묻지 않은 모습(細薄皮相)

17. 두 손, 두 발, 두 어깨, 정수리가 둥글고 단정한 모습(七處降滿相)

18. 겨드랑이가 보기 좋은 모습(兩腋下降滿相)

19. 상체가 사자 같은 모습(上身如師子相)

20. 똑바로 선 모습(大直身相)

21. 어깨가 둥근 모습(肩圓好相)

22. 40개의 이가 있는 모습(四十齒相)

23. 이가 가지런한 모습(齒齊相)

24. 어금니가 흰 모습(牙白相)

25. 사자 같은 얼굴 모습(師子顏相)

26. 맛을 가장 잘 느낄 수 있는 모습(味中得上味相)

27. 혀가 긴 모습(大舌相)

28. 가장 아름다운 목소리(梵聲相)

29. 연꽃 같은 눈(眞靑眼相)

30. 소 같은 눈시울을 가진 모습(牛眼睫相)

31. 주먹 같은 육계가 있는 모습(頂髻相)

32. 이마 중간에 흰털이 있는 모습(白毛相)

원래 왕 중의 왕인 위대한 전륜성왕과 같은 대장부 마하푸르사(mahapurusa, 큰사람)의 모습이었는데, 이는 부처도 세속의 전륜성왕처럼 법계의 왕과 같은 존재이므로 그러한 독특한 모습을 가질 수 있다는 것이다. 경마다 조금씩 달리 표현되고 있지만 현격한 차이는 없으며, 대지도론에 따르면 32상보다 더 구체적으로 모습을 세분한 것으로 수상(隨相), 소상(小相) 등으로 불리기도 한다. 부처님의 모습뿐 아니라 성격, 음성, 행동에 대해서도 언급하고 있다.

80종호(相)

1. 정수리가 보이지 않음(無見頂)
2. 코가 높고 곧으며 김(鼻直高好孔不現)
3. 눈썹이 초생달 같고 짙푸른 유리색임(眉如初生月紺琉璃色)
4. 귓바퀴가 처짐(耳輪成)
5. 몸이 견실함(身堅實如那羅延)
6. 뼈끝이 갈고리 같음(骨際如鉤鎖)
7. 몸을 한 번 돌리면 코끼리왕과 같음(身一時回如象王)
8. 발걸음이 4촌임(行時足去地四寸而印文現)
9. 손톱은 적동색이며 얇고 윤택함(爪如赤銅色薄而潤澤)
10. 무릎뼈는 단단하고 원만함(膝骨堅箸圓好)
11. 몸이 깨끗함(身淨潔)
12. 몸이 유연함(身柔軟)

13. 몸이 곧음(身不曲)

14. 손가락이 길고 섬세함(指長纖圓)

15. 손금이 장엄함(指文莊嚴)

16. 맥이 깊음(脈深)

17. 복사뼈가 보이지 않음(不現)

18. 몸이 윤택함(身潤澤)

19. 스스로 몸을 지탱함(身自持不委陀)

20. 몸이 갖추어져 있음(身滿足)

21. 정신도 갖추어져 있음(識滿足)

22. 위의(威儀)도 구족함(容儀備足)

23. 있는 곳이 평안함(住處生意和悅輿語)

24. 위엄스러움(威震一切)

25. 즐겁게 봄(一切樂觀)

26. 얼굴 크기가 적당함(面不大長)

27. 용모가 단정함(正容貌不효色)

28. 얼굴이 구족함(面具足滿)

29. 입술이 붉음(盾赤如보婆果色)

30. 목소리가 깊음(音響深)

31. 배꼽이 둥글고 깊음(臍深圓好)

32. 터럭이 오른쪽으로 선회함(毛右回)

33. 손발이 있음(手足滿)

34. 손발을 마음대로 함(手足如意)

35. 손금이 분명하고 곧음(手文明直)

36. 손금이 김(手文長)

37. 손금이 연속됨(手文不斷)

38. 보면 즐거워짐(一切惡心衆生見者知悅)

39. 넓고 둥근 얼굴(面廣姝)

40. 달과 같은 얼굴(面淨滿如月)

41. 중생의 뜻에 따라 기뻐함(隨衆生意和悅與語)

42. 터럭 구멍에서 향기가 남(毛孔出香氣)

43. 입에서 향기가 남(口出無上香)

44. 사자 같은 모습(儀容如師子)

45. 나아가고 물러남이 코끼리 같음(進止如象王)

46. 행동이 거위 같음(行法如雞王)

47. 머리는 마타라 열매와 같음(頭如摩陀羅果)

48. 음성이 구족함(一切聲分具足)

49. 예리한 어금니(牙利)

50. 붉은 혀(舌色赤)

51. 얇은 혀(舌薄)

52. 붉은 터럭(毛紅色)

53. 깨끗한 터럭(毛潔淨)

54. 넓고 긴 눈(廣長眼)

55. 구멍이 구족함(孔門相具足)

56. 손발이 붉고 흼(手足赤白如蓮華色)

57. 배꼽이 나오지 않음(臍不出)

58. 배가 나오지 않음(腹不現)

59. 가는 배(細腹)

60. 기울지 않은 신체(身不傾動)

61. 신체가 묵중함(身持重)

62. 신체가 큼직함(身分大)

63. 신체가 장대함(身長)

64. 손발이 정결함(手足淨潔軟澤)

65. 신체 주위에 빛이 비침(邊光各一丈)

66. 빛이 몸에 비침(光照身而行)

67. 중생을 평등하게 봄(等視衆生)

68. 중생을 가볍게 보지 않음(不輕衆生)

69. 중생에 따라 소리를 냄(隨衆生音聲不過不感)

70. 설법에 차이가 없음(說法不差)

71. 중생에 맞는 설법을 함(隨衆生語言而爲說法)

72. 중생의 언어로 대답함(一發音報衆聲)

73. 차례로 인연에 따라 설법함(次第有因緣說法)

74. 다 볼 수 없음(一切衆生不能盡觀)

75. 보는 이가 싫증을 안 느낌(觀者無厭足)

76. 긴 머리칼(髮長好)

77. 머리카락이 고름(髮不亂)

78. 머리카락을 잘 틀어 올림(髮시好)

79. 푸른 구슬 같은 머리칼(髮色好如靑주相)

80. 덕스러운 손발 모습(手足有德相)

(금강경 발췌)

8권으로 계속